传统下的独白

MONOLOGUE IN THE TRADITIONAL CONTEXT

李敖 著

人民东方出版传媒
东方出版社
The Oriental Press

图书在版编目（CIP）数据

传统下的独白 / 李敖著 . -- 北京：东方出版社，2025.4.
ISBN 978-7-5207-4133-0
 I. I267.1
中国国家版本馆 CIP 数据核字第 2025ZY1125 号

传统下的独白

CHUANTONG XIA DE DUBAI

| 作　　者：李　敖 |
| 责任编辑：申　浩 |
| 出　　版：东方出版社 |
| 发　　行：人民东方出版传媒有限公司 |
| 地　　址：北京市东城区朝阳门内大街 166 号 |
| 邮　　编：100010 |
| 印　　刷：天津融正印刷有限公司 |
| 版　　次：2025 年 4 月第 1 版 |
| 印　　次：2025 年 4 月第 1 次印刷 |
| 开　　本：880 毫米 ×1230 毫米　1/32 |
| 印　　张：9.5 |
| 字　　数：228 千字 |
| 书　　号：ISBN 978-7-5207-4133-0 |
| 定　　价：49.80 元 |
| 发行电话：(010) 85924663　85924644　85924641 |

版权所有，违者必究
如有印装质量问题，我社负责调换，请拨打电话：(010) 85924602　85924603

目录 Contents

传统下的独白

自　序	002
再版自序	004
独身者的独白	005
爱情的剑子手	010
一封神气的情书	015
假如我是女人	021
张飞的眼睛	030
中国小姐论	040
由一丝不挂说起	046
不讨老婆之"不亦快哉"（三十三则）	061
妈妈的梦幻	066

妈妈·弟弟·电影 ··· 071
长袍心理学 ··· 078
红玫瑰 ·· 084
旧天子与新皇帝——元末明初的断片 ························· 089
无为先生传——以"无"字为典 ································· 097
充员官 ·· 100
几条荒谬的法律 ·· 104
老年人和棒子 ·· 111
13年和13月 ·· 129

独白下的传统

快看"独白下的传统" ·· 146
直笔——"乱臣贼子惧" ·· 159
避讳——"非常不敢说" ·· 168
谏诤——"宁鸣而死，不默而生！" ···························· 176
传令——全国大跑马 ·· 185
新闻——报纸像杂志 ·· 193
征兆——来头可不小 ·· 202
喝酒——喝也不行，不喝也不行 ······························· 210
音乐——华夷交响乐 ·· 220
家族——人愈多愈好 ·· 228
女性——牌坊要大，金莲要小 ·································· 237

光绪朝对节妇贞女的旌表 ················· 245
从高玉树为儿子"冥婚"看中国两面文化 ········· 252
中国民族"性" ······················ 257
人能感动蝙蝠论 ····················· 266
人能感动老虎论 ····················· 271
鼓声咚咚的中国之音 ··················· 275
一种失传了的言论道具 ·················· 288
记一个不合作主义者 ··················· 293

传统下的独白

自　序

三四年来，我写了不少杂文。其中的一部分我收在一块儿，就是这本《传统下的独白》。

这本书共包括二十篇文字，篇篇都是名副其实的"杂"文，有的谈男人的爱情，有的谈女人的衣裳，有的谈妈妈的梦幻，有的谈法律的荒谬，有的谈不讨老婆的"不亦快哉"……各文的性质虽是杂拌儿，但是贯穿这杂拌儿的却是一点反抗传统、藐视传统的态度。

这种反抗和藐视，对我说来，颇有孤独之感，所以千言万语，总觉得是个人的"独白"。在传统的标准里，一个反抗和藐视传统的人，经常被看作一个不正派的人，经常不为"世儒"们所喜：王充、阮籍、李贽，以及一切被目为放诞任气议古非今的人物，都不是"世儒"眼中所能容忍的。"世儒"看他们是狂叛，他们也懒得辩，狂叛就狂叛罢！

通常"世儒"们打击狂叛的法子总不外一个公式：

$$A（行为不检）+B（言论不经）=C（大逆不道）$$

对 A，"世儒"们惯用的帽子是不孝呀、无礼呀、好色呀；对 B，惯用的帽子则是思想游移呀、态度媚外呀、游戏文章呀、专爱骂人呀。于是，在罪状毕至之下，C 的大帽子便自然戴成了。

在这里，我愿对"游戏文章"和"专爱骂人"两点，做一点说明。谈到文章，在明朝有所谓"文章二十五品"之说，其中有"简古""典则""讽切""刺议""攻击""潇洒"等二十五品，我认为在这些"品"中，一项重大的遗漏可说就是"狂叛品"了。狂叛品的文章最大特色是率真与痛快，有了什么，就说什么；该怎么说，就怎么说。狂叛品的作者深知写文章的重点是在表达作者的意思，只要能达意，使读者痛痛快快地读下去，"形式"上面的计较，是可以不必的。所以嬉皮笑脸，不失为文章；亦庄亦谐，也不失为巨作。最可恨的是一些肤浅的人，他们看文章，不看文章的"内容深处"说些什么或暗示些什么，却只从皮相着眼，看到文章里一些被视为"不庄重"或"不道德"的字眼或句式便大惊小怪，便草草断定为不能登大雅之堂，不合"君子水准"，不遵守传统的"文章规范"，于是便判定这篇文章是"游戏之作"、是"专爱骂人"，是没有价值或没有多大价值的。其实这真是"浑球的文章雅驯观"。我生平最讨厌一些伪君子在文章上装模作样忸怩作态，一下笔就好像一脑门子仁义道德之气充塞于白纸黑字之间，读其文，似乎走进了孔庙中的大成殿，好像非如临深渊如履薄冰一番不可；读过之后，幸运的读者要昏昏欲睡，不幸的读者便要吃强胃散，文章也者，写到他们那种地步，真算罢了！

16世纪的唐顺之（应德），在他的《与茅鹿门论文书》里，说明为文的道理极其痛快，他主张"文章本色"，要"直据胸臆，信手写出，如写家书，虽或疏卤，然绝无烟火酸馅习气，便是宇宙间一样绝好文字"。这四百年前的老话，岂不值得今天的"能文之士"想一想吗？

再版自序

这本《传统下的独白》是 9 月 25 日出版的。出版后两个星期,就居然有一次再版的机会,这是很令自己开心的事。

广播公司对这套《文星丛刊》,曾在三个节目里予以介绍;另外中国的美人儿刘秀嫚小姐又在专门节目中,访问了中国的新缪思[①]余光中先生,由他代言,对这套丛书做了综合的解答。

广播公司对我这本书中的几段讨论爱情观念的文字特别广播,教我特别高兴。高兴之下,忽然想到林语堂博士办《论语》半月刊时的《论语社同人戒条》第十条——不说自己的文章不好。于是将此书反复拜读了一阵,愈读愈觉得文章好。唯一糟糕的是:尾巴上的那张照片出了纰漏,一位读者来信说要替我出钱"理发";又一位朋友说照片那只左边的眼睛好像不是我的,好像被"整形"了;又一位大叫道:"吓!好老呀!又丑!"……对这些"人身攻击",我只想申诉一点,那就是:"我本人实在比我的照片漂亮。"

1963 年 10 月 10 日

[①] 缪斯。

独身者的独白

毕业那天晚上我真的喝醉了，我不能不醉！醉眼是模糊的、深沉的，我看到一张张熟悉的脸儿在我眼前消失掉。毕业带给人们的是"东飞伯劳西飞燕"，可是我呢？却像一只斗败了的公鸡，有翅膀，可是飞不起来，不但飞不起来，还得在地上爬！

真是爬，"匍匐前进""夜间战斗"……多少个爬的课目①在等着我，入伍训练六个月，野战部队近一年，我不知道爬了多少次，在深山、在外岛、在风沙里、在太阳底下，我用全是泥土的手擦着汗，喘着气，偶尔抬起头来，望着天边的几只鸟儿，我叫不出它们的名字，只知道它们全在飞。

月亮又圆了二十几次，我终于踏上回程的军舰，又活着回来了。没有百战，却有荣归，我忍不住在心里暗叫一声惭愧！拍掉身上的风尘，我又走向台大来，校园里正是杜鹃盛开的时节，鲜红雪白，奇花照眼。可惜的是，穿插在花丛里面的都是新的面孔和新的情侣，他们取代了我们，不，取代了我自己。他们偷去了我的青春，也抢走了我的地盘。

看着这些讨厌的小毛头，我并不以老大自惭。相反地，我倒觉得我更年轻了。毕业以来，几乎每个月我都遭到红帖子的袭击，它们除

---

① 考核的项目。

了传染笔尖的颜色而增加账本上的赤字外，另一个重要的意义是，年轻人都纷纷走上成家立业抱娃娃的老路，冤各有头，债各有主，有情人各有他的家，尤其是我过去的老情人们，她们一个个都远走高飞，婚嫁迭起，喜事频传，每天打开报纸，看到一排排鲜红的结婚启事，我就先要心惊肉跳！偶尔启事上没有使我牵肠挂肚的芳名，我就笑逐颜开，心里宛如巨石落地，自谓公道尚在人间，同时也深叹"报社广告部诸公之待我不可谓不厚矣"！推而广之、总而言之，我现在除了大年三十老太送的红纸包外，其他一切红颜色东西都害怕！

老朋友劝我东山再起，老同学劝我另起炉灶，老太限时命我替她抱孙子，舆论如此，我也不由得心慌意乱起来。可是着急有什么用？我又不会跳舞、不去教堂、不善说可爱的废话、不忽视礼义廉耻中的第四维、不再是男女同校的大学生。……自反之下，没有任何一点条件能够吸引女孩子多看我一眼！家里妹妹虽多，可是她们对我过去的情海兴亡史过于熟悉，虽有帮忙的可能，但小姐们心眼儿多，偶有得罪，就七嘴八舌大翻我底牌，新欢若知，反倒不妙，想来想去，走妹妹路线也是死路一条！

看这样真没法子了！于是我点起一支烟，开始发愁。茶不喝，可也；饭不吃，可也；酒不饮，可也；烟不抽，不可也。想当年美国南北战争时，李将军因为不喜抽烟，所以一败涂地；格兰特将军因为爱抽烟，所以万事亨通。由此可证，恋可失，头可断，烟不可不抽，凡失恋而不抽烟的人，不是失败主义者就是"异于禽兽者几希"的家伙。

在我抽到第一百零九根"新乐园"的时候，忽然茅塞顿开直指本心，心想既然"时不我与""女人不我与"，何不就此提倡独身主义？

一个人一生中不像培根那样提倡一阵子独身主义,就好像维纳斯丢了那条胳膊一般。换言之,一个堂堂七尺大丈夫如本文作者者,一定要花他生命中一段时间去恨女人恨家庭不可,无金屋可藏、无孺子可教、无脸色可看、无小心可赔、无冤大头可当。……而孑然一身,独与天地精神往来,遨游于无何有之乡,广漠之野、纵浪大化以自适其适,这是何等气魄!何等境界!安能效多情小儿女呢呢喁喁鼻涕眼泪耶!

对!完全原案,我把烟一丢,拍案而起。独身不但可无妻儿之累,而且可益寿延年:牛顿没结婚,可是活了八十岁;康德没有老婆,活了八十四岁;米开朗琪罗打了一辈子光棍儿,却享年八十有九,独身之为用大矣哉!既可使"蒙主宠召"延期,又可兼做伟人,无怪乎老祖宗们要以"君子必慎其独"来垂训吾等了!

可是,毛病就出在这儿,独身这种壮举毕竟不是好玩的,偶一不"慎",就变成了法朗士笔下的法非愚斯,或者变成了宋朝的玉通和尚①——辛辛苦苦五十二年,到头来还不是功亏一篑!并且,长寿对一个具有白头偕老五代同堂的福气的人才有意义,若独自一人,孤零零的糟老头子,无老太婆可吵嘴,无小孙子可捶腿,还活那么久干吗?并且,"老而不死谓之贼",先贤早有明训,垂暮之年,虽然"戒之在得",可是孤家寡人,毕竟形迹可疑,说不定哪天出了什么盗宝案,受了牵连,落得老扒手之谥号以殁,忝为盛名之累,那又何苦来?

由是观之,独身云云,实乃期期不可之举,身既不可得而独,我

---

① 出自《喻世名言》。

刚才的决定只好不可得而行。于是，我只好又接上第一百零九根"新乐园"。

烟雾的缭绕使我想起一件往事：那是一个没买到油条的早晨，我家漂亮的六小姐，带着惠华医院老修女的表情，把满墙悬挂的罗勃韦纳①的照片一一摘了下来，然后又一一放好，准备长捐箱底。我当时躬逢其会，看得呆了。因为我久仰罗某人是我家六小姐最崇拜的男明星，满墙他的照片平时连碰都不许我们碰，好在我君子已久，早就不立于"岩墙之下"，故受白眼最少。而这回六小姐竟如此突变，令人发指。老太怕有三长两短，特命我去打听。追问之下，六小姐才涕泗横流曰："罗勃韦纳和那阴险的女明星娜妲丽华②今年结婚了，所以我先把照片拿下来，不过我不必烧掉，反正还要离婚的！"

六小姐的铁口直断给了我极大的启示：我何必把我的老年想得那么凄惨呢？如果天假以年，我一定可以等到我那些老情人的归来，"衣不如新，人不如故"，除却巫山的晚霞，哪里还有云彩呢？

歌德晚年曾和老情人的女儿恋爱，此西土之行径，未合吾礼仪之邦的要求，不宜做此非分之想；我们宋代的大词人张子野八十五岁还结婚，此种老当益壮的雄风，连李石曾也得合十顶礼，只要我李敖久而弥笃老而弥坚，不悲观不早死，何愁不能做白头新郎白发潘郎？何必像这些青年男士，凄惶若丧家之犬，或登报自吹，或乱托媒婆，或飞书应征，或在女生宿舍门前排队注册，或请报上安琪夫人指点迷津……斯文扫地如此、情不自禁如彼，天厌之！天厌之！

---

① 罗伯特·瓦格纳。
② 娜塔丽·伍德。

感慨已定，我决心向六小姐看齐，也如法炮制，把散在眼前的老情人的照片"遗物"——加封归档，并向之自矢曰："任凭弱水三千，我只取一瓢饮。不能黑发偕少，但愿白头偕老；不能永浴爱河，但愿比翼青鸟！"言罢趋出，购书于肆，书名《妾似朝阳又照君》；观影于街，片名《白发红颜未了情》；听白光歌声于大道，歌名《我等着你回来》。于是归而大睡，不知东方之既白。

1961年妇女节在台北"四席小屋"

《联合报》副刊1961年3月12日

爱情的刽子手

他有点像徐志摩：他潇洒、他有才华、他风度翩翩、他短命。

三年以前，在台大新铺的草坪上，我看到了他，他侧卧在那里，用肘支着上半身，懒洋洋地在看一本书。不，不是看书，是书在看他，风把书一页页地吹过，他却不用手去按住，这能算是看书吗？我走过去，在他身边坐下来，我不觉得冒昧，他也不感到唐突，他安静地望着我，似曾相识地点了点头。

先开口的是我，我一开口就是疑问：

"看什么书？"

"《查拉图斯特拉如是说》。"

因为这本书我也正在读，我便问他看到哪一页了，可是他的答复却大出我意料：

"风吹哪一页看哪页！"

我忍不住喜欢他了，他真洒脱！我问他对这本书的意见，他笑了，他说：

"尼采教我们跟女人在一起不要忘记带鞭子，其实这种超人是可笑的，至少我不必担心忘记带鞭子，因为我根本就不跟女人在一起！"

我打趣说：

"海明威写《没有女人的男人》，他太消极了；你该写《不要女人的男人》,你是积极的!"

"不,我不要写,写是没有用的,叔本华就写过了,他白天写文章否定女人,晚上却偷偷跑到绿灯户睡觉,写文章载道的人很少不是伪善的,'未明出世旨,宁歇累生狂',我还是少发高论吧!我只知道我们不再需要'述而不作'的圣人,我们应该学学那些'做而不述'的实行者。"

他言语之间,充满了一种诚意的沉痛,可是我仍旧半开玩笑地说:

"何必学别人呢?听说你就是实行者。女孩子欣赏你,你却骂她们;别的男人没有女人,你却不要女人,但我知道你不是性变态,你没有'女人恐惧症',你不像三国时代的焦先那样,见了女人就害怕得躲起来,你傲慢地走进女人堆里去,又傲慢地走出来,只欠她们向你吹口哨!"

听了我恭维他,他大笑,他说不需要女人向他吹口哨,他也反对男人向女人吹口哨,他认为表达爱情应该多用眼睛,少用嘴唇。"并且,"他说,"现在我们中国的女孩子根本不会向男孩子吹口哨,时代不同了,我们中国的女孩子身价高了,她们都骄傲起来,即使是潘安再世、王蒙复生,也没有女人再向他们丢水果送帽子了!"

"为什么你口口声声老是提中国女孩子?难道美国的女孩子不这样吗?"

"也许我可以武断地说,美国女孩子不这样。因为美国女孩子会流露她们真正的感情,而我们中国的女孩子就难以真情流露,她们流露的,至多是她妈妈的感情!"

"这话怎么说呢?"我迷糊了。

"这话说来话长。我们从老祖宗时代开始,就是一个讲道统的社会,在上层社会里,婚姻是一个合二姓之好的外交关系,有着上事宗庙下继后世的大使命;在下层社会里,婚姻又带给婆家一个不花钱的小女工,完全脱不掉宗法和经济的目的,从来没把感情放在第一位,更别提什么恋爱了。所以在'男女授受不亲'的想法里、在'男女不杂坐'的纪律里、在男女'无媒不交,无币不相见'的风俗里,卓文君固然是淫妇,贾充的女儿也不是好东西。人都限定要'以礼自防',没有人敢露出真感情,经书里告诉我们叔嫂不但不能通问,寡妇甚至也不能夜哭!几千年来,感情早就被我们放到冰箱里!所以在中国历史中,我们找不到几个正常的爱情故事,更没有罗曼蒂克的真情。爱情本身是一种浪漫的精神,它超越婚姻,但不妨害它,可是我们的老祖宗却不这样想,他们认定凡是男女相悦就不是好事情,所以古代的情侣要桑间濮上,今天的爱人也要偷偷摸摸。我们看到美国人夫妇公然拥吻,觉得肉麻兮兮,这种感情流露我们是禁止的;但是父母死了,你若不当众哭得死去活来捶胸痛号,'吊者'就不'大悦'了!我们对开放感情的尺度真是不可思议,我们只鼓励无限度的公开哭丧,却禁止有限度的公然做爱,而秘密做爱又要被淡水河边的丙级流氓收税,使我们的青年男女永远达不到宝玉所盼望的沉湎境界!刚才所说的种种阻力都可说是爱情的刽子手,其实扼杀爱情的凶手还不止此。……"

"还有什么?难道这些传统的桎梏还不够吗?"

"还不够,还不够,爱情还有一个大刽子手,那就是我们这主妇式的社会。在我们这社会里,已婚妇女大部分要依靠丈夫生存,柴米油盐煤球尿布占去了她的青春和双手;等而上之的,虽然请老妈子代劳,可是她的精力却又寄托在麻将牌上;小部分的职业妇女虽在表面上能得到相当的独立,但她仍逃不掉主妇的基本角色,并且她的事业和兴趣若不做相当的割爱与迁就,很可能就影响到丈夫的成功,得到的是一个两败俱伤的结果,夫妻两人能够相辅相成的,简直是凤毛麟角。很显然地,妇女独立不应寄托于丈夫的分劳,而当寄托于洗衣机、洗碗机、吸尘器、电冰箱、电话送货……把家务的操劳转嫁给工业文明,这样家庭才不成为女人的羁绊,女人不必一定要嫁狗随狗倚狗维生,她才能在婚前让感情奔放,选择潇洒重于职业的男人,热情多于金钱的丈夫。但是这怎么可能呢?现实是那么咄咄逼人,结婚为一种谋生的手段的时候,谁还把恋爱和感情放在第一排呢?爱情毕竟是奢侈品,毕竟是维多利亚时代的落伍玩意儿,现代中国的女孩子很少肯为爱而爱,她们的母亲也压根儿不肯这样指导她们,她们人人都用妈妈的感情套在自己年轻的心尖上,不会让爱情这匹马在感情的原野上奔跑——除非马脖子上挂上一部终身大事的老木车!凡是没有做哈老哥条件的人都着予免议了。'恋爱,'妈妈说,'谁要跟你这穷小子恋爱?'"

他停了一下,晃了晃脑袋,又接着说:

"偶尔有些小女人,不知天高地厚,暗违母命和一个男子大谈柏拉图式的爱情,可是那只是昙花一现的美事,感情的瓦解是指日可待的。这并非因女人善变,而是使女人不变的客观条件不够,女孩子要被迫系一身安全于丈夫身上,她们是可怜的,她们穿的是70年代的摩登衣服,却走的是17世纪老祖母的路线。同时社会也给她们外在压力,人们很容易就用她母亲选女婿的眼光去看她的男朋友,善意的也好、恶意的也罢,他们总要假定那男孩子就是她未来的配偶,他们不衡量他的头脑,却揣度着他的荷包,爱情的本身拖着严重的生活担子,谁还敢流露真情呢?因此我——一个否定我们中国女孩子的人——实在感觉到我不要她们了,这并不是我不想要她们,而是我没有资格要她们,我这个三尺微命的文人,静不能测字,动不能救火,仰不足事父母,俯不足蓄妻子,文章不见容于《联合报》,教书不见纳一女中,只会喝几杯老酒,吟几句臭诗,谈一谈风花雪月式的恋爱,最后还鼻涕眼泪焚书退信以终,看巧妇伴拙夫而去,自己则以'佳人已属沙吒利[①]'自哀,人间还有比这更公式化的事吗?"

我静听他说完这段漫长的高论,然后站起来,拍拍他的肩膀,没说话,也没回头,一直朝宿舍走去,我知道我不可能跟他做朋友,他的言论与偏见使我燃烧、使我困惑。我甘愿做凡夫俗子市井中人,追大家想追的、要别人想要的,我才不要做什么不要女人的超人,我要做沙吒利!

三年过去了,我又走过那块草地,可是莠草淹没了它,风吹过来,吹动了几朵小黄花,但我再也看不到那个不要女人的男人。他睡在大贝湖畔的一个黄土坡里,也许他正在神游乐土,那里有散花仙子、美女霓裳。我想我知道,知道他一定还在继续他的否定,否定使他远离了她们,也失掉了自己。在永隔的幽明与重泉底下,他漠视成片的云彩,云彩永远不会属于他,它只向他默默地招手,深情地、无语地,在黯淡的天边消失了黯淡的影子。

1961年4月11日在台北"四席小屋"

《联合报》副刊 1961年4月17日

[①] 指霸占他人妻室或强娶民妇的权贵。

一封神气的情书

亲爱的××：

你先不要神气！

你收到这封信，小心眼里一定想："从十六岁以来，平均每个礼拜都要接到一封信，陆军海军空军联勤，教员学生科长和隔壁的小太保，各色各样的男人都给我写过信，有文言、有白话、有恭楷①、有血书，我真看得腻了，今天这封信又是谁写的呀？"

我再说一遍，你先不要神气！

谁写的？猜猜看，猜呀猜的，你一定猜不到，我是一个素昧平生的人，生在一个扑朔迷离的地方，读过几册捕风捉影的书本，写过几篇强词夺理的文章。你见过我，可是我断言我的尊容不会留给你任何印象，我是一个丑八怪，五官七窍皆自由发展，丝毫没有配合的企图，他们说我像那"钟楼怪人"，可是钟楼怪人我也不能比，因为他面貌虽丑，人却忠厚痴情，他不会对女人发脾气，他永远为她效忠、为她拿大顶、为她丢石头打别的男人。

可是我呢？我不知道我是一个什么样的人，我只听到那些女侨生用广东话骂我"咸湿佬"，听说那就是"国语"里边"大情棍"的意思。

---

① 工整的楷书。

其实这真是冤枉我,不错,我乱写情书,如她们所说,我是一个"情书满天飞,人人都想追"的人,平心而论,我为什么会这样?还不是因为我压根儿就没有追上过一个女人,我写的信平均十封中至少有五封被火葬,四封被退回,另外一封给贴到公告栏去了,我苦命如此,不灰心不自卑就算是好的了,你还能怪我信写得多吗?

话说开来,我何尝愿意写什么劳什子的情书?情书真是费力不讨好的玩意儿,现在不是阿拉伯德与爱绿依丝[1]的年头了,也不是萧伯纳"纸上罗曼斯"的时代了,并且谁也不愿意将那些海誓山盟的情话写在纸上,把柄留在别人手里,一朝有了三心二意总是不方便。并且现在的女孩子哪有闲工夫去写信,写信会耽误舞会、耽误去教堂、耽误看《乱点鸳鸯谱》[2]。一些乖巧的男孩子早就看到这一点,所以他们都纷纷跑到女生宿舍,直接约会了,这多干脆!多利落!多有男子气!

可是对我说来,不写情书你教我怎么办?我怕鬼,可是不信神,教堂没我的份儿;我四肢齐全,可是笨手笨脚,跳起舞来像一只喝醉的猩猩,舞会说什么也不能再去。我的脸皮虽厚,可是太难看了,我的背影还不坏,但我不能总是背着脸去找女孩子,先教她欣赏我的背影,我总要转过脸来才行,但是,老天爷呀!我是"不堪回首"的呀!

看了我家的妹妹和弟弟,你一定以为我必然是个美男子,我家的妹妹个个都是中国小姐的候选人,弟弟也有"中国的约翰克尔"的外

---

[1] 卢梭的小说《新爱洛绮丝》。
[2] 电影《不合时宜的人》,由克拉克·盖博、玛丽莲·梦露主演。

号。小姐们也未尝不帮我的忙，可是当她们的同学一见到我的庐山真面目的时候，她们都要倒抽一口冷气！这时我赶忙把我的背影转给她们看，可是，太迟了，我竟先看到她们的背影！最可恨的是，在她们的背影后面跟着的就是"中国的约翰克尔"，每次他都是以逸待劳，我掏腰包，他却享成果！

我不能恨上帝，因为上帝照他自己的模样造人，他绝不会造个这么丑的化身；我也不能恨老子和老太，因为那样人家就会说我不孝顺；于是我只好恨我家的小姐和小少爷，我恨他们的缺点都集中在一起长到我头上来了，可是我恨又有什么用？最后小姐们摊牌了："老哥，请别怪我们不再帮你的忙，请不要再请客、再贿赂了，上帝保佑你，你自己想法子吧！"

于是我一赌气，决心自己想法子。大丈夫、奇男子，为了找个女人，还要求别人帮忙，这能算是好汉吗？于是，我穿上外衣，开始在雨中漫步，吸引女人。可是我跑了一下午，一个女孩子也没吸引到，反倒在新生南路三段的转角地方，吸引了一条癞狗。它不声不响地，贼头贼脑跟在我后边，夫子步亦步、夫子趋亦趋，不知是"仰之弥高"呢，还是"狗眼看人低"，总之，它鬼鬼祟祟的，非常讨厌，令人油然而生后顾之忧。最后我忍无可忍了，只好折腰一次，抓起石头，这下子它识相了，掉转狗头夹尾落荒而走，伴同着数声狂吠，表示它所追随的夫子不过乃尔！我这时还站在街心，却满面杀气，手里还紧抓着石头，正在庆祝全面性胜利，忽然想到那酷好石头战术的"钟楼怪人"，于是赶忙把石头丢了。糟糕的是，又太晚了，终于被一个女孩子看到了，她笑了一下，笑得很美、很甜、很"看我没有起"。我尴尬极了，心想这么一场斯文扫地的战斗，竟被这么一个动人的小丫头看到了，这不太难为情了吗？于是我又恨了，我恨那只混账的癞狗，我真恨不得剥它的皮、吃它的香肉，何况自当局禁止以来，我很久没吃狗肉了，不吃狗肉身上就不发热，身上不发热就没有热情，没有热情还能谈情说爱我为卿狂吗？

望着那只远走高飞的畜生，我禁不住淌了口水，不过话又得说回来，我即使吃到狗肉也是没用的，我这么丑，脾气又这么暴躁，这两点都是交女朋友的致命伤。

我知道我脾气不大好，现在的女孩子都喜欢脾气柔和的男人，她们喜欢男人向她们低三下四摇尾乞怜，喜欢他们再接再厉尾随不舍。换句话说，她们喜欢有点奴才味儿的男人，这种男人会伺候、会体贴、会受气、会一跪三小时，他不怕风雨、不怕等待、不怕女生宿舍的传达、不怕女孩子的"不"字、不怕碰任何号码的钉子！

就是这种奴才性格的男子，他们追走了每一个我要追的女孩子，也追走了唯一一个差点被我追上的大美人。

一提到那个大美人，我就忍不住先要心酸酸，她真是可爱，与《钟楼怪人》里面的爱斯米拉达一模一样。一个偶然的机会，她发现我颇有才华，于是她接受了我的背影，在歌德所说的恋爱时节，我们开始做着我们所能做的事。

对于我，这当然是个突如其来的幸福，但是很快，突如其来的速度却被突如其"去"赶上了，她面无表情地丢下我——像我丢下那块打狗的石头。

于是，每当我看到或听说她跟一个奴才男人在一起，我就忍不住有一种鲜花牛粪的感觉，一种不共戴天的义愤，我就要抓耳挠腮、要拍桌子敲板凳、要诅咒、要骂"他×的"。

我厌恶她跟别的男人在一块儿,不是嫉妒,嫉妒表示我不如他,其实我怎么会不如他?他,臭小子,有什么资格跟我比?我连比都不要跟他比!嫉妒,他哪配我嫉妒?他唯一的资格就是被我憎恨,我恨他狗运当头,我惊异女孩子的短视,我惋惜我这么可爱,可是她却有眼无珠不来爱我。爱神呀!月老呀!你们是吃什么的?你们只帮助女孩子爱市侩,却不鼓励女孩子爱诗人,人生至此,天道宁论[①],我真疲倦了!我真活得疲倦了!

但是我怎能轻易就死?我那次过生日,她不是祝我"寿比南山"吗?我死很容易,半杯开水,一瓶安眠药,心一横,脚一跺,吃下去了,然后两腿一伸,两眼一瞪,一口气不来,呜呼哀哉了!可是我死不要紧,留下她怎么办呢?我走了,她该多难过呢?记得那一次我们在碧潭,划了一阵船,我肚里鬼叫了,我提议立刻去西门町,看电影、下馆子,她却兴犹未尽,还想划船。劝她不走,我火了:"还要划,还要划,臭水池子,有什么好划的?你这小丫头怎么这样任性?""任性?你说谁?你还好意思说我任性?你是个大独裁者,离不开女人又要在女人面前摆臭架子,你说看电影就看电影,你说下馆子就下馆子,你不肯跟人家商量商量,你不给人家自由!"她气势汹汹,我更气了,我吼道:"谁不给你自由?我说看电影,选片子的自由是你的;我说下馆子,点菜的自由是你的,你有这么多的自由还不够吗?你居然还说我不民主!吓!你们女人!你们女人!""什么女人女人的!你看不惯,你就请便吧!别以为没有你天下男人就不上门来了,你,臭文人、大独裁、丑八怪,有什么稀罕?你走吧!"

---

① 指天道福善惩恶之说难以凭信。

真的我走了,我气冲冲地走了,头也不回地走了,我发誓再也不找她。我走回来,躺在床上,哼呀哼的,翻来覆去只是她的幻影。三天过去了,我瘦了,我感到头昏脚软、四肢无力、腰酸背疼,于是我决定再找她一次,我要看看她是不是也瘦了。其实,哪里的话,她才不会瘦呢,我不必再说我看到了什么。总之,那是个要命的镜头,我不能使它消灭,我只好闭上自己的眼睛。

我不要忏悔,忏悔又有什么用?反正她不再回来,与其炒陈饭,不如做硬汉,我还是做硬汉吧!我拿出枕头,把它晒干,对着枕头重新发誓,发誓要找一个"以平等待我"之女人,希望她能了解"淑德孔昭[①]"的大道理。可是四年来,我一直没有找到。

我不从外表来论断一个女人的程度,如同我不喜欢女人这样论断我,女人是被看的,不是被了解的;而我呢,正好相反,我是被了解的,不是被看的。古人说"太上忘情,最下不及于情",我是一个不健忘的太上,可是多情而不及于情。因此,我只好写了这封泛滥的情书,来试探你是不是一个女孩子中的例外,如果答案是肯定的,那我就要说:"爱我吧!可是不要神气!"如果答案是否定的,那我就要说:"吓!连我都不爱吗?你神气什么呀!"

××××年×月×日
1961年5月24日

[①] 温柔贤淑,品德高尚,十分显著彰明。

假如我是女人

　　凡是吃过女孩子苦头的大丈夫，都会有三个沉痛的希望：第一个希望是再也不做感情专一的好人；第二个希望是改做"剑侠唐璜"式的男人；第三个希望是拜托阎王老爷——下辈子托生做女人。

　　三个希望中，第一个希望看来容易做来难。这年头儿，有剩男无剩女，好不容易才碰到一个暂时喜欢我的女人，我欲不专一，岂可得乎？故非专一不可。且孟夫子说天下太平一定要"定于一"，若遇一而不立定，不但要开罪女人，而且要得罪圣人，真是不划算，如此下策，碍难照准。至于第二个希望——做拜伦笔下的情棍，也良非易事，盖这种情场老油子必须具有沈腰潘鬓盖博胡的条件不可，反观作者，既不剑又不侠，又不唐璜，还有什么资格使女人意乱情迷耶？故此希望，至多可谓中策，仍旧碍难推行。这样说来，只有做女人才能不为女人所制，只有做女人才能制男人，只有做女人才能不祀孔而使孔圣来朝见，只有做女人才能演《倩女幽魂》。呜呼！吾安得不做女人？呜呼！吾安得不做女人？

* * *

　　下辈子托生做女人，其实并非难事。就以我今生而论，我妈妈生了四个姐姐后才生我，生我之日虽然白胡子爷爷、灰头发奶奶及黑眉毛老子皆大欢喜，咸谓举男不易，终获麟儿，但我妈妈心里却对我这种违背历史潮流深表不满，于是她又生了两个妹妹以为抗议。由此观来，生女固易事耳！此生落选，不必沮丧，20年后，论倾国倾城乱世孽海者，舍我其谁哉？

迟早有那么一天，我李敖劫数已至、遽归道山，浩浩荡荡一道阴魂向上直奔"伊甸园"——不，说错了，该是朝下直奔"阎罗殿"去了。抬头一看，左有牛头，右有马面，前立无常，后站陆判，大殿尽处，阎王老爷高高在上，威风凛凛，好不骇人！陆判趋前，把签呈递上，略谓：

兹拿到李敖乙名，验明正身，手续无误。案查该员生前饱受妇人之气；备历男性之苦，素仰大王手操男女荷尔蒙分配之特权，拟请于该员十八层地狱刑尽期满之日，转生为女人，所请是否有当，敬祈裁夺。

阎王阅毕，手批：

照准，交付各层主管会"注生娘娘"办理。

老阎既准，当女人还有什么问题？于是我兴高采烈，摩拳擦掌，准备开始做小娘子了！

* * *

话说民国某某年的初春，汉水静、泰阶平、四海无事，湖北罗家的少奶奶，一夜忽梦"注生娘娘"来访，临行推一红包入怀，顿时满室异香，粉色如土，第二天早上即告弄瓦之喜，生了一个光彩焕发的小女儿。当时群贤毕至，少长咸集，然皆肉眼凡胎，不知此小女儿即当年大文豪李某人之投胎也！有诗为证——

> 马赛据传要"赛马"；
> 伦敦听说有"敦伦"。
> 罗家先生昨关门，
> 罗家太太今临盆，
> 罗家母鸡不司晨，
> 罗家竟有大新闻：
> "前世阴阳全包换，
> 生个李敖是女人！"

罗先生既获掌珠，喜不自胜，"看女却为门上楣"，当即援崔莺莺、苏小小、董宛宛、陈圆圆之例，为我取名曰"罗美美"。

光阴似火箭，岁月如气流，转眼已二八寒暑，我罗美美此时已鬓发腻理，纤秾中度，举止娴冶，恰如《陌上桑》里面的罗敷其人。一日联合招生放榜，名列某某大学外文系，龙门既登，身价自更不同，追求者即时如过江之鲫，纷纷在尼龙裙下拜倒，泰山不辞细土故能成其大，我也来者必拒，拒而必不久，否则这小子知难而退，被别的女孩子喜欢了去，岂非失策？故我当择其中之帅者、尤者、司麦脱[①]者、恭顺乞怜者、海誓山盟者、痛哭流涕者、亦步亦趋尾随不去穷追不舍者，一一皆作釜鱼养之，必要时"老渔翁，一钓竿"，游丝在手，拈之即来，岂不快哉？

---

① 英文 smart。

男朋友既入瓮中，不可不予以控制，你想男人岂是好东西，不控制还得了吗？为了不使男朋友心猿意马，为了使小丈夫低首下心，一定要把他的思想大一统不可。一统之道，除了要谆谆晓以大义外，还得禁止他们去看一些书才好：中国方面，如班昭的《女诫》、于义方的《黑心符》；外国方面，如莎士比亚的《驯悍记》、斯特林堡的《结婚集》（尤其是1885年出版的下卷，他竟说我们女人是吸血鬼！），至于《醒世姻缘》《少年维特之烦恼》等书，鼓吹男人受我们气、为我们死，值得特别推荐，可鼓励他们多多研读、多多烦恼。

坦白地说，男朋友就好比是衣服，这件衣服即使很好、很华贵，可是若在整个礼拜中天天穿它，那就太单调了，别的女孩子也要笑我了，人家张丽珍就有好几十套衣服，赵依依也有五件大衣。周牧师、方神父劝我们节衣缩食，为了怕胖，我已经缩食了，若再节衣，那岂不太自苦了吗？衣之不可节，如同男朋友之不可少；更衣之频繁，如同男朋友之新陈代谢，今天跟他好好的，说不定明天就为他唱"挽歌"，并且张三李四旧雨新知，我要一视同仁——一为他们"轮唱"！

*　*　*

有了男朋友就不能不有约会，我又不是柏拉图学派的女弟子，绝对不相信象牙塔和天鹅宫里面的精神恋爱。写情书、拔指甲、割指头，那些都是图腾时代的方式了，现代的恋爱是要看电影、要吃通心粉、要喝咖啡、要跳舞的。有人说爱跳舞的人，脚上的神经要比脑袋里面的发达，这话也许有道理，足下麻木不仁的人休想把探戈跳得好，探戈跳不好就不能在众目睽睽的舞会上出风头，出不了风头，男孩子就不会纷纷"与我同舞"，不与我同舞就影响了我的"养鱼政策"。

男孩子既然如约前来，我却不必准时赴约，盖守时云云，实在是对铁路局局长说的，根本不是对我们女人说的。我们每个女人都有三大敌人，第一是时间，第二是不追她的男人，第三是别的漂亮女人。其中最可恨的莫过于时间，时间会夺走我的美丽、减少我的多情，更不可饶恕的是，它使我去年辛苦做成的大衣走了样，所以它是我们女人的第一公敌，我们绝对不要遵守它。故约会时间虽到，我虽早已搽完胭脂抹完粉，可是还是先让那男孩子在宿舍门口等上半小时再说。一来呢，可杀其威风、吊其胃口；二来呢，可延长在寝室炫耀的时间；三来呢，那么准时干吗？又不是赶火车！

* * *

男孩子我所欲也，男明星亦我所欲也，公然喜欢男孩子，本老娘有点不好意思，可是公然喜欢男明星，就无妨了。故身为女孩子，不可不喜欢男明星；喜欢男明星，不可不加以崇拜；崇拜男明星，不可不有所选择：演《茶与同情》的那个男孩子不坏，可以函索亲笔签名的照片，美中不足的是，他演的片子太少了，"我为卿狂"，诸多不便；詹姆士·狄恩最好，年轻怪异，潇洒绝伦，且不幸短命死矣，又悲壮、又凄艳、又不会与别的女人结婚，死得好！有一点要特别声明的是，任何男明星都可喜欢，万万喜欢艾迪·费雪不得！人而薄幸，不知其可也；弃妻别娶，知其不可也；黛比[①]可爱而不爱，其不可知也！这种用情不专的卖唱男人，还爱他干吗？

* * *

[①] 黛比·雷诺兹，美国女演员，主演《雨中曲》，曾与歌星艾迪·费舍尔（艾迪·费雪）结婚。

还有，宪法上给了我们信仰宗教的自由，换言之，不信宗教就很难发挥这条自由，牺牲了这条自由未免对不起功在"党国"的"国大代表"，所以非找个宗教来信不可：波斯有拜火教，女人是水做的，应该信"拜水教"，可惜没人发难创立拜水教。如果过十天半月，再不下雨，香港总督的老婆也许会挺身出来，带头信拜水教；佛教其实还可以信，丁皓①信了佛教，既可使老和尚在机场送往迎来，又可使佛弟子在影院大力捧场，可恼的是，《大般涅槃经》里竟说"女人大魔王，能食一切人"，无情翻我们底牌如此，这种落伍的宗教还能信它吗？回教据说也不坏，可是这种宗教太剧烈了，穆罕默德传教时动不动就把明晃晃的宝刀一亮，不信就有被杀的可能，青龙偃月之下，只好信了，可是信了又容易自杀——为身在囹圄中的男人殉死，这真太划不来了！道教也许值得考虑，道教是进步的宗教，当年张天师登坛作法炼汞烧丹，可是现代的张天师却走到广播电台，用科学方法布起道来了。只是信道教的人太少了，教会里的男孩子又看不着，看到的全是些捉鬼拿妖的老道人，不小心被误会成女鬼妖姬而被他捉拿了去，怎生是好？这样看来，只好在基督教和天主教中任选一个了，信这两种教，都容易被人误会是为了交男友、学英文和领奶粉，我个人自问用心如日月，自然不必理会这些异端外道的小人之心。据说基督教光在美国就有两百五十多派，在中国也多得不知道信哪一派才好。有的信了要戴黑帽子做老处女，有的要在祈祷时狂哭狂喊，这些举动虔诚有余，唯美不足，尤其给男朋友见了，成个什么样子？天主教单纯肃穆，修女一尘不染，是个很好的金字招牌，且入教后，无玷圣母

---

① 丁皓，演员，代表作《青山翠谷》《小情人》。

在上，在下长跪的自然就是圣女了。圣女，是一个多么诱人的名词！贞德是圣女，小德肋撒①也是圣女，现代的圣女还可在大主教的掩护下，成群结队地到罗马去朝圣，然后转道阿美利加。噫！天主教，天主教，教既信，乘桴浮于海，吾安得不信天主教？

*　*　*

亚里士多德说人是政治的动物，其实这话对他们男人说来更切实际。政治这东西要会杀会砍会登台演戏才行，要会打击敌人，也会出卖朋友。……这些皮厚心黑的事，对我们女人说来都是不合适的。在政治上面我们所能做的，除了打开后门收红包外，我们还希望替丈夫多多建立起和裙带有关的关系。至于我自己，我对政治的兴趣无论如何也赶不上对那条花裙子的兴趣，我不关心肯尼迪怎样应付老挝的局势，只关心他怎样应付太太②的脾气。报纸第一版似乎是没有什么好看的，这时代不会再有希腊罗马那种英雄美人的战争了，现代的男人都是狗熊，他们不为美人儿打仗，却为非洲的几个小黑人吵来吵去，那太不罗曼蒂克了，这种消息还有什么看头？所以我只看看杂志，看杂志中李敖的文章。

由于看杂志，我渐渐对文艺感兴趣，男人没有女人就没有文学作品，女人身为业障，搞文学更是得天独厚，古代的女人都想做莎孚③，近代的女人都想做奥斯汀，现代的女人觉得做她们不时髦了，于是想到萨岗，因此美国有萨岗，日本有萨岗，咱们中国也有所谓萨岗（包括以萨岗自命的和被低级文人乱捧起来的）。但是据我看来，她们统

---

① 现多译为德兰。
② 指美国第一夫人杰奎琳·肯尼迪（任期1961—1963年）。
③ 萨福，古希腊著名女抒情诗人。

统都是画虎不成妄自高攀的冒牌萨岗,真的萨岗在隔海向我招手,却向她们做鬼脸呢!

我个人虽然要做萨岗,可是我却绝不嫁给学文史的,学文史的男人一般说来,比那些学理工医农的傻男人灵巧得多,他们会摇唇鼓舌、会花言巧语、会自杀表演、会讲殉情故事。他们是最好的情人,但却是最坏的丈夫。他们既没出息,又不可靠,一方面相轻,另一方面把对方的东西偷来偷去,他们唯一的本领是写又长又超越的臭文章,说浑话,做屁事。更下流的是跑到法院去厚着脸皮告人诽谤,同时暗中施用毒计,使别人失学失业。我们女人再不要脸、再阴险,也不会像他们这样。他们一开口便是假道学,骂别人"男盗女娼",其实女人被迫做娼妓并不可耻,她们只是出卖"肉体"——试问多少男人在自愿出卖他们的"灵魂"?"灵魂"都可以卖,"肉体"为什么不能卖?所以耶稣当年肯接受妓女为他洗脚;那时若有叛国者也来抢着洗,他一定不会接受,并且要踢叛国者一记臭脚丫子呢!

* * *

总之,做女人和炒菜一样,是一番鬼斧神工的大艺术,内自三围隆乳,外至一颦一笑,暗自眉目传情,明至花容月貌,皆非糊里糊涂的亚当子孙所能洞晓者。英国诗人马里帝兹(George Meredith)认为女人是最后被男人教化的东西,其实他们男人是最先被我们征服的动物。我们征服了他们,使他们对我们生出无穷的歆羡,进而每个男人都想变成女人,在众香国、在女儿岛、在人鱼出没的海洋,到处充满了阴柔和平的气氛,世界从此没有战争,只留下无人追逐的美丽,伴着空谷的幽兰和荒原的玫瑰,在秋风的吹拂里同声叹息。

［后记］郑清茂先生送了他翻译的日本女作家原田康子的《挽歌》和《轮唱》给我。我借用这两本小说的书名，套在这篇幻想的文章里，做 pun[①] 来用。这篇文章初稿在 1961 年 7 月 7 日，后来两度修改，最后发表在《文星》六十八号（1961 年 6 月 1 日台北出版）。发表后被女读者大骂，又被胡秋原引来到法院控告，说我诽谤了他。（1963 年 8 月 16 日）

---

① 双关语。

张飞的眼睛

我们都不叫他的真名,我们都叫他"情棍"。

他真是"情棍"。

他的女朋友真多,多得像碧潭的鱼。

鱼竿的一端,是一块香喷喷的饵;鱼竿的另一端,就是那绰号"情棍"的钓鱼人。

在台北,我们不常碰面,因为他是女生宿舍的常客,他的大部分时间要用来"孝敬"女孩子,要送往迎来。

自从我搬到碧潭来后,我每个月都要看到他。当然不是他一个人,每次见他,他的衣服换了,女朋友也换了。

这次我又看到他,居然只有一个人,面山望水,钓起鱼来了。我走过去,朝他的肩膀拍了一下,他转过头来一看是我,赶忙说:

"哈!原来是你,怎么样?隐居生活痛快吗?仁者乐山,智者乐水,这儿又有山又有水,你一定整天见仁见智了!……"

"不错,仁者乐山,智者乐水,但却赶不上'情棍乐钓鱼',我是看破红尘的人,人家都往海外留学、往城市里跑,我却溜到乡下来做田园派,来看你们都市的人儿双双对对到这儿远足,吸收我们的山林气,钓走我们的国姓鱼!"

"得了!得了!你说这些带刺儿的话干吗?人才既然下乡来,做隐士就该像个隐士,别那么酸溜溜的!带女朋友划划船、独个儿钓钓鱼，是我们这些无大志的人的一点起码的生活条件，又算得了什么！……"

鱼漂忽然下坠，他赶忙把竿往起一扬，一条小鱼活蹦蹦地跳出水面，他看了一下小鱼，然后把它从钩上解下来，又丢回河里去了。

"怎么？"我问，"钓起来又丢回去，发慈悲吗？何必不学姜太公，干脆把鱼钩扳直？"

"不是慈悲，我是吃荤的，并且不像圣人，不必假惺惺地远庖厨，我闻其声，还是可以食其肉的。只是这条鱼太小了，放它去吧！"

"你倒宁缺毋滥，不合你胃口的你不要。"

"就是这样，人活着，若能把握住一个标准，'合则留，不合则去'，'难进而易退'，那就再好也没有了。我不敢说我个人在任何事上都能把握这个标准，不过在钓鱼和恋爱上倒做得差不多。"他神气地点着头，得意地笑着。

"把钓鱼和恋爱相提并论，倒真是一针见血的高见！"我逗他说。

"这有什么不妥吗？就以钓鱼而论，河里这么多可爱的鱼，有些是符合我的标准的，我爱它们，它们一定想吃我的饵的，可是它们没有机会碰到它；有缘碰到了，或因不敢吃而终身遗憾；有的吃了结果被钓住；也许被钓住又逃掉了，那我也无所谓。"

"你好像不计得失。"

"可以这么说。钓鱼这件事，得固欣然，失亦可喜，我是不合时宜的唯美主义者，也是不可救药的快乐主义者。鱼被我钓到，我高兴；它脱钩而去或不肯上钩，我也高兴，也许有更合适的人儿钓到它，我该有这种胸襟，反正古今中外可爱的鱼这么多，我即使是鱼贩子，也消受不了这么多的鱼！"

"你的'钓鱼观'就是你的'恋爱观'吗?"

"差不多,差不多。我觉得计较得失的恋爱都是下一层的恋爱,进一步说,凡是嫉妒、独占、要死要活、鼻涕眼泪的恋爱都不是正确的恋爱。爱情的本身该是最大的快乐之源,此外一切都该退到后面去,记得我以前翻译的那段小诗吗?

呵!'爱情'!他们大大地误解了你!(Oh! Love! They wrong thee much!)
他们说你的甜蜜是痛苦,(They say the sweet is bitter,)
当你丰富的果实(when thy rich fruit is such)
比任何果实都甜蜜。(as nothing can be sweeter.)"

他背着这段诗,两眼朝上,一派陶醉的味儿,他好像否定爱情会给人烦恼,他是多情的少年维特,却是一个没学会烦恼的!我真气,我又开始攻击他:

"凡是不在爱情上烦恼的人,不是老奸巨猾,就是一个漫无心肝的人!"

"不,你错了,有许多人以痛苦自豪,觉得这是他们感情真诚的标记,他们追逐爱情,像追逐野地里面的一条狼,他们是那么积极、那么小心翼翼诚惶诚恐,其实他们没有'永浴'在'爱河'里,却永浴在嫉妒的眼光里、患得患失的苦恼里、鼻涕眼泪的多情里、海誓山盟的保证里……他们只知道花尽心血去追求爱情的永恒与可靠,却忘了享受今天的欢乐与忘形。我并不是说一个人不必考虑明天怎样,我是说,为了不可知的明天,而使今天晚上的约会掺进了忧虑与恐惧,是相当不智的!"

"哈!你真是世纪末!"

"你又帽子乱飞了!我怎么是世纪末?正相反地,我在鼓吹一个新的爱情的世纪!在新的爱情的世纪里,每个男人都有广大恢廓的心胸,女人也藏起她们的小心眼儿,大家以坦率的真情来真心相爱,来愉快地亲密,如果必须分手,也是美丽地割开了这个'戈登结'①,像洋鬼子诗中所说的:

既然没有办法,(Since there's no help,)
让我们接吻来分离!(come let us kiss and part!)

这是何等胸襟!何等风度!回过头来看看我们,我们社会的许多人还活在原始的图腾世界里,我们还用着野蛮的方式去表现爱情——或说去表现嫉妒。我们还用低三下四的求爱方法去求欢心、用买卖式的厚礼去博芳心、用割指头发誓去保证忠心、用酸性液体去对付变心、用穆万森②的刀子扎进情人的心……换句话说,人人都用激烈的手段去证实他们的热恋与专一,证明他们是不惜一切牺牲的情圣,他们只相信狂热的感情是爱情,他们还会漂亮地说:'没有嫉妒、没有占有,就不是真正的爱情!'女孩儿也叽叽喳喳附和地说:'是呀!凡是不能低首下心的男人都不是我所要的男人。'因此她神气,她骄傲,她用打击男朋友的面子来陪衬她的面子,用别人的自尊心来垫高她的高

---

① 戈耳迪之结,比喻难题。
② 八德乡灭门血案里的被告。

贵,最后她总算得到了一个男人,可惜不是顶天立地的男子汉,而是一个感情狂热的情欲奴才!我们的社会虽然大体脱离了父母之命媒妁之言的老路,可是青年男女并不懂得西方自由恋爱的真谛,西方的女孩子会很快地放胆去爱她要爱的人,爽快地答应他的约会,热情地接受他的做爱。可是我们中国的小姐却不这样,她要先拿一大阵架子,她要先来一次诚意考试,用'苦其心志劳其筋骨'的办法去吊男朋友胃口,一而再,再而三,她那种有耐心的考验,好像个筛子,筛到后来,精华筛走了,只剩下糟粕,有骨头的男人筛走了,老脸皮厚的庸才却做了丈夫!总而言之,在爱情上面,咱们文明古国的怪现象实在最多,其反应之不正常、表现之奇异,有时真令人发指。我们到处都可听到爱情带给人们的悲惨下场,像情杀案、毁容案、太保打情敌案;也到处可听到许多令人齿冷的爱情故事,像烧情书、退情书、公布情书,这些小家子的作风该是多么准确的量人尺度!多么准确的量一个时代的'爱情水准'的尺度!"

他愈说愈兴奋,几乎有点火气、有点激动。当我心平气和地请教他药方所在的时候,他开朗地笑了,他说:

"这真是一个难开的药方!我们鼓吹开放的社会,但是实在找不到开放的爱情与心灵,在我们这社会里,下焉者[①]对爱情只相信强制执行;上焉者又充满了罗素所谓的'拜伦式的不快乐'(Byronic unhappiness),病症是这么复杂,你教我如何想法子?我们骨头烧成灰也是中国人,也许老祖宗的例子可以给我们参考。我觉得在老祖宗中,尾生不配谈恋爱,因为太痴情;张生不配谈恋爱,因为太下贱;

---

① 出自《礼记·中庸》,指次等者。

吴三桂不配谈恋爱,因为太浑球;唐明皇不配谈恋爱,因为太胆小,马嵬坡军人一起哄,就吓得赶紧把杨贵妃杀了,落得袁子才骂他'到底君王负旧盟,江山情重美人轻',他这个人,若在今天碰到收恋爱税的小流氓,一定丢下女朋友自己先跑了!"

"那你说古人中有谁配谈恋爱呢?"

"我想来想去,忽然想到桃园三结义的那位大黑脸……"

"你说张飞?张飞满脸贼胡子,粗声粗气,刚强像铁块,心肠像石头,怎么配谈恋爱呢?"

"不,不,张飞先生是最配谈恋爱的,因为他的眼睛生得太好了!"

"你愈说愈荒谬了,张飞那对凶来兮的眼睛除了能把女人吓跑,还和恋爱有什么关系呢?"

"别忙,你听着,在《三国演义》中,范疆、张达行刺他的时候,'见他须竖目张,本不敢动手;因闻鼻息如雷,方敢前进,以短刀刺入张腹。……'这就是张飞的眼睛的妙处,他睡觉的时候还是睁着的,换句话说,他一天二十四小时,除了眨眼,他的眼睛全是睁着的,并且我考证他甚至眨眼也不会——因为他杀人不眨眼!"

"难道眼睛不闭的男人就配谈恋爱吗?他×的这是什么逻辑呀!"我性急的毛病又来了。

"对了,睁着眼睛的男人才配谈恋爱!能睁一小时眼睛就可谈一小时恋爱,能睁二十四小时眼睛就可谈二十四小时恋爱。同样,不能睁开眼睛的人就不配谈恋爱,有人说'爱情是盲目的'(love is blind),其实盲目的人是不配谈恋爱的,因为他们不会谈恋爱。盲目的人根本不懂爱情,他们只是迷信爱情,他们根本不了解爱情真正的本质；爱情不是'永恒的'，可是盲目的人却拼命教它永恒；爱情不是'专一的'，可是盲目的人却拼命教它专一。结果烦恼、烦恼、乌烟瘴气的烦恼！"他吐了一口唾沫，又接着说，"现在人们的大病在不肯睁开眼睛正视爱情的本质，而只是糊里糊涂地用传统的绳子往自己脖子上套。感情这东西不是阴丹士林，它是会褪色的。岁月、胃口、心情与外界的影响随时会侵蚀一个人的海誓与山盟，很多人不肯承认这事实，不愿这种后果发生，于是他们拼命鼓吹'泛道德主义'，他们歌颂感情不变的情人、非议变了心的女人、憎恨水性杨花的卡门，同时用礼教、金钱、法律、证书、儿女、药水和刀子来防治感情的变，他们要戴戒指，意思是说：'咱们互相以金石为戒，戒向别的男女染指！'这是多可笑的中古文明！在这一点上我们实在不能不佩服美国的电影明星，在电影明星中，我从来没听说过一方面感情有变化，他方面死命地拉住不让他走，黛比雷诺不会毁艾迪费雪的容；罗勃韦纳也不会烧娜妲丽华的脸，他们勇于爱人，却不把自己的感情做了对方的函数，他们知道白刀子进红刀子出固然粗鄙可笑，一把鼻涕一把眼泪也高明不了多少。因此他们之间的离合是那样光明磊落，像是高度进化的瑞典公民。可是我们却硬骂电影明星浪漫、骂他们不认真、骂他们儿戏，但是人家埃洛弗林[①]再阔，也不会娶姨太太、不会花钱买初夜权、不会打老婆、不会'杀千刀'、不会有茅家小弟这么英雄！罗素与海明威那样善于离婚，情感也未尝不受'打击'，但他们却丝毫没有抢地呼天死去活来的小丈夫行径，他们知道使感情不褪色的方法不是不让它见阳光，而是经常染上新的颜色。他们是爱情上

---

① 埃罗尔·弗林，澳大利亚演员，代表作《王子与贫儿》《侠盗罗宾汉》等。

面的'有余味主义'者,他们恋爱,并不以结婚与否做成败标准,并不以占有做最后目标。恋爱本身足以使他们功德圆满。他们并不反对结婚,但是反对'春蚕到死丝方尽'的婚姻,他们不肯在婚姻关系的卵翼下做对方感情的因变数,也不做对方人格的寄生虫。爱情的本质在时间上既不是永恒的,在空间上也不是专一的,男女相爱虽是一种缘分,但也绝不属于月下老人万里一线牵那种,任何人都不该以命定的理由来表示他的满意。如果一个男人只是死心塌地地热爱他在小巷中碰到的那个小眼睛小鼻子小嘴儿小耳朵的小女人,因而感到心满意足,宣言'任凭弱水三千,我只取一瓢饮',认定此乃天作之合,进而否定其他任何女人的可爱、否定任何女人值得他再去爱,如果他这样,我们只有五体投地的佩服,没有话说。不错,感情专一是好的,白头偕老是幸福的,尤其对那眼光狭小主观过强条件欠佳审美力衰弱的男人说来,更是未可厚非。但在另一方面,感情不太专一也不能说有什么不好,在泛道德古典派的眼中,感情不专一是差劲的;在女孩的眼中,感情专一的男人是她们喜欢的,但在唯美派的眼中,他实在不明白既喜欢燕瘦为什么就不能再喜欢环肥?在女朋友面前称赞了她的美丽之后,为什么就不能再夸别的女人?若光看伊利萨白泰勒[①]的美而不体味安白兰丝[②]的美,未免有点违心吧?在咱们中国人的眼中,我们不了解为什么雪莱有那么多的女朋友,我们会'原谅'他,为了他是'无行'的文人,我们同时会联想到在扬州二十四桥的诗人杜牧和他的妓女们,我们会把这两个文人等量齐观。其实在灵与肉之间、

---

① 伊丽莎白·泰勒。
② 安·布莱思,好莱坞明星,代表作《玫瑰玛丽》等。

真情与买卖之间，个中的分野是很明显的。你走到台北宝斗里或走到台南康乐街，你固然看不到何处没有肉欲，但你环顾你的前后左右，又有几个懂得真情呢？大家或追求单纯的肉欲，或自溺在不开放的感情中，为了解决单纯的肉欲，他们选择了放荡；为了解脱不开放的感情，他们选择了失眠、殉情或情杀。他们的心地与愚爱是可怜悯的，可是他们还比不上一只兔子，兔子还有三窟，它们绝不在一个洞里闷死自己。我们只看到兔子扑朔迷离地嬉戏，却从未看到它们为失恋而悲伤！大家不肯睁开眼睛看现实，只是盲目地妄想建造那永恒与专一的大厦，结果大厦造不起来，反倒流于打情骂俏式的粗浅、放纵的肉欲，和那变态的社会新闻。我们有成千成万的青年男女，却被成千成万的爱情苦恼纠缠着，在小气成性的风气下，他们互相认识是那样不容易，偶尔认识了，又笑得那样少！有些苦恼怪环境、有些苦恼怪他们自己，他们不知道如何在爱情的永恒论与专一论的高调下退下来，认清什么是真正可为的，什么是真正不可为的。他们似乎不知道恋爱是美的，它超越婚姻与现实，但不妨碍它们，相反地，婚姻与现实倒可能妨碍它的正常发展。如果一个女孩子老是用选丈夫的标准去选男朋友，那她可能没得到丈夫，又失掉一个男孩子的欢笑与力量。我们大可不必为了追求渺茫的永恒而失掉了真实的短暂，大可不必为了追求'高贵的'专一而失掉了瑰丽的多彩，我们不必限制别人太多，也不必死命地想占有别人，非要'一与之齐，终身不改'不可。我们要做男子汉，也要做多情的小儿女，我们生在一个过渡的时候，倒霉是无法避免的，但是我们不必自怜，我们更不必先呼痛，然后再用针尖扎自己！"

他说着，一直这样说着，像顺流而下的新店溪水，在渐暗的落日底下,他的影子慢慢高大起来,他真是一个不可捉摸的人,我们捉摸到的,也许只是他的影子。人人知道他是"情棍",女孩子们好奇地跟他交往,可是她们不了解他,她们喜欢他的殷勤与技巧,却讨厌他那永不流泪的眼睛。在爱情上面,他充满了童稚的真纯与快乐,有女孩子跟他同走一段路,他兴奋、他高兴;女孩子走了,他也不难过、不悲伤,他会望着双双对对的背影微笑,为了"倒霉的不是我"!他微笑,为了他已走上洒脱浩瀚的航路;他微笑,为了别人并不了解恋爱与真情;他微笑,为了他竟看到睁着眼睛的张飞和他那老是睁着的眼睛。

中国小姐论

论到吸收洋鬼子的文明，日本鬼子真有他们一套。他们对西方文明，一直有什么就学什么，学什么就像什么，明治天皇学会了西方的船坚炮利，斋藤秀三郎学通了英文的文法，原田康子也学到了法国的微笑与晨愁。

咱们中国总是个老大，汉家自有章法，根本就不屑学人家，何况东洋倭人学过的剩货，我们更不高兴再去学，所以我们一直能够保持中国本位，恪守华夏宗风。可是有一部分不争气的假洋鬼子却不这样想，他们一定要学洋人，起码要学东洋人，他们暗中酝酿，明白鼓吹，首先就把中国的女人说动了，太太小姐是最不顽固的，她们逐渐发现，洋婆子的一些玩意儿实在有模仿的价值。于是，新式高跟代替了三寸的小木屐；新式胸罩代替了杨贵妃发明的诃子；新式烫发代替了旧有的堕马髻。虽然辜鸿铭那老怪物拼命劝阻"如何汉臣女，亦欲做胡姬"，但是他终于失败了，他感慨、他诅咒，他悲叹"千古伤明妃，都因夏变夷"！可是大势所趋，群雌所好，又有什么法子呢？在巴黎香水面前，辜老头子不能强迫每个中国女人都多多用桂花油！

中国女人的思维模式完全与咱们中国男人不一样。男人好吃，所以抢先吸收了西方的玉蜀黍、花生米；好抽，所以吸收了纸烟和鸦片；好看，所以吸收了眼镜和电影；好生病，所以吸收了六〇六和奎宁；好曲线，所以吸收了欧几里得的几何学。……可是在另一方面，中国女人也在向洋婆子学习，她们逐渐知道：缠了一千年的小脚应该解开了；男尊女卑三从四德的大道理应该怀疑了；"香钩""弓鞋""莲步""帘底纤纤月"的肉麻文学也应该滚蛋了。……民国九年（1920）的2月里，居然有两个女学生跑到北京大学上起课来了，这在"男女不杂坐""妇女无才便是德"的文明古国里，真不能不说是石破天惊的大事！在"摩登"和"时髦"的集体领导下，夏娃的后人不但扶摇直上，并且早就把我们亚当的子孙丢在后面了。在收音机刚传到中国来不久，北京大学就有过女学生抱着一个大收音机上课的妙举！现在她们虽用电晶体收音机代替了那个大号的，可是她们那种抱收音机的心理，却是从同一个窑里烧出来的。女人最大的功用是软化男性增加爱情，最大的使命是驭（不是"相"）夫教子，搞政治究非所宜，武则天的终于垮台和西太后临死前的忏悔可为殷鉴，娄逞①虽然能诈为丈夫仕至扬州议曹，可是到头来终有"还作老妪"之叹。故女人之欲耍身手，必限于厨房之内、丈夫背后、婆婆面前，明矣！但是有些女人却不这样想，她们在控制男人方面非常熟练，游刃有余之余，她们总想利用余暇出而问世，"公不出山，奈苍生何？"否则做了华兹华斯（William Wordsworth）笔下青苔石畔的紫罗兰，幽居空谷，芳华虚度，岂不太"那个"了吗？

生为现代中国的女人真是幸福，若在古代，多少美女，都在贫贱江头浣纱低泣，或在小茅屋里为他人作嫁衣裳，不知有多少个颜如白玉的吴姬越女都被埋没掉了，因风飘堕了。偶尔脱颖出了一个褒姒，可是不爱笑也不行，周幽王千方百计要使她发笑，结果只笑了

---

① 南齐扮男装的女子。

一下，就把亡国的账都记在她头上了，三千年来，她一直背着狐媚魅主的恶名！还有些女人，也以姿色端丽，被皇帝的爪牙与特使当秀女"选"到宫里去了，当时的选美只为天子一个人，若不幸碰到三千宠爱在一身的皇帝，那就算倒了大霉，禁宫深锁，羊车不来，白天望昭阳日影，晚上看章台残月，晴天伴寂寞宫花，雨天想野渡无人，斜倚熏笼，自叹薄命而已。这样下来，二十年后能够白头宫女谈天宝遗事的，还算是幸运的，碰到个孝感动天的皇太子，说不定心血来潮，要把你活生生地为先皇帝来殉葬！

现代的中国女人就没有这种危机了，如果她"天生丽质难自弃"，她就可以报名参加男人主办的中国小姐选拔会，若有幸而当选，立即一登龙门身价十倍。第一名可亮相长堤，名利双收，固是美事，即使亚军季军，也可献花朝圣，做空中小姐，自第六名以下，起码可把照片履历宣诸报章，腾之于众口，不但日后转业方便，而且可借此理由，敲老子竹杠，多添两件时装和旗袍，等到徐娘半老之日，还可动辄拈出当年中国小姐的候选证，以骄远邻近舍的三姑六婆……由此看来，竞选中国小姐实有百利而无一害，千载良机，失之委实可惜。

有人看到选美大会，竟联想到古代东方的女奴市场，又有人联想到叫价的拍卖行，真是大逆不道的联想！须知当今之世，即使夷吾再世、孔明复生，若想得君行道，也必须高考及格参加竞选不可，你若再想南阳高卧，草堂春睡方起，有个三顾茅庐的大耳郎来跪地哭求你去做那相桓公霸诸侯使孔夫子不披发的大事业，天下还有这种人才主义的傻瓜政治家吗？老实说吧，现在这时代，你要想出人头地，捷径有千百，正途却只有两条，一条是考，一条是选。至于这两条路是否公平客观，是否清高之士所能忍受，那就非我所知也，你只好去问考选部长。总之，流风所被，这年头简直成了一个考选的世界：留学要考，议员要选；书记要考，教皇要选；电影明星要考，中国小姐要选。凡是孤芳自赏矜而不争的家伙，那你只好做不识时务的人下人了，连冷猪肉你也吃不到。但是考选制度的可贵，乃在替上天做不负苦心人的善举，古人十载寒窗，悬梁刺股，三年不窥园，用这么大的代价来换取布衣将相的享受，其志即使可卑，其努力总是可以评价的；但是若以"自然的本钱"轻易盗得大名大利，未免使那些苦心人看得眼红。我们看不起世袭即位的皇帝，看不起祖荫与裙带的官儿，其理由也即在此。所以在20世纪60年代的民主中国，我们还看到以人民的税捐去养孔子孟子曾子的七十几代的重孙子，去设置连专制时代的帝王都不肯设置的道教天师府，我们真忍不住要叹口气！

不过，从另外一个观点来看中国小姐的选拔，倒不失为一件有趣的事情。盖选美者，匹夫匹妇之天性也。晋朝时候桓温娶了李势的妹妹做姨太太，他的原配夫人为之大妒，特操刀来找小姨子，非分尸"李阿姨"而后快。想不到老娘一见李阿姨，审美之心油然而生，不但泄了腾腾的杀气，反倒说："我见汝犹怜，何况老奴！"这位原配夫人真是要得！在感情冲动磨刀霍霍之时，仍不忘美学原理，若生当今之世，足可敦聘为中国小姐评判员矣！

不庄重地说，选美本是吃饱了饭没有事干的高等男士们所发现的消遣女人的艺术。因为女人绝不会想到选美，这倒不是因为恐惧什么，乃是因为镜子一照，她立刻感到"美不由外来兮"，立刻发现她自己不就是天下第一美人么？维纳斯已在此，还有什么好选的？故凡是参加角逐的小姐们，无一不是兴致勃勃地抱着必胜的信心而来；而那些不肯参加或不屑参加的幽谷百合，也无一不带着"天下莫能与之争"的骄傲作壁上观。设想女生宿舍群雌粥粥①围看报纸评头论足之情景，以及在时装表演或选美大会上在座女性很少鼓掌的事实，我们实在不难揣度她们那点小心眼儿了。

　　古代邯郸大道，为贵族豪俊所标题；咸阳北版，是诸侯子女所麇聚。现代高等男士们筹办中国小姐选拔，除了可收佳丽云集举国瞩目之效外，另外还有两个副作用。一个是可使女人内讧，盖女人本来都是一致联合起来对付男人的——虽然她们一回宿舍就吵架，现在选美大会一举行，第一名只有一个，有你无我，既生瑜，何生亮；卿不垮，孤不安，个个蛾眉障妒，争把双眉斗画长，这是男士们看来最开心的事。另一个副作用是女人在这时候才最听话，最不能吊男人的胃口，一一鱼贯展览，十步之内，必有芳草，人人在"十目所视，十手所指"的品评下，规规矩矩地答话，诚惶诚恐地做态，平时那种骄横的气概一点也没有了，男士们绝对不会在其他场合同时看到这么多的美女，也看不到这么多的谦虚。

　　有人说参加选美好像是做买卖，在古代是小本经营，女的只为悦己者容，现在却是大企业，需做大广告，公开看货色以广招徕，并且正相反的是，女人冶容是为了群众的悦己，须做大众情人才称快。其实这种心理是未可厚非的，就连我们男性中的孔圣人，也有过叫价心切的流露，所谓："有美玉于斯……沽之哉！沽之哉！我待贾者也！"只是男人吃亏，不能靠原始的本钱占便宜，尤其是现代的男人，连"面首"也没机会做了，除非是做拳王，但是拳王宝座的得来也良非

---

① 原形容鸟儿相和而鸣，后形容在场的妇女众多，声音嘈杂。

易事，要鼻青眼肿几千次才行，最后若不及时耍狗熊退休，还得鼻青眼肿地被打下来。呜呼！本钱饭岂是男人所配吃者乎？

选美这件事，本无客观标准，古代《杂事秘辛》等书太落伍了。而洋婆子的尺码不尽合东方的美人儿；同时身为评判，对燕瘦环肥的喜爱又各自不同，他头天晚上受了自己环肥老婆的气，第二天就可能投了燕瘦小姐的票。且身为候选诸佳丽，不自量力而几近滥竽者亦不乏人，有的甚至是赝品。当年日本小姐就有隆乳的记录，在美国亦有台下大叫妈妈的窘事，其为处子的程度可想而知。不管真伪杂糅也好，良莠不齐也罢，选举下来，一阵号啕之声是免不了的，落选者固悲从中来，当选者亦喜极而泣，不过身为败者不必沮丧，不能当选乃评判之亡我，非美之罪也！且机会尚多，今年不行，来年请早，只要善自珍摄，抓紧推荐人，明年卷美重来，重做冯妇于华灯之下，轻颦浅笑，搔首弄姿，又有何难哉？

《人间世》1961年6月

由一丝不挂说起

这个月最轰动世界的一件大事,不是苏联两颗人造卫星在天上跑,不是警察在松山机场表演揍人,而是性感明星玛丽莲·梦露(Marilyn Monroe)的自杀。

三十六年前,这个金发美人一丝不挂地来到这个世界;三十六年后,她又一丝不挂地离开。生命的后期被她主动砍断,在她的生命里,有朝云没有晚霞;有早凋没有衰朽,她不等待红颜老去,就印证了《堂吉诃德》的作者所说的:

我赤裸地进入这个世界,
我必须赤裸地离开。

梦露死后第五天,我读到8月10日的《时代》(Time)杂志,中间读到她那种"赤身裸体的热望"(the urge to go nude),引起我很大的感触。《时代》杂志说:

……她给一个摄影记者专利权,在拍片时,去照她那几乎全裸的镜头,她的理由是:"我要全世界来看我的肉体。"(I want the world to see my body.)上一星期,她还在跟一家图画杂志商量她另外一张裸体照片。

这种坦坦白白的"梦露风"（Monroeism）[1]，教我们东方人看来简直是吃弗消的；不但我们吃弗消，即使比较落伍的洋婆子，有时也觉得不像话。

前几年美国加利福尼亚州的一位太太，就送了梦露一副与她胸围腰围尺码（37，24）正好相反的乳罩和束腰（24，37），要她扎紧乳房，别再把腰扭来扭去，勾引男人！

稍稍用一点历史的眼光来看这些事，一点也没有使我们奇怪的理由。当年玛丽莲·梦露以性感起家，在短时期内风靡世界的时候，一般人们的大惊小怪是有着充分的历史基础的。即以开通的美国女人而论，她们对肉体与衣裳的观念的转变，才不过是近三十几年的事。艾伦（Frederick Lewis Allen）在他的《大变动》（*The Big Change*）[2]里，曾说如果时光倒流，把你放在1900年的大街上，你也许会大叫一声："看那些裙子！"（But those skirts!）原来那时候的女人浑身都包着衣服，关防严密，三围遁形，衣领往上高，下摆朝下低，长裙袭地，走路时要不把裙子提起一点儿，它就要担任清扫街道的任务。层层叠叠的衣裳里面，是一重一重的内衣、胸衣、外胸衣、瘦裤、窄裙、衬裙，裹来裹去，无非是让人们"看没有到"她的肉体。

1908年，一位标致的小姐在旧金山搭电车，因为裙子太紧，抬不起脚来，她不小心把裙子提高了一些，结果被人看到了脚踝，好事

---

[1] 见 Pete Martin 的 *Will Acting Spoil Marilyn Monroe?* Pocket Books Inc., New York, 1957, p.7。
[2] 此书的副标题是 *America Transforms* Itself 1900—1950, Pennat Edition, Bantam Books Inc., New York, 1952, p.6。

的摄影记者立刻猎影一张，登在报上，惹起了一阵风波。那时候正是清朝光绪的最后一年，咱们中国的女人们，在衣着上面，也跟西洋女人一样，重点是裹来裹去，休让登徒子看到分毫。换句话说，尽管清朝男人们总是打败仗，签丧权辱国的条约，咱们的女同胞们在洋婆子面前却毫无愧色——"你包得紧，老娘比你更紧！"

可是不久以后，洋婆子们开始不安分了，她们开始脱衣服。第一个开始向传统挑战的所在是海滨浴场，她们向传统的泳衣提出了抗议。在1905年，美国仕女们所穿的泳衣平均大概要用布十码！计开泳帽、泳衣、泳裤（长裤）、泳裙、泳袜、泳鞋一应俱全，同时衣服上要很多皱褶，不能绷得曲线毕露，一眼望去，只看到脸和手，活像个潜水人。到了1910年，女人们的抗议有点效果了，泳衣可以变成单层的了。慢慢地、偷偷地，女人的胳膊上的衣服开始短了，不见了，当时在海滨浴场埋伏的男女警察虽然罚了又罚，可是小姐们的脾气别扭得很，你愈罚她们，她们穿得愈少。1919年（民国八年）以后，泳衣的裤口开始上移了，虽然男女警察还是常常跑过来，手拿皮尺，量来量去，可是女士们胆大了，不怕罚款了。再进一步是1930年（民国十九年），泳裤已短到和它外面的小裙子同一程度了。过了不久，法国的式样吹过来了，大家开始向往把上下一身的泳衣改成上下两件了。改呀改的，从十码布的泳衣改到了五码，从五码改到了一码，又从一码改到了三点式的"比基尼"（bikini），最后到了玛丽莲·梦露身上，人类文明的最后这点面子也让她脱掉了！

在泳衣上既然有了这么大的改变，对其他衣裳自然起了带头作用，对肉体的观念自然也有了不少的修正。在衣裳上面，女人可以袒胸露臂了，可以亮出大腿小腿了，可以使美国每年十五万五千双的丝袜销路，在四十九年以后卖到五万万四千三百万双了；在观念上面，"裤子""裸体"等字眼可以出诸仕女之口了[1]，到了玛丽莲·梦露出来，她甚至可以从容大谈对"贴身内衣"（under wear）和"性的象征"（a sex symbol）的观感了[2]！

* * *

上面这些简单的叙述可以使我们看到，在现代化的潮流中，衣裳的式样跟对肉体的观念如何在慢慢蜕变。这种蜕变对洋人来说，当然比咱们老大中国得天独厚。西方人继承了古希腊对肉体美的尊重观念，这种观念最具体的表现是他们创作的艺术品，在绘画、壁画、皿画、织品、浮雕、木雕等艺术品上，他们流露了各种对肉体的欣赏与礼赞。这种传统的代代相传，自然发展到近代的模特儿（model）、脱衣舞（strip tease）、裸体会（stripfest）、日光浴运动（Sun-bathing camp），以及身上衣服的缩减、电影检查的放宽……这一切转变的重要性并不次于电视、火箭、盘尼西林（青霉素）和人造卫星。它同样属于现代化潮流的一部分，甚至是更切身更重要的部分。从普通飞机演进到喷气飞机固然是现代化；从普通丝袜演进到尼龙丝袜又何尝不是现代化？从肉体开放到缩短裙子，从缩短裙子到穿上丝袜子，再从而百尺竿头更进一步地穿上尼龙袜子，这是何等现代化的样子！又多么使老顽固们没有法子！

* * *

写到这里，我们该转过头来，看看咱们中国。

---

[1] 在20世纪初的几年以前，这一类的字眼都是禁忌。
[2] 见 *Life* 杂志，May 25th, 1959, p.52.

翻开日本平凡社的洋洋巨册《世界裸体美术全集》，第一使我们惭愧的，就是没有一张中国的裸体画，也没有一张裸体雕刻的图片，其中代表东方的有日本的出浴图、印度的暴露画，可是却没有中国的作品占一席之地，这真是一件耐人寻味的事！

再翻开中国的美术史，你可以看到什么《美人图》《明妃出塞图》《唐后行踪图》，可是你绝对找不到一张光着屁股的女人，绝对找不到对裸体艺术欣赏的观念。中国人没有这些，他们压根儿就不画正视肉体的图画，也不画一个脱衣出水的女人。他们要画就画两个——例如仇十洲的春宫图，这就是中国人的"裸体艺术"！

中国人的"裸体艺术"表现都是变态的、可耻的，什么"男女裸逐"啦、"起裸游馆"啦、"裸身相对"啦、"帘为妓衣"啦，无一不是丢人的记录。换句话说，中国人对肉体的观念是不正常的，这种不正常的观念再被"礼教大防"一阵，立刻就建构了衣裳的伟大，所谓"绨纷蔽形，表德劝善"，此"圣人所以制衣服"[①]也！

把衣裳既看得如此神圣，在另一方面，不穿衣裳或露出一部分肉体自然也就要不得。因为肉体是"丑恶"的、"同禽兽"[②]的，所以把肉体露给别人看就显得大不敬，是对别人的一种侮辱。京剧《击鼓骂曹》里那一出，就是个好例子：祢衡裸体击鼓时虽然自言"我露父母清白之体，显得我是清洁的君子"，但他的目的却显然在"赤身露体骂奸曹"，用肉体暴露来破坏宴会里的"体统"，从而达到侮辱别人

---

① 见《白虎通》。
② 刘孝标注引王隐《晋书》：魏末阮籍嗜酒荒放，露头散发，裸袒箕踞。其后贵游子弟，阮瞻王澄谢鲲胡毋辅之徒，皆祖述于籍，谓得大道之本，故去巾帻、脱衣服、露丑恶、同禽兽。甚者名之谓"通"，次者名之谓"达"。

的心愿①。

古人们既然对肉体有这么古怪的看法，那他们对衣裳的重视也就不足为奇。可惜的是，中国人的穿衣历史并不怎么光荣，一个号称有五千年历史的礼仪之邦的大国国民，直到汉朝还不知道穿裤子，这是何等妙事！黄帝只知道垂衣裳以治天下②，却忘了制造裤子，故尧、舜、禹、汤、文、武、周公、孔子，乃至下传至秦皇汉武，大家都一脉相承了这个不穿裤子的道统！

正因为汉朝以前的人不穿裤子，所以衣服不得不拖到地上，偶尔有"衣不曳地"的故事③，那只是相对的说法，身体发肤和小腿脚踝还是照样要加以管制，还是包过来裹过去，直包裹到一个新的"服妖"局面出现，然后开始天下大乱。

所谓"服妖"，按照《汉书·五行志》的说法，是"风俗狂慢，变节易度，则为剽轻奇怪之服，故有服妖"。这样看来，每一种时髦服装的出现，除非是圣人制定的，否则就有"服妖"的嫌疑，而做这种大逆不道的举动的，若绳之以经典，则正好是"作……异服……以疑众，杀"④！

不过，杀尽管杀，头脑开明的人们才不怕这种恫吓。在高跟皮鞋

---

① 从一些旧日文献里，可以知道裸体辱人的事实：试看《孟子·公孙丑上》："尔为尔，我为我，虽袒裼裸裎于我侧，尔焉能浼我哉？"又如《列女传·贤明传》："彼虽裸裎，安能污我？"这些话都可以反证暴露肉体可以达到羞辱人的目的。
② 《易经·系辞下》："黄帝尧舜，垂衣裳而天下治。"
③ 《史记·孝文纪》："所幸慎夫人，令衣不得曳地，帏帐不得文绣。"《汉书·文帝纪》赞："所幸慎夫人，衣不曳地。"《晋书·苻坚载记》："坚后宫悉去罗纨，衣不曳地。"
④ 《礼记·王制》。并参看《晋书·武帝纪》"帝以奇技异服，典礼所禁，焚之于殿前"的话。

面前,没有人能阻止她们不放开小脚;在新式奶罩面前,没有人能阻止她们不挺出乳房;在三围耸动的肉体面前,没有人能阻止她们不曲线毕露!

在这种酝酿过程里,民国成立是一个大转捩。在民国前九年(光绪二十九年,1903),"爱自由者金一"就出版了《女界钟》。这书攻击缠足、穿耳、盘髻等旧式的对肉体与衣饰的观念,但也不赞成"欧洲女子之蜂其腰而鼓其乳"。无疑地,这部先知的著作多少还有折中派的倾向,但写这一书的人绝没想到他所提倡的改革运动,在民国成立以后,居然慢慢展开,虽然进度是异常迟缓,可是变动之大却非他始料所及。

例如在"截发"上面,辛亥革命以后,男人的发型有了很大的改变(辫子不见了),可是女人的发型的改变(去髻剪发)却是十六七年以后的事。剪短头发的潮流刚兴起的时候,在大陆曾产生许许多多的不幸事件,民国十六年(1927)的春天,武昌汉口的女人,有的为了逃避剪头发,只好到处躲藏,一次三十多个女人跑到一条小船上,结果大风来了,全部被淹死[①]。但是,尽管在大陆的转变有很多困扰,十里洋场的上海,却首先开通起来,摩登的女子们在民国十六七年的时候顺利地剪短了头发,随着烫发的西来,"双丫""长辫""刘海""元宝头"等发型都逐渐被淘汰,再由"电烫"变为"原子烫""奶油烫",直烫出今天这些千奇百怪的发型。这种演变,是何等现代化!

---

① 这一部分史料,请看陶希圣的《中国社会现象拾零》(1932年上海新生命书局版)第339—342页。

再看服装，旗袍是一个大转变，它的转变不在宽边镶滚、不在领子高低，乃在袖子的减少、下摆的缩短与开衩的提高，同时淘汰掉北方的扎脚裤跟南方的散脚裤，换上了长袜子，或是干脆脱掉长袜子，上露胳膊下露腿。这种演变的最后成功是在民国十九年（1930），当时男人穿露出一截胳膊的上衣还不准进公园，可是女人的暴露部位，却已赶过了男子！此外，另一种服装上的麻烦是裙子，裙子的缩短在民国以后的女学堂里很快普遍开来，当然反动的势力还是很大，直到民国十三年（1924），还有什么教育会联合会发表什么议决案，主张女学生"应依章一律着用制服"，而所谓"制服"，乃是"袖必齐腕，裙必及胫"。他们的高论是：

衣以蔽体，亦以彰身，不衷为灾，昔贤所戒。矧在女生，众流仰望，虽曰末节，所关实巨。……甚或故为宽短，豁敞脱露，扬袖见肘，举步窥膝，殊非谨容仪、尊瞻视之道！①

当时一位叫奚明的，在《妇女周报》第六十一期发表了一篇文章评论说：

教育会会员诸公当然也是"众流"之一流，"仰望"也一定很久……"仰望"的结果，便是加上"故为宽短"云云这十六字的考语。其中尤足以使诸公心荡神摇的，是所"见"的"肘"和所"窥"的"膝"。本来肘与膝也是无论男女人人都有的东西，无足为奇。但

---

① 见1924年的《妇女周报》或《妇女杂志》。

因为诸公是从地下"仰"着头而上"望"的缘故,所以更从肘膝而窥见那肘膝以上的非肘膝,便不免觉得"殊非谨容仪、尊瞻视之道"起来了!

这些史料在今天回看起来我们一定忍不住笑,当我们看到今天小姐们这种"袖短直达肩窝,裙瘦难以阔步"的演变,我们怎么能不说:这是何等现代化!

再看曲线,在过去,中国女人最缺乏胸围观念,大家都觉得乳房丰满并不好看,所以要束胸,束到"胸乳菽发",才算好看。等到西洋的三围尺码来了以后,"大奶奶主义"油然兴起,乳房乃得解放,其上围小者不欲再小,上围大者志在更大,于是不得不乞灵于所谓"胸罩"和"义乳",而杨贵妃时代的东方"诃子"一类的东西遂被丢掉了。"义乳"观念刚流行时,得风气之先的当然是那些在上海的名女人,当时因为用的是棉花,所以容易露马脚,名女人徐来、徐琴芳等,都有过"不幸一乳遗失"的纪录。后来"义乳"慢慢改进,由棉花而橡皮,由橡皮而塑胶、乳胶,并与"胸罩"合流,任凭女士们扭扭或恰恰,再也不必有泰山其颓的顾虑。当我们看到今天的女人们,挺着不辨真假的乳房,傲然自道她的三围数字的时候,我们怎么能不惊喜:这是何等现代化!

另一种观念的现代化是脚和鞋,从民国前三十年(光绪八年,1882)康有为计划在广东创办不缠足会开始,八十年来,小脚已经成为残余的老婆婆们的标记,一千年可耻的"国粹"和"传统"再也不能发挥它的淫威,中国的女人们不但丢掉了她们的裹脚布,并且更进一步,把双脚居然亮了出来,这是《肉蒲团》时代的中国人绝对不能想象的事！在过去，女人向男人呈露色相，衣服易脱，脚布难解。可是几十年来，中国女人却一反故态，反倒穿上了孔鞋、凉鞋和拖鞋，美丽的脚丫子全部亮相。对于这种巨变，我们怎么能不拍手说：这是何等现代化！

在对肉体的观念上面，最正常的合法开放是艺术家眼前的模特儿。模特儿的出现最早是在私人的画室里，到了民国八九年，上海有人发难了，最有名的是常州怪人刘海粟，他公然呼吁："模特儿到教室去！"主张公开在教室里做人体写生。当时这件事闹得满城风雨，老顽固们大骂他、新闻记者攻击他、孙传芳的五省联军捉拿他，人们把他跟写《性史》的张竞生、唱《毛毛雨》的黎锦晖目为"三大文妖"。可是时代的潮流到底把"文妖"证明为先知者，全国各地的美术学校一个一个地成立了，光着屁股的模特儿也一个一个地合法了，在道统与法律的夹缝中，模特儿几乎变成唯一的漏网者。第二个漏网者是什么，我不能想象，看到目前的所谓"歌舞团"，我想迟早大概是脱衣舞了！

＊　＊　＊

根据这些简单例证，我们大概可以看出现代中国人对肉体与衣裳（尤其是女人的肉体与衣裳）观念的转变。不论从哪一点上看，这几十年的转变都可说是进步的、可喜的，都可说是"三千年来未有之变局"①！从这种变局里，我高兴我们这个古老的民族，在那么多老腐败的道学尸影下，居然还能奔向几条现代化的跑道——脱掉该脱的、露

---

① 这是李鸿章的话。

出能露的。这真是我们这一代的伟大了①!

1962 年 8 月 24 日

〔附记〕这篇文章校好后,今天早上看到《联合报》说:

[合众国际社英国布拉德福26日电]约一千八百人昨日参观一个艺术展览会,该展览会上所悬挂的三幅裸体画,上周被禁,昨日又重新挂起。据官员们说,通常星期天的观众只不过二三百人,因这三幅画,突增至一千八百人。

经过英国艺术协会的抗议后,警方准许重挂。该协会曾表示,如不准悬挂那三幅画,即停止此展览会。

这条有趣的小新闻,可算是现代时潮中的一股小逆流了。(1962年8月27日)

〔后记〕

一、《由一丝不挂说起》原登《文星》第五十九号(1962年9月1日台北出版)。发表后,我读到1934年1月8、9、10、12、13日的天津《大公报》,有"菁如"的一篇《北平妇女服装的演变及其现

---

① 在这篇文章里,我并没有兴趣提倡"裸体主义"(nudism),我只是指出肉体暴露一件事并不是什么不得了的事,更不必用礼教的眼睛来大惊小怪。一个钢琴家,可以表现他的指法;一个运动家,可以表现他的体魄;一个美人,为什么不能表现她的肉体?肉体本身并不是什么神秘或肮脏的东西,它在勃朗宁的诗中是"愉快"(pleasant)的象征,是可以给灵魂做"玫瑰网眼"(rose-mesh)的,一个以"精神文明"自豪的民族,岂可以随便遮盖它?

状》，收集材料不少。文中指出北平妇女服装的六次沿革是：

第一，宽衣大袖时代，

第二，窄身高领时代，

第三，短袖短裙时代，

第四，短衣长裙时代，

第五，长短旗袍时代，

第六，西服及半裸体时代。

这篇文章的结论是："三十年中，北平妇女服装，比较显明地经过了这六种变迁。"

二、《文星》第六十二号（1962年12月1日）刊有艾健先生的一篇《面对一丝不挂》，是从一个学医的观点来讨论健全的性心理的，可以参看。又《文星》编辑部曾收到一封在美国麻省理工学院留学的中国学生署名"特号老顽固"的来信，对我这篇文章提出严重的抗议，他说：

……近来翻阅台湾报纸杂志，觉得台湾之崇美心理已经到达了"变态"的地步，尤其一般自认为"现代化"的人。

当一个民族，尤其一个曾以它的文化站在世界最前面数千年的民族的青年们，只是因为三百年的落后与百余年的屈辱，而丧失尽了他们的自尊与信心的时候，后果将是可怕的。

……今晚"有闲"，再读《文星》，发觉比"好大言"更令人悲伤的是，有少数自认为"现代化"的人，却忘了什么是"现代化"了。假如认为他们所崇拜的人们的女人脱光了衣服，而我们的女人也必须跟着脱光才算是"现代化"时，那么人家中饭都改吃冰凉的三明治，而我们的中学生反而吃蒸热的便当，也实在太不"现代化"了。我虽然只在高中、大一时念过一些子曰、诗云，没有钻过旧书堆，可是我至少知道每种文化都有其特有发展的方向与方式。假若说人家从裸体像发展到脱衣舞而我们没有就该惭愧的话，那么我们更应该觉得惭愧的，该是我们太早发明火药、纸张、印刷术、磁针、地震仪……太早发达了天文学、数学、严密的政治制度……因为伟大的"现代化"的鼻祖们反而要转借我们的，这对我们而言岂不更可耻？汉朝以前的人还不知穿裤子是不光荣，而现代女人当众脱掉裤子倒是"最文明"的事。伟大的心理、伟大的逻辑……

虽然我的房中也贴上了张所谓"裸体艺术"，但是我还是不懂"找不到裸体艺术欣赏的观念"有何不对的地方？是否有文化即必须有"裸体艺术"，不然就不配称为"文化"呢？

……中国只是落伍了三百年，中国的文化中可以骄傲的东西远比可耻的多，我们需要向人学习、向人吸取的是那些使他们强大、使他们富裕的东西，而不是由他们的强盛、富裕的结果，所造成的使他们趋向颓废的生活方式。先生，你是舍本求末了。

先生，大概你是把那些"陈旧"的五四时代的东西读得太多了，把自己紧紧地关闭在你自己所制造的小圈子里，做着往日陈旧的英雄式的美梦，设想着你周围还布满了"那么多老腐败的道学尸影"。先生，已经没有了，已经没有"那么多老腐败的道学尸影"了。先生，中国人早已发现了他们自己的道路，已用不着你坐在小房子里"悲天悯人"了；

中国人早已发现他们的缺点与优点，中国人是会奔向"几条现代化的道路"的，但我敢打赌至少不是"该脱的脱掉、该露的露出"，我们这一代的伟大不是在学习别人颓废的末节；我们这一代的伟大是在有人们肯不计名利、埋头苦干，给未来的中国以无穷的希望。李先生，请先不要写洋洋洒洒千万言的答辩，请你先多想一想，多看看"新"的东西；或者最好请你先脱掉你引以为傲的长袍马褂，走出你自己所造的象牙之塔……李先生，请不要再鼓吹你的"现代化"了，台湾的崇美程度早已超过了你的鼓吹；台湾来的女孩子的"扭扭舞"早已跳得比美国女孩更好，再鼓吹则可能台湾的"美化"程度要超过美国了。

我借抄这位留学生的信在上面，同时决定听他的劝告，不写"洋洋洒洒千万言的答辩"了。也许我能设想一下留居国外的一位爱国青年朋友的心理状态，也许我能大梦初醒地不再"设想""布满"在"周围"的"那么多老腐败的道学尸影"，我盼我真的发现这些"尸影""已经没有了"！我盼这位青年朋友的"打赌"真的赢了！

三、另一件很巧的事是，一位留在中国的美国人，似乎也对这个问题感兴趣：美国大使馆的专员、美国新闻处的副处长司马乐天（John A. Bottorff）先生，居然在他家里的一次聚会中，出示我这篇《从一丝不挂说起》的英译本给我看。我想到这位在中国的美国人，和那位在美国的中国留学生，觉得真是一个好对照。

四、我这篇文章发表后八个月，台北出现了一家教育厅备案、教育局立案的"阆姗美术补习班"（一位师范大学的毕业生主持的），为了有"裸体摄影"的科目，闹得满城风雨。谁说这不是一个"观念"的考验关头呢？去年流行的脱衣舞风潮，据今年3月2日《民族晚报》的一篇《脱衣舞内幕》所载，已形成"禁者自禁，脱者自脱""睁眼闭眼，皆大欢喜"的余波，不知道此番"人体画室风波"，又"波"到什么样子也！（1963年5月22日）

五、1933年9月4日杭州《民国日报》有一条新闻标题是:《宁波公安局严禁女子奇装异服》，副标题是《为维持风化实有厉禁必要，倘敢公然过市立加逮捕》，内文如下：

〔宁波快信〕宁波公安局昨出示严禁女子奇装异服。特为抄录于下。为严禁事。查得年来女子服装。每多竞尚新奇。风气已为之一变。近更变本加厉。裙则长不过膝。足则赤然无袜。是种裸胫露趾之怪象。一经踯躅通衢。万人注目。莫不引为奇观。乃竟恬不为怪。尤复欣然自得。寡廉鲜耻。道德沦亡。考其作俑之始。又皆出于一般智识女子。兴念至此。殊堪痛恨。似此提倡乖谬。有伤风化。一旦相互效尤。蔓延全境。行见文物之邦。将为野蛮异族所同化。不独贻笑大雅。抑且腾笑友邦。轻侮贱视。岂非自召。其谓区区小节。实属国体有关。本局长负维持风化之责。断难默尔姑容。合亟布告。从严禁止。以维廉耻而敦风俗。嗣后务各自爱。慎勿再蹈前项恶习。借重人格。以全声誉。倘仍不知悔改。公然过市。唯有立加逮捕。按照奇装异服。依法从重拘罚。不稍宽贷。除饬属遵照。认真办理外。仰各凛遵毋违。是为至要。切切此布。（1963年5月24日）

六、参看 Maurice Parmelee 博士的 *Nudism in Modern Life*.（Revised Edition）1931，纽约 Garden City 版，这是一本最清楚的著作，有插图二十九幅。

不讨老婆之"不亦快哉"

（三十三则）

昔金圣叹有"不亦快哉"三十三则，顾而乐之，乃作"不讨老婆之不亦快哉"三十三则，以蔚今古奇观。

其一：不须跟人家丈夫比，不须为"出息"拼老命，没出过国，不怕埋怨，不怕丢脸，块然①独于故国山水之上，受台北市警察局管辖，不亦快哉！

其一：不须看孕妇大肚皮，不亦快哉！

其一：不拿"红色炸弹"（喜帖）炸人，不亦快哉！

其一：经常使人以为你将拿"红色炸弹"炸他，不亦快哉！

其一：可含泪大唱"王老五"，不亦快哉！

其一：不让"双方家长"有在报上登启事"敬告诸亲友"的机会，不亦快哉！

其一：不须挨耳光，不亦快哉！

其一：不须罚跪，不亦快哉！

其一：不须顶灯，不亦快哉！

其一：不须顶夜壶，见夜壶傲傲然而去之，不亦快哉！

其一：打麻将不怕输，输了不会被拧耳朵，不亦快哉！

---

① 孤独貌，独处。

其一：不可能自己戴绿帽子，可能给别人戴绿帽子，不亦快哉！（或：帽子不绿，不亦快哉！或：王八我不当，王八别人当，不亦快哉！）

其一：不须鼓盆，不亦快哉！

其一：可公然喜欢女明星，不亦快哉！

其一：可到女中教书，不亦快哉！

其一：可在墙上贴大腿女人，不亦快哉！

其一：可请女理发师理发，不亦快哉！

其一：可吃百货店阿兰豆腐，不亦快哉！

其一：可向三房东三姨太太道晚安，不亦快哉！

其一：可公然读莎士比亚《驯悍记》，不亦快哉！

其一：可火焚《醒世姻缘》，不亦快哉！

其一：有账自己管，有银子自己花用，不每年一次送给女大衣店老板，不亦快哉！

其一：不必半夜三更送枕边人去割盲肠，不亦快哉！

其一：不须付赡养费，不亦快哉！

其一：不让叔本华等专美于前，且可跻身于古今中外"光棍传"，不亦快哉！

其一：可追求老情人的女儿，使老情敌吹胡子瞪眼（君子报仇，十年不晚），不亦快哉！

其一：可十天半月不洗脚，不亦快哉！

其一：不须替母大虫烧洗脚水，不亦快哉！

其一：新来女秘书一听说本人未婚，即忻然色喜，面向本人做"预约"之态，本人做老僧入定状，漠然拒之，不亦快哉！

其一：可使欲嫁我者失恋，不亦快哉！

其一：可使初恋情人误以我为痴情种子，后悔当年没嫁给我，不亦快哉！

其一：三更半夜，自由自在赶文章骂30年代无聊文人，而设想彼等也正想中夜起床，写文章回骂。不期刚钻出被窝，即被彼宝眷察觉，河东狮吼，阃怒难犯，乃重梦周公或周婆去讫。不亦快哉！

其一：可不必替丈母娘办丧事，不亦快哉！

1962年12月7日一改，
1963年8月16日再改

附录

不交女朋友不亦快哉（酸葡萄）

△不必巧言令色学哈巴狗样，对女友做讨欢状，不亦快哉！

△可使他人以为我是个优良学生，不亦快哉！

△不必三更半夜爬起来对纸谈情写情书，不亦快哉！

△不必绞尽脑汁，苦思财源，请女友上馆子、看电影，不亦快哉！

△不必把衣服熨得硬如铁刷，而割破了"土壤肥沃"的颈子，不亦快哉！

△不必时时刻刻手拿"照妖镜""整饰仪容"，不亦快哉！

△可以不让思文君专美于前，不亦快哉！

△可使少女以为我是个"理想丈夫"而穷追不舍,不亦快哉!

△不会被骂"呆头鹅""大笨牛",不亦快哉!

△不必花钱买《情书宝鉴》《恋爱必读》,闭门苦读,不亦快哉!

△骑"铁马"上坡时,不必载着女朋友,上气接不了下气地喘叫"没什么,不费力,不费力",不亦快哉!

△不必担心别人横刀夺爱,但可"横刀夺他人之爱",不亦快哉!

△不必茶饭不思,想尽奇谋,与别人钩心斗角,出风头,争女友,不亦快哉!

△不必给小流氓抽恋爱税,不亦快哉!

△不必为"出息"和别人动刀子拼"小命",不亦快哉!

△考试时,不必受约会的"惠泽",而导致"满江红",不亦快哉!

△出游时不必抱女友的小弟妹,而尝到"甘淋",不亦快哉!

△不必花钱买一大堆的"贺年片",不亦快哉!

△不怕尝香蕉皮的味道,不亦快哉!

△可公然谈论"哪家有女初长成",不怕身边"狮吼",不亦快哉!

△不必在女友的父母前装孙子,不亦快哉!

△不必朝背夕诵:"你是我冬天的太阳,夏天的冰激凌……"不亦快哉!

△不必在公园里望眼欲穿地等候芳驾,不亦快哉!

△不必昧着良心去抚摸女友癞头的小弟弟,不亦快哉!

△可写"不交女朋友不亦快哉!"而不怕被罚写"悔过书",不亦快哉!

(《新生报》副刊 1963 年 12 月 30 日)

妈妈的梦幻

妈妈从小有一个梦幻,就是当她长大结婚以后,她要做一家之主,每个人都要服从她。

当妈妈刚到我们李家的时候,妈妈的妈妈也跟着来了。外祖母是一位严厉而干练的老人,独裁而又坚强,永远是高高在上地大权独揽:上自妈妈,下至我们八个孩子(二元宝,六千金),全都唯她老太太命是从,妈妈虽是少奶奶兼主妇,可是在这位"太上皇后"的眼里,她只不过是一个"孩子王",一个孩子们的小头目,一个能生八个孩子的大孩子。

由于外祖母的侵权行为,妈妈只好仍旧做着梦幻家。她经常流连在电影院里——那是使她忘掉不得志的好地方。

在外祖母专政的第十九年年底,一辆黑色的灵车带走了这个令人敬畏的老人。五天以后,爸爸从箱底掏出一张焦黄的纸卷,用像读诏书一般的口吻向妈妈朗诵道:

凡我子孙,
当法刘伶:
妇人之言,
切不可听。

带着冰冷的面孔,爸爸接着说:

这十六个字是我们李家的祖训。十九年来,为了使姥姥高兴,我始终没有拿出来实行,现在好了,你们外戚的势力应该休息休息了!从今天起,李家的领导权仍旧归我所有,一切大事归我来管,你继续照做孩子头!

在一阵漫长的沉默中,妈妈的梦幻再度破灭了!于是,在电影院附近的几条街上,更多了妈妈高跟鞋的足迹。

* * *

爸爸的治家方法比外祖母民主一些,他虽秉承祖训,不听"妇人之言",可是他对妈妈的言论自由却没有什么钳制的举动。换句话说,妈妈能以在野之身,任意发挥"宪法"上第十一条所赋予的权利,批评爸爸。通常是在晚饭后,妈妈展开她一连串、一系列的攻击,历数爸爸的"十大罪":说他如何刚愎自用、如何治家无方……听久了,千篇一律总是那一套。而爸爸呢,却安坐在大藤椅里,一面洗耳恭听;一面悠然喝茶;一面频频点首;一面笑而不答。其心胸之浩瀚、态度之从容、古君子之风度,使人看起来以为妈妈在指摘别人一般。直到妈妈发言累了,爸爸才转过头来,对弟弟说:

"'唱片'放完啦!小少爷,赶紧给你亲爱的妈妈倒杯茶!"

旧历年到了,爸爸总是预备九个红包,妈妈在原则上是绝不肯收这份压岁钱,可是当弟弟偷偷告诉她分给她的那包的厚度值得考虑的时候,妈妈开始动摇了,犹豫了一会儿以后,她终于没有兴趣再坚持她的"原则"了!

堂堂主妇被人当作孩子,这是妈妈最不服气的事。可是令她气恼的事还多着哪!妈妈逐渐发现,她的八个孩子也把她视为同列了。例如爸爸买水果回来,我们八个孩子却把水果分为九份,爸爸照例很少吃,多的那一份大家都知道是分给谁的,妈妈本来赌气不想吃,可是一看水果全是照她喜欢吃的买来的,她就不惜再宣布一次"下不为例"了!

* * *

爸爸执政第八年的一个清晨,妈妈在流泪中接替了家长的职位。丧事办完以后,妈妈把六位千金叫进房里,叽叽咕咕地开了半天妇女会,我和弟弟两位男士敬候门外,等待发布新闻。最后门开了,幺小姐走出来,拉着嗓门喊道:

"老太太召见大少爷!"

我顿时感到情形不妙。进屋以后,十四道女性的目光一齐集中在我身上,我实在惶恐了!终于,妈妈开口了,她用着竞选演说一般的神情,不慌不忙地说道:

"李家在你姥姥时代和你老子时代都是不民主的;不尊重'主权'——'主'妇之'权'——的!现在他们的时代都过去了!我们李家要开始一个新时代!昨天晚上听你在房中读经,高声朗诵《礼记》里女人'幼从父兄;嫁从夫;夫死从子'那一段,我不知道你是不是故意念给我听的。不过,大少爷,你是聪明人,又是在台大学历史的,总不会错认时代的潮流而开倒车吧?我想你一定能够看到现在已经不是一个"夫死从子"的时代了!……"

我赶紧插嘴说:

"当然，当然，妈妈说的是，现在时代的确不同了！爸爸死了，您老人家众望所归，当然是您当家，这是天之经、地之义、人之伦呀！还有什么可怀疑的？您做一家之主！我投您一票！"

听了我这番话，妈妈——伟大的妈妈——舒了一口气，笑了；"筹安六君子"也笑了；"咪咪"——那只被大小姐指定为波斯种的母猫，也摇了一阵尾巴。我退出来，向小少爷把手一摊，做了一个鬼脸，喟然叹曰：

李家的外戚虽然没有了，可是女祸却来了！好男不跟女斗，识时务者为俊杰，我看咱们哥俩还是赶快"劝进"吧！

* * *

妈妈政变成功以来，如今已经五年了！五年来，每遇家中的大事小事，妈妈都用投票的方法来决定取舍，虽然我和弟弟的意见——"男人之言"——经常在两票对七票的民主下，做了被否决的少数，可是我们习惯了，我们都不再有怨言，我们是大丈夫，也是妈妈的孝顺儿子，男权至上不至上又有什么要紧——只要妈妈实现她的梦幻！

〔后记〕一、这篇文章是1959年作的，原登在1960年11月20日台北《联合报》副刊。发表后，妈妈终于找到了我，向我警告说："大少爷！你要是再把我写得又贪财又好吃，我可要跟你算账了！"（1962年11月27日）

二、我抄一段"捧"我这篇文章的信在这里：

马戈于大陆杂志社修函致候敖之足下：长诗短片陆续收到，《水调歌头》硬是要得。人言足下国学渊博，信不诬也。

上午随缘至故人处雀戏，下午至社读书，得读大作《妈妈的梦幻》于联副，隽永可喜，亦颇有古诗人轻怨薄怒温柔敦厚意，大手笔固善写各体文章，无怪向日足下视此为小道也。苟有得于心，则其表述可以论述、可以史著、可以小说，皆无伤也。而克罗齐之美学，其重点即在此。顾君才大，愿多挥毫，世之名著，非皆出于老耄也。

（1960年11月20日马宏祥来信）

妈妈·弟弟·电影

如果我说我喜欢弟弟,那我真对不起自己的良心,这段原因说来话长,可是又不能不说。

想当年妈妈生了四个女儿以后我才出世,接着又来了两个妹妹,那时候我以一比六的优势,在家中的地位如日中天,前无古人,后无来者,爸爸妈妈对我的宠爱无以复加。但是好景不长,我虽力足空前,却势难绝后,命中注定我又有个宝贝弟弟,他的降生使我地位一落千丈,从宝座上掉将下来,因此我对这个"篡位的小流氓"实在很讨厌,一见到他那贼头贼脑的贼眼与后来居上的油脸就不开心。

我们平常叫弟弟"阿八",可是妈妈似乎不喜欢这个称呼,她希望我们尊称他作"八少爷",而她叫起弟弟来,名字就多了,除了"心肝""宝贝""金不换""小八哥"等十几个正规昵称不算外,她还经常改用新的名字来呼唤这个"小流氓":比如说妈妈看了"小飞侠"回来,她就一连叫弟弟"彼得潘",叫呀叫的,直叫到另一场电影(比如说《辛八达七航妖岛》)散了场,于是她又兴高采烈地带了一个新名称回来,改叫弟弟"辛八达"。少则五天,多则半月,整天你都会听到"辛八达""辛八达""辛——八——达"!

* * *

古人择善固执,妈妈却择电影固执。妈妈三天不看电影就觉得头昏脚软人生乏味,电影是妈妈的命根子,也是她唯一的嗜好。妈妈说她有三大生命：第一生命是她自己，第二生命是弟弟，第三生命就是电影，她统其名曰"三命主义"，并扬言三者一以贯之相辅为用，互为表里，缺一不可，极富连环之特性。

由于"生命"攸关，妈妈不得不像喜欢电影那样喜欢弟弟，或是像喜欢弟弟那样喜欢电影，妈妈虽说她用心如日正当中，对八个孩子绝不偏心哪一个，可是我们都知道妈妈的心眼儿长在胳肢窝里，除非"一泻千里式"的场合，才偶尔骂到辛八达。

所谓"一泻千里式"是妈妈骂我们的一种基本方法，只要我们八个孩子中的任何一个得罪了妈妈，妈妈就要采取"惩一儆八"的策略，一个个点名骂下去，因人而异，各有一套说辞，绝无向隅之感，真是天网恢恢疏而不失，八面玲珑人人俱到。比如说三小姐使妈妈不开心了，妈妈并不开门见山直接骂三小姐，她先从大小姐不该买那件黄外套开始，然后顺流而下，谴责二小姐不该留赫本头，再依此类推，直骂到幺小姐的第六号男朋友的大鼻子为止。这种骂法，既可得以偏概全之功，又可收举一得八之效，因材施骂，报怨以直，个个鸣鼓小攻一番，不失古诗人轻怨薄怒的风度。但有个例外是，阴险的辛八达经常是个漏网者，因为他很乖巧，一看到妈妈"骂人开始"了，他便赶紧跑到厨房去烧开水，等到妈妈骂完幺小姐刚要峰回路转枪口对他的时候，他便准时把热腾腾的红茶从门外端进来，那种唯恭唯谨的嘴脸、必信必忠的姿态、清白此身的尊容，再加上举案齐眉的红茶，四种攻势立刻使妈妈化干戈为玉帛，拨云雾而见青天——笑逐颜开了。大喜之余，妈妈立即转换主题，品茗大谈"辛八达孝感动天录"，誉辛八达为二十四孝外一章；曾参以后第一人；"生民以来，未之有也！"……一天夜里我偷看辛八达的日记，他写道：

今天小施故技，老太又被"红茶战术"击垮，转而对我谬许不止。不过妈妈似乎对"八"这个数字很偏爱，只骂七个人犹意未足，所以把老太爷抬出来补骂一阵。小子何人？竟劳动老子代我受过，实在不孝之至。感而有诗，成六绝一首：

他们人人挨骂，
例外只有阿八，
妈妈创造儿子，
儿子征服妈妈！

* * *

妈妈的半部自传就是一部电影发展史。妈妈从十几岁就开始看电影，那时还正是默片时代。四十年来，妈妈从黑白看到彩色；从真人看到卡通；从平面看到立体；从无声看到有声。不但如此，妈妈还看白了嘉宝的头发；看老了卓别林的神情；看死了范伦铁诺[①]的风采；也看花了她自己的眼睛。这种赫赫的历史背景使她轻易取得了电影"权威"的宝座，妈妈也不谦辞，她的座右铭是："天下万事，事事可让，碰到电影，绝不后人！"但是电影界的日新月异、新人辈出，未免使妈妈很辛苦。有一次我半夜醒来，竟看到她戴着老花眼镜，坐在灯前，口诵心惟，用起功来，我蹑手蹑脚走到她后面去看，吓！原来她念的是一大串美国新歌星的名字与履历！其用情之专、用力之

---

① 鲁道夫·瓦伦蒂诺，美国默片时代著名影星。

勤、用心之苦，真可为千古壸范①而无愧色！妈妈虽不忘新人力争上游，可是在不经意间，仍可见其心折于老明星而讨厌这些后起之秀。她最痛恨普利斯莱②，本来早有挞伐之意，想不到六小姐与幺小姐却对猫王大为倾倒、大为卿狂，妈妈一人难敌两口，何况贬斥新星容易被人戴上老顽固或不时髦的帽子，那又何苦来？所以妈妈不久也就软化了，她在两位千金促膝大谈猫王从军史的当儿，偶尔也插嘴说："不错，猫王的嗓子也不错，他有几个调门是学平克劳斯贝③的；而他的鼻子又很像却尔斯鲍育④！"其性念故老之情，不但飞舞于眉宇，而且摇滚于脸上，大有白头宫女谈天宝之慨！有一次她看了一出《洪水神舟》的默片，归来大谈不止，无声电影把她带回到青春时代，那天她非常兴奋，躺在床上犹喃喃自语，说个不停，反复背着《琵琶行》里的一句："此时无声胜有声！"

妈妈最会看电影，也最能在电影里发挥美学上的"移情作用"。她积40年之经验，一日心血来潮，作了一篇《影迷剪影》，其中有一段说：

观影之道，贵乎能设身处地，要能先明星之忧而忧而不后明星之乐而乐，我看到那女明星喜怒哀乐，我早就喜怒哀乐，我虽是个资深的观众，可是当电影开演时，我就摇身一变为女主角了！她生气，我发怒；她出力，我流汗；她志在求死，我痛不欲生，一定要这样，才

---

① 壸，音 kǔn。壸范，妇女的仪范、典式。
② 埃尔维斯·普雷斯利，绰号猫王，美国摇滚歌手。
③ 哈里·里利斯·克劳斯贝的别名，美国著名演员、歌手。
④ 查尔斯·鲍育，好莱坞黄金时代银幕大情人，代表作有《煤气灯下》。

能心领神会，得个中三昧，那时你一定要陶然忘我，深入无我之境，魂不附体，舍己为人，凡不能自我牺牲的，都得不到顾"影"自怜的乐趣！

妈妈把这篇大作油印出来，见人就送，我也幸获一份，此后有指南在手，时开茅塞，再也不怕人家笑我是外行了！

* * *

妈妈是（20世纪）60年代的新派人物，她最恨老、最不服老，想当年爸爸曾为她仗义执言道："谁说你妈妈老？比起玛琳黛德丽来，她还是小孩子！"妈妈最讨厌人家问她年纪，她的年纪也始终是个未知数，我只风闻她已50岁，可是她却偷偷告诉张太太她只45岁，并且三年来一直没有打破这项纪录，据初步判断，未来也很有冻结的可能。其实话说开来，世界上哪个女明星不瞒岁数？有明星为证成例可援，妈妈气势为之一壮，心安理得了！

不过，别看妈妈上了年纪，满头黑发的她实在与那些祖母明星一样年轻，而她对生活的兴致与乐趣，更远非像我这种少年落魄的文人所能比拟。我记得她第十二次看《乱世佳人》的时候，早晨9点钟到电影院里，直到晚上9点钟才回来，这种雅人深致的热情、老当益壮的雄风，岂是一般妈妈比得上的？何况妈妈还屡施惊人之举，遇有文艺巨片，缠绵悱恻，在电影院里坐上七八个小时，本是家常便饭拿手好戏，老太视此固小芥耳，何足道哉！

* * *

妈妈生平最大的遗憾大概就是生不逢时未能献身银幕了，但聊以自慰的是，人生本是个大舞台，有演员也得有观众，妈妈说她既不能"巧笑倩兮"于水银灯下，只好"美目盼兮"于电影院中。委曲求全之余，妈妈不但成功地做了一个伟大的观众，并且把六位千金和辛八达训练成大影迷，个个精谙影星家传、银幕春秋。最要命的是，我这个"不孝有三，不爱电影为大"的长子最使她失望，幸有弟弟善全母志克绍箕裘，俨然以未来明星自期许，常使妈妈厚望不已。有一次妈妈居然打破一向不信释道鬼神的惯例，在老佛爷面前焚香膜拜起来了，只见她五体投地扑身便倒，口中念念有词，词曰：

别的母亲望子成龙，我却望子成电影明星，如果老天爷一定要我儿子成龙，那么就请成个王元龙①吧！

昔孟轲有母，史传美谈；今我有母如此，我死何憾？辛八达的妈妈呀！我服了！

〔后记〕在台湾香港的几家报纸杂志一再围攻"浮夸青年""文化太保"的时候，我发表这篇文章，似乎不能不说几句话。

我认为如果有"人心不古"的事，那就是后人不如古人有幽默感。司马迁的《滑稽列传》及身而绝就是一个显例。流风所被，好像一个人不板着脸孔写文章就是大逆不道！不写硬邦邦的文章就是没有价值！

我不明白：为什么写文章要道貌岸然？教别人读了要得胃病？为什么写他们眼里的"游戏文章"就是罪过？"游戏文章"就不能"载

---

① 中国早期电影明星，以粗犷硬朗的英雄形象闻名，被称为"银坛霸主"。

道"吗?

我要用这篇"小说"来示范给30年代的文人看。在他们吹胡子瞪眼拿帽子乱丢的时候,不妨欣赏一下这篇"小说"深处的情节。个中的事实不必信其有,也无须信其无,总之能猜到我讽刺什么就好。看懂以后,再想想孔老夫子"谏""有五义焉……吾从其风(讽)"的话,总该惊讶:原来李某人的文章也是合乎圣人之道的!

* * *

以上全文及后记原登《文星》第五十六号,1962年6月1日台北出版。发表后,6月25日任卓宣发行的《政治评论》第八卷第八期上,有一篇所谓《为白话文问题代郑学稼辨诬》,其中指出:"李敖对叶(青)、郑(学稼)之文无能答辩,只得'蝉曳残声到别枝'去写《纪翠绫该生在什么时候?》和他的《妈妈·弟弟·电影》了。"同月,在张铁君发行的《学宗》第三卷第二期上,有一篇《此次文化问题论战之总述评》,其中也诬指:"被胡适全心全力支持的西化太保也'蝉曳残声到别枝'去考证《纪翠绫该生在什么时候?》谈他《妈妈·弟弟·电影》了。"到了10月3日,胡秋原在记者招待会上宣布控告我,其中也谈到:"后来听说这小诽谤者写《妈妈我服了》,又自称'文化太保'谈梅毒去了。"上面这些文字,都是我这篇《妈妈·弟弟·电影》发表后的小插曲。在另一方面,我的"妈妈"在6月14日来信说:"读了你的大作,我们有同样的感觉——'体无完肤',幸而那段《后记》,使我们稍慰于心。"我另外在公共汽车站旁边,还听到三位女孩子在叽叽喳喳地谈论这篇"妙文章"。我拉杂追记这些小事在此,小事在此,聊志墨缘。(1963年5月22日)

长袍心理学

穿长袍,何凡先生是理论家,我才是实行家。

一袭在身,随风飘展,道貌岸然,风度翩翩然,屈指算来,数载于兹矣!不分冬夏、不论晴雨、不管女孩笑于前、恶狗吠于后,我行我素,吾爱吾袍,绝不向洋鬼子的胡服妥协,这种锲而不舍的拥护国粹,岂何凡先生所能望其项背哉!

长袍成为我个人的商标,历史已久,不但传之于众口,而且形之于笔墨。前年香港出版的一期《大学生活》里,某君曾列举台大的四怪三丑,而怪丑之尤就是"长袍怪",好像长袍就是我的化身一般。事实上,若论台大声名显赫的人物,除钱校长外大概就是我了。没有一个人敢说他没见过"文学院那穿长袍的",除非他是瞎子,可是瞎子也得听说过李某人,除非他还愿意做聋子!

多少人奇怪我为什么一年到头老是穿长袍,可是我从来不告诉他们。他们恭敬视我,我低眉以报之;他们侧目视我,我横眉以向之;他们问我原因,我关子以卖之。教中国通史的夏教授也整年穿件破袍子,可是夏天最热的那一两个月,他也破例夏威夷一番。有一次他看我在盛暑之下仍穿着黑绸大褂大摇大摆,特地走到我面前,不声不响地盯了我一阵,最后摇摇头,不胜感慨地说:"你简直比我还顽固!"

其实我怎能算顽固?李鸿章穿缺襟马褂,比我还多顽固一层;入了咱们国籍的英国妙人马彬和,对中国"满大人"服装的倾倒比我还如醉如痴。只是台湾的天气热些,所以显得我比他们更艰苦卓绝罢了!有一次,一位颇有灵性的女孩子问我说:"李敖,我忍不住了,我一定要问问你:这么热的天气你还穿这玩意儿,难道你不热吗?"我望着她那充满救世精神的脸儿,慢吞吞地答道:"冬天那么凉,你还要穿裙子露小腿,难道你不冷吗?"这女孩子似有所悟,一句话没再说,黯然而去。我当时忍不住偷偷好笑,我笑她一定以为我在夏天的耐热和她在冬天的耐冷,出自同样的心理,其实才不对呢,女孩子冬天穿裙子,充其量不过三项理由:

一、为了美,为了满足她们的自炫心理;

二、为了阔,利用你的视觉告诉你她穿的是九十六元一双的玻璃丝袜;

三、为了优越感,告诉你她的脂肪含量比你们男士多,热情的人是不怕冷的。

可是我穿长袍在光天化日大太阳之下,理由却与她们迥然不同。盖穿长袍是一门失传的学问,降至洋服充斥的今日,凡是再穿长袍的人都有他一个深远的理论背景,我把这种理论背景归而纳之,分为五派,一统其名曰"长袍心理学"。

第一是"中学为体派"。此派可以钱穆为代表。钱先生承张文襄公之余绪,大倡东方精神文明,"中学为体,西学为用",他在行动方面,也表现出"中衣为体,西鞋为用"的精神——当然去美国时穿西装是例外,入境问俗,中国之进入夷狄者则夷狄之,何况圣之时者的钱先生乎?我个人在长袍一点上,足为国粹派争光。身外之物虽系小事,然"其意岂在一发哉?盖不忍中国之衣冠,沦于夷狄耳"!故我对它始终乐此不疲一往情深,时时玩索不已,心体力行不止,持久性足可追随钱夫子而臻于"汉唐以来所未有也"的境界。何况长袍还是我们东方物质文明最辉煌的表现,也是我们反抗文化侵略的一件有力武器,它那变形虫的特性给了我们无限的安全感,黄袍加身日,我思古人时,洋鬼子的物质文明又何有于我哉?

第二是"男权至上派"。此派可以某些女人痛恨者为代表。想当年清朝刚入关,金之俊建议十从十不从,第一条就是男从女不从,所以当时男人穿清朝旗袍,女人穿明朝服装;到了民国后,男人又流行穿西装了,女人才流行穿旗袍。换言之,女人总是晚咱们男人一着,总是跟在时代后面穷赶,思念起来,好不开心!想不到好景不长,没过几年,女人们也穿起洋婆子的衣裳来了,但是她们并不喜新厌旧地放弃旗袍,反倒变本加厉,把旗袍开衩到苏茜黄的世界[1],而此世界之有碍观瞻与体统,不必多言一望便知。可是你又不能厚非小娘子们,因为她们这么做是有古书为之支援的,《诗经》上不是说过吗——

缁衣之好兮,敝予又改造兮!

有诗云可证,挟经典以重,老学究们还敢再多嘴吗?《礼记》中虽有"作……异服……以疑众,杀!"的王制,但是女人太可爱了,安能遽以一衩之高低挥泪杀之?何况普天之下率土之滨,双面夏娃多如牛毛兔子毛,又安能尽得而诛之?故劝千岁,杀字休出口,杀乎哉?不杀也!但是,既然不能杀之而后快,某些卫道之士自然不服气不甘心,但又恨无新服装可跟她们比赛。失望之余,只好折回头来,重新

---

[1] 《苏丝黄的世界》,里面苏丝黄为"中国娃娃"形象。

从箱底取出长衫儿，晒一晒，也穿起来了，心里还想：同是旗人之袍，娘儿们穿得，我穿不得？他×的，穿！堂堂大丈夫奇男子，岂可让这些造了反的女人专美于前？于是"男权至上派"遂在"冲冠一怒为红颜"的公愤下成立了。

第三是"招蜂引蝶派"。此派可以某些大包头型的海派学生为代表。这些暴发户的"太"字号们，到处横行，上穷碧落下黄泉，志在吸引异性的注意。但是女人是好奇的动物，不出奇安能使之好耶？于是大包头们纷纷出动，或穿黑衬衫，或扎细领带，或用妇人手帕，或喷仕女香水……千方百计，无所不用其肉麻之极，最后异想天开，居然动起他爷爷的长袍的脑筋来了。于是赶忙翻箱倒柜，但找了半天也找不到，只好找山东裁缝做了两件，又拿条花围巾，往黑脖子上一缠，俨然以北平大学生自况，真是沐猴而冠，望之不似人君，一看他那包心菜式的头发，咱们就够了！这些附庸风雅的无知之徒，其面目可憎、其黑心可诛、其长袍可送估衣店、其"招蜂引蝶派"可请少年犯罪组勒令解散之！

第四是"没有西装派"。此派正好与前一派相反，前一派因西装太多，尼龙、奥龙、达克龙……五颜六色，宽条窄条，穿得厌了，所以才穿长袍傲同性而引异性；此派却因一条龙也没有，且西装之为物，日新月异，宽领窄领，三纽二扣，变化无穷，除非财力雄厚，否则休想跟上时代而当选服装最佳的男人。若穿长袍，就无这种麻烦了，大可隆中高卧，以不变应万变，任凭别人的料子龙来龙去，老僧反正是一龙也不龙，至多以聋报之。而且，清高的阴丹士林是从不褪色的，正如我们固有文化的万古常新，放之四海而皆准，俟诸百世而不惑，长袍小物可以喻大，"去蛇反转变成龙"，袍之既久，自怜之态恚然消失，路过短衣窄袖的西装店，反倒望望然而去之，只见他把咽下去的口水朝玻璃窗上一吐，仰天长啸曰："予岂好袍哉？予不得已也！"

第五是"十里洋场派"。此派别名"职业长袍派"。即穿长袍和他的职业有神秘的关联。例如说相声的，不穿长袍就失掉了耍贫嘴的模样；拉胡琴的，不穿长袍就锯不出摇头摆尾的调子；"监察院院长"，不穿长袍就不能表现出他那"年高德劭"的雍容。此外东洋教授、西藏喇嘛、红衣主教、青帮打手……都得在必要时穿起形形色色的长袍以明其身价。尤其是上海帮的大经理大腹贾们，他们的脑之满与肠之肥，几乎非穿容量较大的长袍不足为功。盖身穿西装，除了使他们更像喜马拉雅山的狗熊外，硬领、马甲、臂箍、窄袖、腰带等对他们无一不是恐怖的报酬。本来西装就没有长袍舒服，西装穿得愈标准你就愈受罪，除了仅有"头部的自由"外，其他你全身的锁骨肋骨肱骨桡骨尺骨髌骨胫骨腓骨乃至屁股，没有任何一骨是高兴的。而这些重量级的奸商巨贾，由于脖子上的白肉太多，连仅有的头部的自由也被他们自己剥削掉了。不堪回首之下，他们乃相率在单行道上选了长袍，除了可减轻桎梏开怀朵颐外，更可从林语堂博士之劝告，用"世界上最合人性的衣服"来包住他们那快挥发光了的人性！

＊　＊　＊

李子述长袍心理学竟，乃临稿纸而叹曰：

昔孔圣曾有"微管仲，吾其被发左衽矣"之叹，管仲有恩于道袍，千载史有定评。从曹孟德割须断袍之日起，长袍遂有式微之兆。曹操死后一千七百年，华夏衣冠竟不幸沦于夷狄，自右衽而变中衽，自长衣而易短装，流风所被，长袍竟被贬为国家常礼服，且在裁缝公会会长眼中,俨然吴鲁芹所谓之"小襟人物"矣!岂不哀哉痛苦哉!余深信长袍不该绝,深愿我血性之中国本位者,于胡服笔挺之际,从速响应何凡之呼吁,以李敖为楷模,以于右任("余右衽")为依归。诗云:"岂曰无衣?与子同袍!"千载袍风,此其时矣!三原右老,可同袍矣!此时不同,还待何时?寄语读者,快看齐矣!

1961年3月15日在台北"四席小屋"
1962年3月13日改一年前旧作,11月27日再改

红玫瑰

那一年夏天到来的时候,玫园的花全开放了。

玫园的主人知道我对玫瑰有一种微妙的敏感,特地写信来,请我到他家里去看花。

三天以后的一个黄昏,我坐在玫园主人的客厅里,从窗口向外望着,望着那一棵棵盛开的玫瑰,默然不语。直到主人提醒我手中的清茶快要冷了的时候,我才转过头来,向主人做了一个很苦涩的笑容。

主人站起身来,拍掉衣上的烟灰,走到窗前,一面得意地点着头,一面自言自语:

"三十七朵,十六棵。"

然后转向我,用一种调侃的声调说:

"其中有一棵仍是你的,还能把它认出来吗?"

躺在沙发里,我迟缓地点点头,深吸了一口烟,又把它慢慢吐出去,迷茫的烟雾牵我走进迷茫的领域,那领域不是旧梦,而是旧梦笼罩起来的愁城。

就是长在墙角旁边的那棵玫瑰,如今又结了一朵花——仍是孤零零的一朵,殷红的染色反映出它绚烂的容颜,它没有牡丹那种富贵的俗气,也没有幽兰那种王者的天香,它只是默默地开着,开着,隐逸地显露着它的美丽与孤单。

我还记得初次在花圃里看到它的情景。那是一个浓雾弥漫的清晨,子夜的寒露刚为它洗过柔细的枝条,嫩叶上的水珠对它似乎是一种沉重的负担,娇小的蓓蕾紧紧蜷缩在一起,像是怯于开放,也怯于走向窈窕和成熟。

在奇卉争艳的花丛中,我选择了这棵还未长成的小生物,小心翼翼地把它捧回来,用一点水、一点肥料和一点摩门教徒的神秘祝福,种它在我窗前的草地里。五月的湿风吹上这南国的海岛,也吹开了这朵玫瑰的花瓣与生机,它畏缩地张开了它的身体,仿佛对陌生的人间做着不安的试探。

大概我认识她,也就在这个时候。

平心说来,她实在是个可爱的小女人,她的拉丁文的名字与玫瑰同一拼法,这并不是什么巧合,按照庄周梦蝶的玄理,谁敢说她不是玫瑰的化身?她给人的第一印象是一种罕有的轻盈与新鲜,从她晶莹闪烁的眼光中,和那狡猾恶意的笑容里,我看不到她的魂灵深处,也不想看到她的魂灵深处,她身体上的有形的部分已经使我心满意足,使我不再酝酿更进一步的梦幻。

但是梦幻压迫我,它逼我飘到六合以外的幻境,在那里,走来了她的幽灵,于是我们生活在一起,我们同看日出、看月华、看眨眼的繁星、看苍茫的云海;我们同听鸟语、听虫鸣、听晚风的呼啸、听阿瑞尔(Ariel)[①]的歌声,我们在生死线外如醉如醒;在万花丛里长眠不醒,大千世界里再也没有别人,只有她和我;在她和我眼中再也没有别人,只有玫瑰花。当里程碑像荒冢一般林立,死亡的驿站终于出现在我们的面前,远远的尘土扬起,跑来了《启示录》中的灰色马,

---

① 莎士比亚《暴风雨》中空气般的精灵爱丽儿。

带我们驰向那广漠的无何有之乡，宇宙从此消失了我们的足迹，消失了她的美丽，和她那如海一般的目光。……

可是，梦幻毕竟是飞雾与轻烟，它把你从理想中带出来，又把你向现实里推进去。现实展示给我的是：需求与获得是一种数学上的反比，我并未要求她给我很多，但是她却给我更少。在短短的五月里，我和她之间本来没有什么接近，可是五月最后一天消逝的时候，我感到我们的相隔却更疏远了。恰似那水上的两片浮萍，聚会了，又漂开了，那可说是一个开始，也可说是一个结束。

红玫瑰盛开的时候，同时也播下了枯萎的信息，诗人从一朵花里看到一个天国，而我呢？却从一朵花里看到我梦境的昏暗与遭回。过早的凋零使我想起汤普森（Francis Thompson）的感慨，从旧札记里，我翻出早年改译的四行诗句：

最美的东西有着最快的结局，
它们即使凋谢，余香仍令人陶醉，
但是玫瑰的芬芳却是痛苦的，
对他来说，他却喜欢玫瑰。

不错，我最喜欢玫瑰，可是我却不愿再看到它，它引起我太多的联想，而这些联想对一个有着犬儒色彩的文人，却显然是多余的。

在玫园主人热心经营他的园地的开始，他收到我这棵早凋了的小花，我虽一再说这是我送给他的礼品，他却笑着坚持要把它当作一棵"寄生物"。费了半小时的光阴，我们合力把它种在玫园的墙角下，主人拍掉手上的泥巴，一边用手擦着汗，一边宣布他的预言：

"佛经上说'有情来下种，因地果还生'，我们或许能在这棵小花身上看到几分哲理。明年，也许明年，它仍旧会开的。……"

* * *

烟雾已渐渐消失，我从往事的山路上转了回来，主人走到桌旁，替我接上一支烟，然后指着窗外说：

"看看你的寄生物吧！去年我就说它要开的，果然今年又开了。还是一朵，还是和你一样的孤单！"

望着窗前低垂的暮色，我站起身来，迟疑了很久，最后说：

"不错，开是开了，可是除了历史的意义，它还有什么别的意义呢？它已经不再是去年那一朵，去年那一朵红玫瑰谢得太早了！"

〔后记〕1960年6月9日，我正在新化附近服役，突然接到Rosa给我的信，定了题目——《红玫瑰》，叫我写一篇散文送她。6月14日我写好寄出，后来才知道被她修改几个字，发表在《台大四十八年外文系同学通讯》里了。退伍后我又把它稍加修改，发表在1961年4月6日的台北《联合报》副刊。现在我又改几字，收在这本小书里。追想起来，这篇文章前后被她改了一次，我改了至少六次。

如今Rosa已去美国，已经形同隔世了。我怀想这个使我眷恋不已的小女人，越发对这篇文章另眼看待。就文章论，它是我少有的一篇不说嬉皮笑脸话的作品，许多朋友读了，都觉得它有一种阴暗苍茫的气氛，认为这"不太像李敖的风格"。

今晚深夜写这篇《后记》，心情多少有点儿沉重，我抄出三年前意译的一首豪斯曼（A.E.Housman）的小诗（曾经抄过一份送给Rosa的），用它来表达我内心的隐痛（1963年5月22日晨三时半）。

死别 You Smile Upon Your Friend Today

久病得君笑，You smile upon your friend today

沉疴似欲除；Today his ills are over；

万语逢重诉，You hearken to the lover's say,

余欢若云浮。And happy is the lover.

意转何迟暮，'lis late to hearken, late to smile,

慰情聊胜无：But better late than never：

生灵未忍去，I shall have lived a little while,

柩马立踟蹰。Before I die for ever.

　1960年7月19日夜改稿，"慰情聊胜无"是改写陶渊明的诗句。

旧天子与新皇帝

——元末明初的断片

十三年来，今年是头一天有黄气。

在那六朝金粉埋葬下的金陵城，街头巷尾，人人都兴高采烈地奔走相告："黄气来了！黄气来了！"

十三年不见了，黄气终于来了！

黄气不但来了，人家还说，这回的黄气是一千五百年来最多的一次。

一千五百年前，秦始皇帝修长城，废封建，收民间兵器，铸了十二个大金人，外巡四方，行封禅礼，一方面派徐福带了童男女入海求神仙，另一方面听望气术士的话，凿方山，断长垄，以泄王气。可是那次泄王气后，东方的气象好像受了损，从此一千五百年下来，气象再也不行了。

术士们暗地里说，北方的王气不行了，王气开始南转，那些在北方的几个王气充溢的大城，像邯郸、阳翟、北平、开封、洛阳、长安……一个个都气象衰败了。他们占星，看北方玄武星座，星座尾部渐向南指，于是他们断言："王气到南方去了！"

王气南移，第一个目标是金陵，这是东晋帝王的国都，上承三国时代的孙权，下延到宋齐梁陈四朝，正所谓六朝金粉。虽然那几百年过后，王气又一度北移，有回光返照之势，可是毕竟留不住了，每个术士家、星占家都承认：

北方不行了！

那年秋天快过去时，下了几场雨，可是却听不到什么雷声，老百姓们高兴了。因为他们知道历代相传的：

秋后雷多，
晚稻少收。

今年雷竟这样少，收成一定是不坏的，没有苦旱，没有凶年，天灾一少，人祸自然就少了。

人人盼望着天下太平。

人人心里都有一个希望，反正元朝是垮定了，人人再也不会受蒙古人的气了，蒙古族的势力已经完了，汉族眼看就要抬头了。

元朝的顺帝像一只被打破了头的乌龟，缩着头，守着北京一隅，再也没有关外征战时那种"立马吴山第一峰"的气概了，他只想保住他北方那点老巢，只要汉人南人不向北打，他就满意了。他最爱听宫女们成群歌舞，看她们那隔着轻纱的腰肢款摆着，唱着：

寒向江南暖，饥向江南饱，
莫道江南恶，须道江南好。

顺帝满意了，他心中虽然有点悲哀，知道他不能到江南去，可是在大雪纷飞的天气，宫中四面生满了炭火，满室生春，娇嫩的六宫粉黛们脱得半裸，有的给他倒茶、有的给他斟酒、有的给他做肉屏风、有的在他面前载歌载舞，他也乐得不思江南，不想那些讨厌的红袄贼，不理睬什么大明王和小明王，以及那些南蛮子的游击队。……他穷耳目之欲，在美人醇酒与清歌面前，他心凝形释，骨肉都融了！他宝座旁边坐的是那西土的番僧，贼眼溜溜的，顾盼于美女与皇帝之间。番僧是皇帝的精神指导人，每个皇帝即位，都要先受佛戒九次，才登大宝，他们掌握着"君权神授"的力量，所以皇帝们都得让他们三分，不然抓破了脸，掀开了底牌，在老百姓面前丢了丑，反倒不好看。何况番僧们也颇会拍马屁，他们精研丹砂，深通房中术，在歌舞声中，他们看到皇帝的兴致快到顶点了，善于察言观色的他们立刻就看出今天晚上皇帝属意于哪个女孩子了，于是，一个眼色与一个暗号，一切立刻就准备好了。等到皇帝对歌舞的满足快饱和了，微微露出意兴阑珊的时候，他们便把皇帝拥到内室里去，去行他们的"延彻尔"。

"延彻尔"是蒙古话，翻成汉语是"大快乐"。

"大快乐"是真真正正的快乐。

"大快乐"的获得并不简单。

获得"大快乐"需要硬功夫、真本领，这真本领就是房中运气术。房中运气术若行得好，可以夜御数女，极尽人间之乐事。

在四面伴奏的是"天魔舞"，由十六个如花似玉的宫女，全裸着，头戴佛冠，在小小的密室中，俯仰为舞，或行瑜伽之术。

在这个小密室中，即使近侍与宦官也很难入内。里面除了女孩子，就是皇帝与番僧。

番僧测量皇帝的体质，如果发现他今晚意兴甚浓，他们就给他吃丹服药，然后按摩，行"双修法"（"秘密法"），双修法一行，一直到天亮才罢休。

皇帝高兴了，亲笔挥毫，用蒙古文题了一块金字匾额——"济济斋乌格依"，就是汉文中"事事无碍"的意思，他命左右把它挂在密室门上，表示这是高度愉快的"事事无碍室"。

在日上三竿，不能早朝的时候，他不知道番僧们早已去胡作非为了。

番僧并不是什么奇怪的人物，他们是人人知道的西土大喇嘛，他们仗恃着皇帝的佞佛[①]奉释，而他们正是佛释的化身或代言人，所以更横行无忌。

他们辱及王妃，殴及留守，把宋代的皇坟挖了六个，盗取金银珠宝，甚至把宋理宗的头骨切下，中间挖空了，用作酒杯。他们还借检查户口之名，奸淫民家妇人和女孩。

在北方，除了元朝的皇帝外，他们是最红得发紫的人物。

他们坐在皇帝的龙舟里，煞是威风，龙舟长十二丈，宽二丈，行起来的时候，头尾眼爪都能动。

他们又找到一个善做奇巧的工人，给皇帝做了一个大钟——"宫漏"，高七尺，内有一个女孩，两个金甲神，六个飞仙，这个钟能每小时报告一次。

"宫漏"一小时一小时地报告，一小时一小时，无情的岁月流过去了。

在灰色的岁月里，南边的消息愈来愈恶劣，皇帝有点悲观。

番僧们劝他及时行乐，几乎每天都有新选的秀女入宫，每天都有新乐章、新的歌舞节目。

---

① 讨好于佛，后认为迷信佛教。

皇帝当然也是有女必玩,可是玩过后,他似乎愈来愈烦,他的脾气一天比一天坏了。

皇帝的心情和局势一样糟。他常常把双脚放在一个女孩子的裸背上,两眼没神,望着南方发呆。

番僧们也没有好法子,他们只是轮班辅助皇帝,一些人陪皇帝玩,劝皇帝开心,往远处想,别为眼前这些小动乱操心;另一些人就跑到外面去作奸犯科,贪贿舞弊。

秋天眼看就过去了,一年真容易!

深秋的时候,消息来了,朱元璋已打进了姑苏城。

那真是一场鏖战,结果朱元璋到底把张士诚打垮了。当朱元璋派徐达做大将军进攻的时候,张士诚叫熊天瑞做了许多飞炮,徐达的军队因而死了不少人,可是朱元璋还是命军队死攻。最后,城里的木头石块都用完了,徐达终于打进了葑门。

张士诚知道大势已去,决心自杀,他很后悔当初没有接受朱元璋的招降,朱元璋不是劝他全身保族吗?——"图王业、据土地,及其定也,必归于一,天命所在,岂容纷然?"他把麻绳扎在梁上,他知道天命是什么了!

"砰!砰!"一群人冲倒房门,直拥到他身边,蜂拥而上,把他从绳上解下来,他的两眼前面一片模糊,他依稀看到叛将李伯升正在旁边指手画脚,他气愤极了,在迷茫中,他更迷茫了。

星象愈来愈对朱元璋有利了。

"金火二星会子丑分,望后,火逐金过齐鲁之分。"占者说,"宜大展兵威。"

军事配合着星象,参政朱亮祖讨平了浙东诸郡;征南将军汤和讨平了方国珍，捷报传来，人心振奋。

行人刁斗风沙暗，四境群雄幽怨多。龙蛇起陆，天命必归真主。谁是真主，似乎没人再怀疑了。

* * *

农书上说，冬天，南风三两日，必有雪。

南风来了，雪也来了。

今年的雪真大，白茫茫的一片，压倒了北京城，也压倒了南京。北京还是老样子，死气沉沉，人心思汉。

南京就热闹了，听说朱元璋要做真命天子了！

一开始大家都不相信，因为人人都知道朱元璋是革命英雄，不会有个人野心。

人人都知道朱元璋当年是跟郭子兴的，后来又代替了郭子兴，接收了郭子兴的女儿与旧部，开始打天下，可是招牌却挂的是"韩林儿"的。韩林儿据说是宋朝帝室之后，所以大家都知道朱元璋是在给汉族重光，为宋室延命祚，而不是为他个人私利、为他个人打天下。

可是街头巷尾的消息却教人纳闷。

腊月底，消息愈来愈多了。

可是消息却是教人齿冷的，原来朱元璋是个野心家。

朱元璋自己想当皇帝。

人们开始怀疑了！"朱元璋有什么资格当天子？他是一个流氓！"有人这么说。

"朱元璋是一个乡下佬、一个小和尚！"

"朱元璋的老婆是大脚，三寸金莲——横着量！"

哈哈！哈哈！酒馆里的人都笑了！酒保也笑了，店小二也笑了，老板也笑了。

几杯老酒一下肚，大家更兴奋了！愈喝愈高兴，大家都有点醉了，张三向李四说："嘿，嘿，嘿，李大哥，你不能再喝了！你的脸看起来已经模模糊糊的了！"

可是有一个人却没喝。

这个人歪戴着头巾，口中衔着根烟袋，靠在"太白遗风"那块竖匾下面，冷冷地在看每一个人，看每一个人使酒骂座。

一会儿，他不见了，谁也没注意他，大家都全神贯注地注意着酒瓶子，注意躲避着对方的口沫横飞。

很快地，天黑了。

很快地，酒馆打了烊。

大家醉醺醺地，一个个地飘出了酒馆的大门。

第二天，仍是原班人马，群贤毕至，少长咸集。大家在聊天，可是每个人都好像是泄气的皮球，都在有气无力地谈话，有的干脆在喝闷酒，两眼望着酒杯发呆。

酒杯可以反映出他们脸上的幽愤，可是反映不出他们眼中的血丝。

大家都知道，大家都心照不宣，大家都听说老李昨晚失踪了。

老李就是昨晚说朱元璋是流氓的那个人。

1961 年的冬天作于新店
1962 年 11 月 27 日小作修改

〔后记〕这是我写历史小说的一个尝试。我本想把中国历史里的一些事件做点"切片"的工作,用史书做基料,用短篇小说的方法表达出来。这个计划始终因为忙别的事未能实现,只写成这么一篇。
(1962年11月27日)

无为先生传

——以"无"字为典

先生不知何许人也，亦不详其姓字，但知家世无为，兄弟三人，长兄无智，次兄无能，先生行三。人们说他来自庄子里面的"无何有之乡"，并且，最重要的是，他是一个无声无臭的无为主义者。

先生的双亲也是无为主义者，所以无为先生的无为作风可以说是遗传的。他的双亲本来没有要生无为的积极意思，可是花落偶然结子，无为先生就在无所谓的气氛下生出来了。他的父亲是王充孔融的信徒，很相信"父母于子无恩"的理论，不但如此，他甚至觉得做父母的有时候对儿女感到抱歉，因为他自己就是一个无立锥之地的穷措大，无衣无褐无路求生，却又生了这么一个"无愁天子"，实在更无计可施了。

幸亏无为先生的父亲深信黄老哲学，老子说"我无为而民自化"，他却说"我无为而儿自活"，他相信只要做父母的无为而活，做儿女的就一定会无忝所生。

果然无为先生不负他父母所望，无为先生才二十五岁，就当选为无何有乡的乡长了。这种名位对别人说来是无妄之福，可是对他说来却是无可无不可的劳什子，所以他是一个绝无仅有的官儿，他居官之道是"无适也，无莫也"，对复杂的公文他无挂无碍，对棘手的问题他无忧无虑，对人事的考核他无誉无毁，对筑桥修路他无所为而为，一切都顺应"我无事而民自富，我无欲而民自朴"的大原则，他深信如此必可无往而不利。

可是，人间的事经常为无中生有，好人经常遭到无妄之灾，居然有一些无聊透顶的人开始向无为先生无的放矢，说他"无佛处称尊"、说他无法无天、说他贪得无厌、说他无耻之尤……由于他们诉诸暴民情绪，无为先生只好挂冠求去，以达到他与人无忤、与世无争的愿望。

无为先生本来就无心出岫，如今也正好落得无官一身轻，可是那些漫无心肝的男人、粗识之无的女人，仍不放过他，他们造他谣言，使他无地自容；喧喧狂吠，使他无地可避，虽然他内心无愧无怍，可是他知道他自己被乡长这个职位毁了——他根本连"治"都大可不必，又何须"无为而治"呢？苗本无恙，又何必助长呢？无路可走无聊极思之余，他写了两首忏悔诗：

大智若愚非常道，
大巧若拙非常名，
天下至柔莫如水，
老氏大象总无形。

关尹逼人成绝作，
老聃原是我本家，
千古真言流余沫，
佛头着粪莫拈花。

无所依附地、前途无"亮"地，无为先生无论如何活不下去了，可是无论贤愚、无论老少，都不知道他是怎么死的，也不知道他死在什么地方，也许他在无底之壑的无间地狱里做了马面无常；也许他在无冬无夏的无疆之福里做了无冕帝王；也许他到了那无量寿无量光的净土；也许他登上那无识无知完全无趣的天堂……不论他到哪里，他都会想到孔老夫子给他的劝告：

夫何为哉？恭己正南面而已矣！

于是他正襟危坐，面向南方，提起原子笔，写下了他的"自祭文"，那是

公少学书，不成；学剑，又不成；愤而捐书弃剑，不学无术，竟又不成。呜呼哀哉！尚飨！

1961 年 4 月 2 日夜一口气写完

充员官

在部队里，士兵可分为两类：一类是大陆来台的资深战士；一类是补充的新兵——"充员"。而军官呢，也可分为两类：一类是常备军官；一类就是我们预备军官——绰号"充员官"。

"充员官"，我们可以先来一番素描：白白的、傻傻的，一副近视眼镜，经常总是遮在低戴的帽檐底下，背有点儿驼，走起路来大摇大摆，谈吐之间总是脱不掉他在大学时代的那种书袋气，站在队伍前面，慌手慌脚，喊口令像踩了鸡脖子，一点没有叱咤风云的味儿。

一年以前，我个人正是这样一个具体而微的充员官，蹑手蹑脚地、呆头呆脑地，跑到这个名将辈出的野战部队来，当时我的心里充满了惶惑与忐忑，板板六十四[①]，不知如何是好。过去十几年耍笔杆的生活，对我简直有如隔世。我清楚地知道在今后一年的服役期间里，我要"从戎投笔"，要好好耍一阵枪杆——当然不是耍花枪！

以一个毫无战场经验的青年文人，统率着三十多位百战沙场的老兵和年轻力壮的小战士，这真是一种微妙的配合。但是既然官拜兵器排排长，只好勉为其难了！

晚上，一个老头儿托梦给我，向我耳语说："古之欲带兵者，不可不知为将之道。"真怪，这老头儿是谁呢？长长的胡子很像我爷爷，

---

① 比喻不会变通。板，即"版"，铸钱的模子。宋代官铸铜钱，每版六十四文，不得增减。

可是我爷爷只拿过刀子，从未摸过枪杆，更别提六韬三略了。但是老头儿懂得兵法的又有谁呢？我想来想去，终于想到那个指使张良拾鞋的黄石公。对了，一定是他！他老子儿自知他的"兵法"早已被时代淘汰了，除了我们这些学历史的，很少再有人翻他的老账了，所以他才不顾时空的阻隔，特地来开导本人一番。第二天一早，我便向连长请假，跑到书店里，去寻找"为将之道"的书。李德哈达的《战略论》与带兵无关；约米尼的《战争艺术》又太深了。选来选去，找到一本艾森豪威尔的传记。当我读到艾森豪威尔统率有史以来最大的军队，所直接指挥的不过只是三个人的时候，我不禁把大腿一拍，喟然叹曰："为将之道，尽于是矣！"

我匆匆忙忙跑回来，立刻召见排附一员，七五炮组长一员，六〇炮组长一员，面授分层负责之"义"，拍肩捏臂，勖勉有加。日子久了，他们对我的"江湖气"也有点折服。排中的一位"反共义士"对我说："讲带兵，排长的经验太差了。但是你能用一种慷慨的劲儿来待人，这就对了。阿兵哥最需要这个，我们是干干脆脆的人，我们喜欢你的坦白直爽，你把你的真面目给了我们，这是你最大的成功。"

但是我曾问我自己，我真的成功了吗？我有点儿惭愧，我觉得我付出的太少，收回的却太多。在我退伍的头天晚上，"官长部"和"士兵部"都分别款待我，觥筹交错，礼物云集。派克笔、领带夹、外岛特产、战士玉照……我有生以来从未收到这么多的东西。这使我深感不安，因为他们每位都花了四分之一的月饷！这是我二十五年来所不易看到的热情，"悲歌慷慨之士"在我出身的"高等学府"里，已经是教科书上的名词。教育好像是一架冷冻机，接近它的时间愈久，人就变得愈冷淡，太多的理智恰像泰戈尔形容的无柄刀子，也许很实际很有用，但是太不可爱了！不过在军队里，我却不难看到这种有古任侠风的"悲歌慷慨之士"，我喜欢和他们吸烟痛饮，也高兴和他们争吵狂欢。我失掉了我自己，有多少次，我和他们融化在一起，我也学习着粗犷与质朴、感染着刻苦与天真，但我恨我学不到他们的膂力，也学不到那孤注一掷的豪迈胸怀。

我的一个重要班底——七五炮组的组长，河北人，是个标准的燕赵之士，他虽不能说是力能扛鼎，可是只手扛起个大水缸却绝无问题。我常常笑他生不逢时，若在古代，他保险可以考取武状元。他的枪法与角力，全连没有他的敌手。有一次他连赢三次摔跤，我以他为本排增光，买双喜烟重重赏他。他那天真开心，当众大谈从军史，最后向阿兵哥们指着我说："头一次上战场没有不害怕的，我们的排长你们平时看他张牙舞爪不可一世，可是他若上战场，前面砰啪枪一响，他后面扑哧屎就来了！"大家笑得直不起腰来，我笑得眼泪都出来了！

一年军旅的生活快近尾声的时候，第九期的预备军官也分到部队里来了。他们听说第四连有位第八期的老大哥小有名气，特地纷纷来"朝拜"，我也以地头蛇的姿态分别予以接见，只要他们肯在福利社掏钱会账，我一年来的心得和洋相都可搬出来。我送给他们的"定场诗"是：

"生公[①]说法鬼神听"，
卿当敬我我怜卿，
若想从容带阿兵，

---

① 晋末高僧竺道生，世称生公。

先读本人"排长经"。

在"排长经"里面，我告诉他们如何替一些老兵写信、如何讲故事、如何当地雷教官、如何做天下最小的司令——卫兵司令、如何善保本排长的光荣纪录——前瞻训练炮操冠军。……

一年的学习与磨炼虽然使我不再是个毫无经验的小少尉，但我知道我个人距离那种模范军官的标准还遥远得很。团长问我一年来的感想，我答道："阿兵哥看我是老百姓，老百姓看我是阿兵哥。"我并不是谦虚的人，我说这话并没有谦虚的成分，因为我深知我在这一年来，经历虽多，可惜有资而不深；贡献虽有，只获二功而无过，开创不足，守成勉强，大错不犯，小错不断，这些平庸的成绩是不合标准军官的标准的。

如今地球一阵乱转，三百六十多天又过去了。我带着一种莫可名状的心情，登上了回程的军舰。人在船上，船在海上，可是我知道我的心在什么地方。那里度过我一年多的青春，那里有火热的笑脸，有强悍的男人味道，有泥土，有汗斑，有风涛海浪，更有那多少个跳动的心，在使我缅怀回想。

早春时节，我又回到学校里来，满地的杜鹃仍旧热烈地开放，但是我却看不到一个熟悉的面孔，也接触不到一个熟悉的回声。校园里一批批的是些新的同学、新的情侣，过去的老同窗老情人都已高飞远飏。但我已放弃了自怜的习惯，我想到我那段刀光枪影的排长生涯，它带给我不少生命的酵素，使我有足够的活力去面对未来的日子。

原登在1961年4月3日台北《中华日报》副刊

现在依原稿稍作改订，1963年10月8日

几条荒谬的法律

去年10月1日,我在《传记文学》和《文星》杂志上同时发表了两篇现代史的文章,一篇是批评徐道邻先生的,一篇是批评胡秋原先生的,我批评他们的重点是说他们曲解现代史,并改写亲人或本人的历史。我写这种文章只不过是在维护一个学历史的人起码的求真态度,也无异于在做一个以研究现代史为业的人的职务报告。我这样做,压根儿就没想到有什么"诽谤罪"会掉到头上来,因为在我们的"刑法"第三百一十条中明明规定着"以善意发表言论","对于可受公评之事,而为适当之评论者"是"不罚"的。

可是,像许多"因史贾祸"的倒霉人儿一样,我却吃上了官司——胡秋原先生在法院控告我,第一次宣布我有五大罪(其中包括四小罪),第二次宣布我有十八大罪(其中包括三十八小罪),加在一起,足有大罪二十三,小罪四十二,此外还滴滴答答地有些零星小小罪。这些大罪小罪小小罪,我必须抱歉我直到今天还没"发掘"清楚——我所以用"发掘"两个字,实在是因为胡秋原先生的深文周内[①]的技术太缠绵了、太不清楚了……和他那些疲劳轰炸式的长文章一样,教你看得头昏脑涨,还看不出个所以然!唯一的感觉是他把你缠得有点神志不清,好像真觉得罪该万死了。这种效果,也许正是胡

---

① 歪曲或苛刻地援引法律条文,陷人以罪。

秋原先生的战术吧?

既然硬把学术问题扯到法院里来裁判,我也只好收下传票,对簿公堂。打官司,在过去要找"刑名师爷",现在要请律师,可是我是一个穷光蛋,哪儿来钱请律师?虽然前后有三位素不相识的律师愿意义务代我辩护,但是我有一点怪毛病——总觉得空空劳动人家说不过去,所以我最后决定:"不请律师了,还是自己来。"

出庭的时候,胡秋原先生除了委托了一位律师以外,还当庭宣布他自己就有律师资格。这种宣布引起我一点考证的兴趣,我心里想:"胡秋原怎么会有律师资格呢?"

退庭以后,我仔细研究他的履历,发现他从闽变时荣任所谓"中华共和国人民革命政府"文化委员会的委员开始,三十年来,从来就没有过什么律师的头衔,而他这次出庭,居然表演本人既是律师却又另请一个律师的手法,这不是奇怪?

这个答案,在我翻看《六法全书》的时候居然找到了。

"中华民国律师法"第一条记载着:

……经律师考试及格者。得充律师。有下列资格之一者。前项考试。以检核行之。

……

三、有法院组织法第三十三条第四款或第三十七条第五款之资格者。

再查"法院组织法"第三十七条,是这样的:

简任推事或检察官。应就有下列资格之一者遴任之。

……

三、曾任"立法委员"三年以上者。

根据这两条法律,想不到原来堂堂中国台湾地区的"律师"和"简任推事或检察官"只消当了三年"立法委员"就可唾手而得!

这种荒唐的法律,是前所未有的怪法律!

其实怪还不止此呢!"法院组织法"第三十八条上又说着:

最高法院院长。应就有下列资格之一者遴任之。

……

三、曾任"立法委员"五年以上者。

原来当了五年"立法委员"就可以做"最高法院院长"!

还有更妙的,"司法院组织法"第四条:

大法官应具有下列资格之一。

……

二、曾任"立法委员"九年以上而有特殊贡献者。

原来当了九年"立法委员"还可以做"大法官"!

我们的"立法委员"真会立法,我们的"立法委员"会立法立得使他们无所不能!

稍懂文明国家司法制度的人都会知道:一个律师或法官岂是这样

容易就当上的？我们"立法委员"们这样立法，立这样法，足证他们其中的一些人实在不懂法律、实在自私。

试看日本。日本的律师（辩护士）的资格之一是必须通过司法试验，然后充司法修习生至少两年才成，从来没有做过什么国会议员三年就可以当起来的；他们的法官（裁判官）、检察官也要这种条件，要有"法律素养"。昭和二十二年（1947）4月16日公布的《裁判所法》第四编中，对这些有详细的规定，他们的进步与严格，都不是我们的立法老爷们所能借鉴的。（日本的律师在旧制中只要司法试验合格就可以了，可是新裁判所法却加上至少修习司法修习生二年以上的条件，这是何等进步！日本法官在旧制中是终身官，可是新裁判所法中却规定了国民审查和十年任期的办法，这是何等严格！）

再看美国。美国的法律教育是绝不随便的。一个学法律的人大都先修完两年至四年的大学教育，然后再读三年法学的本科。事实上，治疗人们身体的医生都要受七年教育，何况保障人们权益的律师和法官？美国律师公会规定的律师资格，一定是法律学院的毕业生而又通过律师考试的。此外在各州又有单行法，有的已近乎"苛求"的境界！例如许多州对于本州以外的律师的认可，除了要到本州住过一定的时间以外，还要要求该律师必得在他州的最高法院执行业务三年以上。罗德岛和佛罗里达两州甚至规定要十年。反观我们的"立法委员"，他们之中，不管开不开会、进修不进修，只要打了三年麻将就可当起律师来！至于美国的法官，大都也是律师出身，除了几个州以外，各州的法官由人民选举而生，加利福尼亚州甚至由州长提名，由各级法院院长同意，才能参加候选，这更看出当法官的不容易。

在英国方面，不论是"大律师"（barrister）和"律师"（solicitor），都要经过法律教育和考试，还要跟别的"大律师"和"律师"实习。至于做到"皇家律师顾问"K.C.（King's Counsel），或 Q.C.（Queen's Counsel），那更不简单了。英国的法官资格比律师更难得多。一般说来，他要有钱、要有名，并且要老一点，一个郡法院的法官大概先得有七年的大律师资格，一个高等法院的法官要有十年大律师的资格，如果做到"上诉法院的法官"（Lord of justice of Appeal）、"大法官"（Lord Chancellor）等，那更难上加难了。

在德国，律师的资格正好和英国相左——要先有了法官的资格才能当律师。这种严格是可以想象的。法官资格的取得要经过两次考试：第一次考试必须在大学学了三年法律以后才能参加；第二次考试必须第一次考试通过后，在法院、检察处、公证处或律师事务所等处实习三年半至四年，再提出四篇法学论文，才能参加。

上面随便举出的日、美、英、德四个国家的例子，使我们多少可以看出：律师和法官的认定，在这四个国家中是何等严肃、何等不容易！尤其使我们惭愧的是，他们绝对没有随便做几年国会议员就可以当起律师或法官的怪事！两千年前，耶稣感慨于"律师有祸了"，为了他们"把难担的担子放在人身上"（《新约》路加第十一）；两千年后，新时代的中国台湾地区"立委"律师却一反其道，竟把难担的担子厚颜加在自己的身上！

……"立法委员"，被我们老百姓选出来，代表人民行使"宪法"第六十三条所赋予的主要权力。他们的产生，本是根据"宪法"第六十四条的规定选出来的。他们之中，虽然不乏明法之士，但是大多数却非科班出身的法学专家，以这样参差不齐的分子，在二十四个月

（"立法院"会期每年两次，共八个月，三年共二十四个月）之后，居然摇身一变而能名列律师之籍法官之林，这岂不是要被其他先进国家的同行笑死吗？

"立法委员"不老老实实在"宪法"第五十五条、第五十七条、第五十九条、第六十三条、第一百零五条上，发挥他们民意代表的真正权责，却自私地利用老百姓所托付的大权，制定了谋自己利益的法律，这是多么可耻！"立委"三年可成法官、律师，其荒谬足可跟"医师法"中第三条中医五年可成合法医师的规定前后辉映，而这种荒谬条文下卵翼出来的是十足的"密医"。同样地，"立委"三年可成合法法官或律师不是"密法官""密律师"又是什么？

"立委"（律师）不懂法律的一个活证，莫过于这次胡秋原先生的所谓"诽谤案"，他在庭上的狂妄陈词（如口口声声称呼对方不叫"李敖"而叫"李诽谤"，结果被法官喝止。他的黄陂土音几乎把"李诽谤"三字读成"李匪帮"，尤其令人"恐怖"），他在自诉状中的措辞和引用法条（如他竟引用起"刑法"第三百一十三条，这是完全不合现代法理的；又引用原大理院统字第五〇〇号解释，更是不通之至！）……处处都暴露了这位"胡律师"的法学程度，为"胡律师"计、为"立法委员"的体面计，我奉劝胡秋原先生赶紧把 Quentin Reynolds 的 *Courtroom*① 或 Louis Nizer 的 *My Life in Court*② 等书读一读，好好进修一下，自律一番。否则的话，真未免太对不起那几条荒谬法律所庇护的特权了！

---

① 美国作家昆汀·雷诺兹所著的《失控审判庭》。
② 美国著名"辩护大师"路易斯·奈塞尔所著的《我的法庭生涯》。

《文星》第六十五期 1963 年 3 月 1 日

附录（编者略）

老年人和棒子

……谁道人生无再少?
门前流水尚能西！休将白发唱黄鸡。

——苏轼《浣溪沙》

王洪钧先生在二十五卷第七期《自由青年》里写了一篇《如何使青年接上这一棒》，政大外交系主任李其泰先生读了这篇文章很感动，特地剪下来，寄给他的老师姚从吾先生，还附了一封推荐这篇文章的信。姚先生坐在研究室里，笑嘻嘻地连文带信拿给我看，向一个比他小43岁的学生征求意见。我把它们匆匆看过，然后抬起头来，望着姚先生那稀疏的白发，很诚恳地答他道：

王先生在文章里说得很明白，他说"首先不必谈如何使青年接上这一棒，倒要看看如何使老年们交出这一棒"。站在一个青年人的立场，我所关心的是：第一，从感觉上面说，老年人肯不肯交出这一棒？第二，从技巧上面说，老年人会不会交出这一棒？第三，从棒本身来说，老年人交出来的是一支什么棒？我担心的是，老年人不但不肯把棒交出来，反倒可能在青年人头上打一棒！

姚先生听了我的话不禁大笑，我也感到很好笑，但在我们两个人的笑脸背后,我似乎看到果戈理(Nikolai Vasilievitch Gogol)的句子,我感到我们两个人的笑都该是"含着泪水的"!

* * *

"如何使青年接上这一棒"?这是一个古老的问题。《庄子》天道篇的后面,记载那个斫轮老手对桓公说的几句话,实在很有余味:

斲轮徐,则甘而不固;疾,则苦而不入。不徐不疾,得之于手而应于心,口不能言,有数存焉于其间,臣不能以喻臣之子,臣之子亦不能受之于臣,是以行年七十而老斲轮。……

这真是老年人的悲哀!但又何尝不是青年人的悲哀?老年人那方面感到对青年人"不能以喻",在另一方面,青年人又感到对老年人"不能受之",他们眼巴巴地望着老年人"行年七十",但却仍旧孤单地走着那没有止境的老路,他们有热血,他们不能不悲哀!

现年 86 岁的美国诗人罗勃特·弗洛斯特(Robert Frost)在他《生命前进着》(*Life Goes On*)里写道:

Just a little while back, at my farm near Ripton, Vermont, I planted a few more trees.You wonder why? Well, I'm like the Chinese of ninety who did the same thing.When they asked him why, he said that the world wasn't a desert when he came into it and wouldn't be when he departed. Those trees will keep on growing after I'm gone and after you're gone.

不久以前,在伐蒙特州,在我那靠近瑞普顿的农场上,我种了一些树。你猜干吗?呃,我就像那九十岁的中国老头子,他也做过同样的事。当别人问他干吗的时候，他说当他来的时候这世界并不是一片沙漠，当他走的时候他也不愿意它是。这些树在我离去和你离去了以后，还会继续发荣滋长的。

这种留点余荫的人生观，它代表一个伟大心灵的伟大心怀，在奴隶出身的喜剧家斯塔提乌斯·凯西里乌斯（Statius Caecilius）的《青年朋友》（Synephebi）里，我们也可以看到那栽了树为后人享用的老农夫，他深信上帝不但愿他接受祖先的遗业，并且还愿他把遗业传授给下一代。

在活着的人里面，没有人能比老年人更适合做承先启后继往开来的工作了，老年人从死人手中接下这根棒，由于他们的身世各异，所收到的棒子也各有不同：

第一种老年人拿的是一根"莫须有的棒子"，他们根本就没接到过这根棒，也许接到过后又丢了，他们除了麻将牌的技术外，大概什么也交不出来，他们最大的特色就是装老糊涂（我还看不到一个真正糊涂的老年人），他们的人生观是"但愿空诸所有，慎勿实诸所无"，他们永远不会退化，因为根本就没有进化，他们数十年如一日，那一日就是早睡早起一日三餐，《五代史记》汉家人传记太后李氏向周太祖唠叨说：

老身未终残年，属此多难，唯以衰朽托于始终。

其实"托于始终"的不是她那视茫茫而发苍苍的"衰朽"，而是那四张小白脸和一百三十二张麻将军！

在另一方面，他们是属于长寿的一群，他们不需要蓬斯·德·莱昂（Ponce De Leon）①追求的那种"青春泉"（Fountain of Youth），他们青年时代虽然衰老，可是老年时代竟得不死，他们的"残年"是难终的，孔丘骂他们"老而不死"，他们表面上虽不敢反对圣人这句话，可是在心里却奇怪为什么孔老二自己70多岁还活着？他们也未尝不想交点什么给青年人，可是一方面他们没有"避此人出一头地"的胸襟，再一方面又心有余而力不足，自己妙手空空，对人劳心怛怛又有什么用呢？

第二种老年人拿的是一根"落了伍的棒子"。一般说来，老年人可訾议的地方不是落伍，而是落了伍却死不承认他落伍，落伍是当然的，可是死不承认就是顽固了。《左传》里记石碏虽然自承："老夫耄矣！无能为也！"但是他的内心深处，恐怕还是有点酸性反应，尤其在青年时代有过惊天动地的事业的人，到了老年"一官匏系老冯唐"，酸劲儿就更大。康有为刚出山的时候，叶德辉、王益吾们咬定他是洪水猛兽，写了《翼教丛编》去骂他，可是20年后，跑在时代前面的康有为却被潮流卷到后面去了；我认识的一位同盟会时代的老革命党，当年是飞扬跋扈的豪健人物，60年下来，他竟变成一个整天吃斋念佛写毛笔字的老人了。好像愈是在青年时代前进的人，愈是在老年到来时成为冥顽不灵的人。民国七年（1918）的十月里，梁巨川以60岁的年纪投水殉清，当时27岁的胡适曾写《不老》一文评论这件事，他说少年人：

---

① 庞塞·德·莱昂，西班牙探险家，试图寻找"不老泉"。

应该问自己道:"我们到了六七十岁时,还能保存那创造的精神,做那时代的新人物吗?"这问题还不是根本问题。我们应该进一步,问自己道:"我们该用什么法子才可使我们的精神到老还是进取创造的呢?我们应该怎么预备做一个白头的新人物呢?"

其实做白头新人物谈何容易!在近人中,被冷红生[①]骂作"媚世"、被章老虎[②]骂作"媚小生"的梁启超庶几近之,其他的闻人实不多见。上了年纪的人未尝不想进步,从霍桑(Nathaniel Hawthone)《海德哥医生的试验》(*Dr. Heidegger's Experiment*)里,我们看到那三个老头和一个老妇在喝了"返老还童水"以后所发的狂喊:

"Give us more of this wondrous water!" cried they eagerly. "We are younger—but we are still too old! Quick—give us more!"

"把这一些奇怪的水再给我们一点!"他们着急地叫着,"我们年轻些了——可是我们仍旧还太老!快点——再多给我们一点!"

可怜的是,他们的胃口已经不能使他们消化那些青春的果实了,他们只能"反刍"(ruminate)肚子里头那点存货,以"老马之智可用也"的自负,整天贩卖那些发了霉的古董,他们即使能诲人不倦,可是他们却不想想被诲的后生早已"爱困"了,他们说后生可畏,其实真正可畏的不是后生,而是老生那些疲劳轰炸式的常谈!

[①] 林纾。
[②] 章士钊。

我想起《琵意记》蔡公逼试中的那句对话："老儿，你如今眼昏耳聋，又走动不得。"参加接力赛跑的人都知道接一个"走动不得"者的棒子的味儿，尤其是失败下来，他们竟还埋怨那些接棒的人，他们从来不肯自己反省，自己跑不快还要嫉妒青年人，说青年人不行，他们恰像评剧里边那种衰派的老旦，自己只不过是一个角色，可是却在任何人面前倚老卖老，这不是滑稽么？

第三种老年人拿的是一根"不放手的棒子"。以前"监察院副院长"刘哲就是一个好代表，他老先生拿棒子打人，比孔夫子还积极，孔夫子只不过是"以杖叩其胫"，可是刘副座却和郑板桥一样，志在"击其脑"，现在他死了，棒子也殉葬了，真可惜了这根杀气洋溢的棒子！

老年人对死亡感到恐惧，他发现什么东西都将在突然间不属于他，他不愿看到任何东西离他远去。因此人一到了老年，就显得贪心而小气，他们一方面殊求无厌，一方面"印刓敝忍不能予[①]"，他们充满了舍我其谁的自信，一点没有成功不必在我的雅量，总觉得他一遽归道山天下就无人救了！国失干城[②]了！青年人失导师了！学问成绝学了！图书馆没馆长了！ 所以他们什么都想一把抓，什么都想求近功。孔夫子早就看到这一点，因此他劝老年人"戒之在得"，换成白话说，就是："你们这些憨老汉还是休息休息吧！还是松开手，把棒子递给青年人吧！"但是话虽这么说，贪得之心即使连说大道理的圣人也在所难免，即以劝人"戒之在得"的本人而论，孔丘说他"道

---

① 刓敝，摩挲致损；磨损，损坏。忍，却。指项羽的"妇人之仁"。
② 干城，盾牌和城墙，比喻捍卫者。

不行，乘桴浮于海"，可是跟他出国的，他却限制名额只要子路，子路的身体足可以参加接力赛跑，可是孔子仍嫌他"无所取材"，《礼记》中记孔圣临死前"负手曳杖，消摇于门"，这个"曳"字用得太好了，杖者棒也，棒者名器，不可以假人，放乎哉？不放也！棒交不下去，一个"曳"字写尽了他那失望而未绝望的心情，当子贡跑进去的时候，孔子感叹"尔来何迟也"！这是一个73岁的老教育家最后的哀呼！

我们只看到老年人在体力上需要"杖而后能行，扶而后能立"，但我们却很难想象一根棒子的抽象意义对他们是何等重大，他们老了，需要青年人来扶，但他并不完全放心，他还是要紧抓着棒子。一来呢，棒者，男孩子之所喜，女孩子之所欲也，有棒在手，倚之以吊青年人胃口，自然不难达到"少者怀之"的境界。二来呢，有棒子可增加他的自我信任和安全感，"姚兴小儿，吾当折杖以笞之"！这是何等老当益壮的口气！三来呢，你这年轻人，苟生异心若萌歹念而不好好扶老子，老子就给你一棒子！（老实说，凡是"博我以文、约我以礼"的人，都是能够"击我以棒"的人，其实这还算是好的，等而下之的，有些老前辈，为了怕青年人有朝一日抢去了他们的棒子，他们索性先给青年人一棒子，那些专门浇青年人凉水、扯青年人后腿、说青年人样样不行的，就属此类。）

《西游记》就是一个好例子。取经一事，明明孙行者足可胜任，可是却一定要派唐僧那个血压又高、头脑又混的肉馒头做主角，还带了猪八戒、沙和尚两个工谗善媚的走狗青年。唐僧根本不比孙悟空高明，只是装得老成持重些，且年资已久，是胡吉藏①的老弟子，跟姚思廉是老同学，自然在菩萨面前吃得开。紧箍咒就是唐僧的抽象棒子，孙猴子虽然也有个棒子，但在满朝精神重于物质的逻辑下，只好被唐三藏棒住。

老年人抓住棒子不放的另一原因，是他们的长寿心理，古人"有生者不讳死"，其实"讳"字应该校改为"知"字，许多老年人整天做着"窃比我于老彭"的好梦，不慌不忙，从来不知死之将至。据说虞舜95岁才把帝位"禅"出来，其老不倦勤之概可想。比照虞先生的尺码看来，人生70岁开始也不嫌迟。很多老年人都有大远景，长期发展的大计划，而这些远景和计划却又和他们迟缓的脚步极不相称，他们只知道任重和道远，却不晓得日暮与途穷，陆游的诗句道尽了他们心中的窃喜，那是：

自揣明年犹健在，
东箱更觅茜金栽。

白首穷经的抱负是动人的，可惜只是碍了手脚！叔本华算是这些人里边最成功的，他说："他们以为我老得要死了，看吧，等他们全死了，我还活着。"在这方面他是考第一的，可是他的自私与吝啬也是考第一的。

新陈代谢（metabolism）本是很普通的自然现象，它的结果自然产生许多"老废物"（wastematter），像草酸钙（calcium oxalate）等就

---

① 隋唐时僧人，三论宗创始人。

是，这种异化作用是一切生物活动的起点，并不值得惊怪与恋栈。公元前6世纪，大运动家密罗（Milo）年老的时候，一天看到操场上的年轻健儿大展身手，他竟忍不住望着自己的鹤骨鸡肤大哭，他感叹，他不服气，他终于不自量力，狂劈橡木而死，引起西塞罗（Marcus Tullius Cicero）在《论老年》（*De Senectute*）里不少的讪笑。

有些老年人硬怕青年人厌弃他们，屠格涅夫的《父与子》里记尼可拉·彼特洛维奇（Nikolai Petrovitch）接他儿子回来时说："现在我们必须互相接近，并且设法相互彻底地了解。"（第三章）但是他的哥哥却先感慨了："你设法不忘掉你学过的，但是——一转眼——他们就证明那些都是垃圾，并且告诉你，有灵性有见识的人早就不搞这些劳什子了，并且如果你不以为嫌，一个落了伍的老腐败就是你！这又有什么好法子？年轻人自然比我们来得聪明！"（第六章）后来弟弟终于悟到了，他说："这样看来你和我都是落伍的人了，我们的时代过去了，唉，唉，也许巴扎洛夫（Bazarov）是对的，但是我坦白告诉你，有一件事使我难受，就是这时候，我是多么盼望我能与（儿子）阿尔卡迪（Arkady）多亲近一点，可是结果呢，我丢在后边了，他已经向前走了，我们不能互相了解了。""我从前还以为我正跟着时代做每一件事……我念书、我研究，我尝试在每一方面都合乎时代的要求——可是他们还说我的日子过去了，并且，哥哥，我也开始这样想了。""哥哥，你知道我现在想起什么吗？有一次我跟我们可怜的妈妈吵嘴，她好生气，不愿听我的话，最后我向她说：'当然了，你不能了解我，我们是属于不同的两代的人！'她被我气坏了，可是当时我却想：'这又有什么法子呢？它是一颗苦药丸，可是必须把它吞下去。'你看，现在轮到咱们了，咱们的后一代可以向咱们说：'你不是

我们这一代人了,吞你的药丸去吧!'""是的,哥哥,好像是时候了,我们该定做一口棺材,把两条胳膊放在胸前了。"(第十章)

至少我个人觉得,像尼可拉·彼特洛维奇这种老年人是可以尊敬的,他虽到了老悖的年纪,虽然在《涅槃经》的八苦中至少占了六苦,可是他仍然想做一朵"老少年"[即雁来红(Amarantus tricolor)],他充满了正常的舐犊之爱,虚心地向另一代的小毛头们来学,也许"老狗学不会新把戏",但他绝不就此展开"倚卖术",《北史·穆崇传》:

老身二十年侍中,与卿先君亟连职事,纵卿后进,何宜排突也?

这就是卖老!

有些急进派的年轻人实在看不惯,他们对"老黑当道卧"的局面感到难以容忍,他们未尝不想自己去另外找棒子,可是老年人慢腾腾地"跑"在前面,既碍了路,又挡住视野,于是年轻人想到还是干脆去抢棒子,可是,怪事就在这儿,十次有九次,他碰到的是一位饭斗米肉十斤的腹负将军,或是一位狡猾无比的痴顽老子,除了被饱以老拳外,连接棒预备队的资格也要丢掉了。经书上说"老者不以筋力为礼",可是打起人来,他们就有劲了!

王阳明说:"不有老成,其何能国?"《诗经》里说:"虽无老成人,尚有典型。"一些古代的"年老成德之人"的确给了我们不少的典型,在古希腊时代,僭主庇西特拉图(Pisistratus)怒问智者梭伦(Solon):"你仗着什么,竟这样勇敢地反抗我?"梭伦平静地答他道:"老年。"这些老骨头的高风亮节真使我们倾倒!一个人到了"七十老翁何所求"的年纪,以他的身份、地位与安全性,若还"以耽沉之利,欲役老朽之筋骸",该是一件多么可耻、多么懦夫、多么不可饶恕的事!

所以,当我们想到81岁的柏拉图死时还拿着笔、86岁的胡佛每周还工作84小时、94岁的伊索克拉底(Isocrates)还绝食殉道,再回头看看我们这种一面通宵打牌、一面"我老了,看你们的了"的传统、一面庸德之行庸言之谨、一面舞着棒子"杖于朝"的传统,我们能不笑洋鬼子傻瓜吗?

王洪钧先生在文章里面又说:

我无意批评年轻人。老实说,不去分析他们所处的环境、不去了解他们所受的教育,光是指摘他们,都是不公平的。

王先生站在一个中年人的立场,他当然可以原谅青年人,可是青年人若站在一个爱真理胜于爱老师的立场,他不能不对莎士比亚笔下full of care的老先生说几句"不知忌讳"的话,也正如王先生所说的:

这些话,好像是牢骚,但也是不得不发的牢骚。因为问题既已存在,与其加以裱糊,不如把它戳穿。戳穿之后,我们才能了解到它的严重,才能去思索、才能去解决。

现在一般情形,好像只有老年为青年的安排与教训,没有青年自己(真正的自己,不是"代表"的"模范青年")的心声,与王先生的文章同期,还有一篇曾约农的《为青少年陈情》,他老先生别具只眼,觉得"推青年所希冀者,不外五端",其中"训育从严""生活辅导""青年立法"等,"皆出于一般青年内心之要求而未公开表示者",至少我个人,我认为曾老先生这种"推"法未免可怕,老年人竟这样"推"青年人,这样为青年人"陈情",我们真领教他们对我们了解的厚度了(曾老先生若肯到中学参观参观那种中央集权整齐划一的平头教育,考察考察酷似警察局的训导处,看看那些"学生资料袋",再向外看看太保学生的数目,大概他又会重读他爷爷那篇《原才》了)。

我发现在曾老先生的"五端"外,还有"外一端",正是"青年所希冀者",那就是老年人要我们听话,希望老年人也"垂听"一下我们的声音。虽然培根(Francis Bacon)早就说我们不适于判断,可是我们毕竟是一些窝囊的人,毕竟一同参加这场接力赛,不要总是以为你们看我们都看得那么准,你们总该想想我们在用什么颜色的眼睛看你们,至少你们该想一次。

梭罗(Henry David Thoreau)在他的《瓦尔登》(*Walden*)的第一篇里,曾有过几段激烈批评老年人的文字,它们的神韵与气势是会被翻译毁坏的:

What old people say you cannot do you try and find that you can. Old deeds for old people, and new deeds for new.

Age is no better, hardly so well, qualified for an instructor as youth, for it has not profited so much as it has lost.

Practically, the old have no very important advice to give the young, their own experience has been so partial, and their lives have been such miserable failures, for private reasons, as they must believe; and it may be that they have some faith left which belies that experience, and they are only less young than they were.

老头子们说你不能做这个不能做那个,可是你试一下,你就会发现你能。老的一套只该适合老家伙,新人该有新的一套。

一大把年纪很难构成做青年老师的好条件,因为它得不偿失、功不补患。

实际一点说,老年人不会有什么很重要的意见给青年人,他们自己的经验是那样支离破碎,他们的生活又那样惨败,他们必须知道这些都是咎由自取,也许他们还保留一些与经验并不符合的自信心,可是他们已经不够年轻了。

他更激烈地否定老年人:

I have lived some thirty years on this planet, and I have yet to hear the first syllable of valuable or even earnest advice from my seniors.They have told me nothing, and probably, cannot tell me anything, to the purpose.Here is life, an experiment to a great extent untried by me; but it does not avail me that they have tried it.If I have any experience which I think valuable, I am sure to reflect that this my Mentors said nothing about.

我在这星球上活了三十年,从我的老前辈那儿,我还没听到可称得上有价值的或热情忠告的第一个音节,他们什么也没有告诉我,可能也告诉不了我什么中肯的话。这就是生命,一个大部分没被我体会过的经验,他们虽然体会过了,可是对我却没用。如果我得了什么我觉得有价值的经验,我一定会想:这个经验,我的指导人压根儿还没提过呢。

这些话足可以使老一辈的骂他忘恩负义了,可是他又接着向老人家施展了棒喝:

You may say the wisest thing you can, old man-you who have lived seventy years, not without honour of a kind-I hear an irresistible voice which invites me away from all that.One generation abandons the enterprises of another like stranded vessels.

你可以说那些最聪明的话,老家伙——你活了七十年了,而且活得荣华富贵——我却听到一种挡不住的呐喊,要求我不听你的话。这一代扔掉上一代的丰功伟业就好像扔掉一条搁了浅的破船。

我不太觉得我们一定要过于刻毒地批判老人,我也不太觉得我们一定要像放弃破船一般放弃对他们的希望,他们之中,若真有竖起脊梁特立独行的皓首匹夫,我们还是愿意做执鞭之士的。读过《宋史·晏敦复传》的人,都会看到下面这一段:

〔和议时,秦〕桧使所亲谕敦复曰:"公能曲从,两地旦夕可至。"敦复曰:"吾终不为身计误国家,况吾姜桂之性,到老愈辣,请勿言。"桧卒不能屈。

这是一面好镜子,在"水深波浪阔"的时代里,我们正需要一些有"姜桂之性"的老辣椒来"训育"我们、"辅导"我们,"立"身教而为我们"法",他们要我们苦干,至少他自己不躺在沙发上做学者;他要我们有骨气,至少他自己不是一个"善保千金躯"的乡愿;他要我们战斗,至少他自己要做《老人与海》里面的打鱼人。

一些老年人教青年人读经,他自己总该读过"善歌者使人继其声,善教者使人继其志"的话,即使他的歌声动人壮志可嘉,他也该问问青年人的意见,赖斯(Cale Young Rice)在《青年人向老人说的话》(The Young to the Old)里,他告诉老年人:

You who are old,

And have fought the fight,

And have won or lost or left the fight,

Weight us not down,

With fears of the world, as we run!

你们老了,

打过了这场仗,

赢过,输过,又丢下了这场仗。

当我们在奔跑,

你们对世界的恐惧,

不能把我们吓倒。

可是,问号紧跟着我们,我们忍不住要问:有几位老年人肯听我们的话呢?有几位老年人能听我们的话呢?有几位老年人乐意谈谈接棒的问题呢?

从陆机的旧赋里,我们仿佛看到一批批的英气耿介声盖士林的青年人,他们一个个都从青丝老到了白发,他们还算是高明的人,虽然显得老悫,还能勉强维持最后一道防线,不太肯胡来,他们的"老气"不复达工部所谓"横九州"的地位了,只好以望七之年,去做"横秋"的壮举了!老朽昏聩卖身投靠的一辈我们不必说,即以最开明一代的老先生而论,从写《人权与约法》时代的胡适之到写《容忍与自由》时代的胡适之;从《人权论集》时代的梁实秋到《远东英汉字典》时代的梁实秋,我们多少可以看出他们转变的痕迹,弗洛斯特在他那首《预防》(Precution)里,说他年轻时不敢做一个急进派,因为怕他年老时变成一个保守派,我并非说胡适之与梁实秋已变成保守派,我是说,他们今日的"稳健"比起当年那种生龙活虎意气纵横的气概,是不大相称的!

公自平生怀直气,
谁能晚节负初心?

死去的哲人的诗句已经替那些好学不倦、守经不变的耄勤之士指出一条危机,我们不惋惜钱谦益、章士钊的老不自爱,我们只惋惜黄梨洲、江亢虎的晚节难全!罗马史家李维(Livy)曾对大西庇阿·阿弗里卡纳斯(Scipio Africanus)批评道:

Ultima Primis cedebant. (他的晚年不及他的早年。)

环顾国中,有几个可爱的老年人能挡得住这种判决呢?

* * *

病情是指出来了,可是没有药方,答案不是没有,而是不需要一个越俎代庖的青年人来提供,至少就我个人而言,我不觉得我有资格去做评议员。对那些老不成器老不晓事的老爷们,我不愿再说什么,对那些老着脸皮老调重弹的老奸巨猾们,我也不愿再说什么,只是对那些以老当益壮自诩、以老骥伏枥自命的老先生,我忍不住要告诉他们说:我们不会抢你们的棒子,我们不要鸣鼓而攻我们的圣人的棒子,我们不稀罕里面已经腐朽外面涂层新漆的棒子。我们早已伸出了双手,透过沉闷的空气,眼巴巴地等待你们递给我们一根真正崭新的棒子!

1961 年 7 月 15 日在碧潭山楼

[后记] 这篇《老年人和棒子》,原登在《文星》第四十九号(1971 年 11 月 1 日台北出版),是我写给《文星》的第一篇稿子。我现在抄两段当时的日记:

4 月 8 日:"姚(从吾先生)持王洪钧文给我看,我立即想作一文抒感。"

4 月 14 日:"写《老年人和棒子》至夜 3 时,文思甚涌,此文若得售,必可轰动。"

这两段日记,如今回看起来,多少使自己有点沧桑之感。因为自从这篇文章发表后,接二连三地有了许多"文字缘"和"文祸"。在《文星》《文坛》《新闻天地》《自由青年》《民主评论》《自立晚报》上面,都有文字讨论到和这篇《老年人和棒子》有关的问题。今年 3 月间,政治大学的学生,为了《政大侨生》革新号二期的"青年人与棒子"的征文,甚至还和训导处闹出不愉快,这真是一场"棒子战"了!(1963 年 9 月 12 日)

附录(编者略)

13年和13月

一个小孩子，在13年来慢慢长大，在13个月里快速地投射他的力量，使自由中国文化界有一点小小的波澜——这是我27年来所收割的一个"奇遇"。一些朋友对我这个"奇遇"感兴趣，我也愿意在目前这种流言满天下的时候做一次自剖，好教人知道一个14岁的小孩子如何在台湾受教育、如何在制式教育底下做了叛徒、如何在苦闷里奋斗挣扎、如何向他的读者们呈露他自己的真面目。这是一个自传性的故事，我最好从13年前开始。

* * *

1949年，上海撤退前不久，我家搬到台湾。

那时候我14岁。在战乱中，小学毕业文凭都没来得及领，却进了两次初一（最初在北平市立第四中学，只读了一个多月，就逃难了；到了上海，改入市立缉规中学，读了不满一学期，又再逃难），到台湾后，我跳班考进省立台中第一中学初中二年级，读到高二完了，高三上念了十几天，就因痛恶中学教育制度的斫丧性灵，自愿休学在家。我父亲是民国十五年（1926）在北京大学毕业的，充分具备着北大那种"老子不管儿子"的自由精神，他随我的便，轻松地说："好！你小子要休学，就休吧！"

我父亲当时正是第一中学国文科主任，他跑到学校，向教务主任说："我那宝贝儿子不要念书啦！你们给他办休学手续吧！"

于是我蹲在家里，在我那四面是书的两个榻榻米大的书房兼卧室里，痛痛快快地养了一年浩然之气。

1954年暑假，我以同等学力的资格考进台湾大学法律系司法组，读了不到一年，又不想念了，乃重施故技，自动休学。痛快了几个月，然后考入台大历史系。

历史系是一个神秘的系，它可使狂者愈狂，猾者愈猾，笨者愈笨。在我没进去以前，我听说这系最好；等我进去了，我才发现它好的原因。原来它是台大那么多个系中，最容易混的一个系：上上课，抄抄笔记，背一背，就是成绩甲等学生；逃逃课，借抄笔记，背两段，就是成绩乙等学生；不上课，不抄笔记，不肯背，也不难及格，就是丙等、丁等学生，李敖之流是也！

到了历史系，我真的安定下来。除了每学期终了要硬着头皮敷衍一阵考试外，其他时间，我就乐得自由自在自己读书，或是跟一些好朋友游山、玩水、喝酒、吵架、深更半夜坐在校园草地上，直谈到天明。然后诸豪杰一一困了，由宣告不支者出面，掏出烧饼油条基金，大家再共襄盛举，最后的早餐一毕，纷纷作鸟兽散，各梦周公去讫，或是留给潜意识去做乌托邦式的社会改革了。

历史系毕业后，我开始做预备军官。一年半的军队生活更凝固了我个人的思想与悍气，我在野战部队中吃过一般预备军官不太容易吃到的苦，可是我很坚强。快退伍的时候，姚从吾老师正好做"长期发展科学委员会"的研究讲座教授，问我愿不愿意给他做助理研究人员，我那时正愁走投无路，当然表示愿意。1961年2月6日，我坐上回程的军舰，九天以后，又回到了台大。

台大那时正是春暖花开的季节，我走回来，大有物是人非之感。

过去的老朋友、老情人都已高飞远飏。我徘徊了一阵,在学校附近找了一间小房,四个榻榻米大,矮得双手不能向上举,我定名为"四席小屋",颇得俯仰之乐。晚上从研究室走出来,整个文学院大楼一片漆黑,我想到我的身世和抱负,忍不住要叹一口气。有时候,陈宝琛那两句诗就从我嘴边冒出来,正是:

委蜕大难求净土,
伤心最是近高楼!

我的"四席小屋"地处要津,每天客人不断,最多时候一天有14个客人,附近环境又太吵,老太婆、少奶奶、小孩子一大堆。我虽在陋巷,但自己却先"不堪其扰"起来。熬了四个月,决定下乡。选来选去,在新店选到了一间小房,背山面水,每月200元,于是我装满了一卡车的书,开始搬家。

新店乡居是我27年来最淡泊、最宁静的日子,这段和自然接近的生活给了我深刻思考的机会,在青山里、在绿水边、在吊桥上,我曾细想我该走哪一条路,怎么走这条路。

* * *

我从小在北平长大,文化古城与幼时环境使我在智力上趋向早熟,我在6岁时已能背《三字经》,10岁时已遍读《水浒传》等旧小说,11岁时已看过《黑奴魂》(《黑奴吁天录》)等翻译小说,小学六年级时我已有了私人的理化实验室,并做了全校图书馆馆长。

我从小就养成了重视课外书的习惯,也养成了买书藏书的癖好。1949年到台湾时,我的全部财产是500多本藏书(其中有许多东北史地的材料，因为那时候我不自量力，竟想著一部《东北志》！藏书中还有李玄伯先生的《中国古代社会新研》，是我初一时买的，我万万没想到在七年以后，我竟在李先生的课堂上，用这书做了教本！另外还有一册郑学稼先生的《东北的工业》，是我小学六年级时买的，我也万万没有想到在十四年后，我竟被这书的著者大骂，直骂到我的"令尊堂"！）。这些早熟的成绩，使我很早就对教科书以外的事物发生极大的兴趣，使我很早就有了"忧宗周之陨"的孤愤。

初二以后我就读台中一中，我的大部分时间全部消耗在这个中学的图书馆里。这个图书馆的藏书相当丰富，我以义务服务员的资格在书库中泡了四年之久，使我对一般书籍有了不少的常识。最使管理员们惊讶的是，我甚至可以闭起眼睛，单用鼻子就可以鉴定一本书是上海哪个大书店印的，这是我在 teenage 中，最得意的一门绝技。

在制式教育中，我慢慢长大，也慢慢对中学教育不能容忍。就客观环境来说，我总觉得我所经验的中学教育赶不上我在北平时的残余记忆，在残余记忆里，我认为北平的中学生不像台湾这样呆板、肤浅、缺乏常识与性灵；就主观感受来说，我读的课外书愈多，我愈觉得中学教育不适合一般少年的个性发展，更不要提 IQ 较高的学生了。中学的教育制度、教授法、师资、课程分配等都有着极严重的缺陷与流弊，我在十年前高一的时候就给《学生》杂志写过一篇四千字的文章——《杜威的教育思想及其他》。在那篇文章里，我曾对杜威那种"进步教育"（progresive education）有着极强烈的憧憬，这种憧憬使我在有着强烈对比的中学里面非常痛苦。到了高三，我已完全不能忍耐，我决心不拿这张中学文凭。

以"在野"之身，我开始向往台大，向往大学教育会带给我一点补偿或安慰，一年以后我走进这个学校的校门，呼吸着远比中学自由的空气，我一度感到满足。

可是，很快，大学的生活使我深刻了解所谓高等教育的一面，它令人失望的程序比中等教育犹有过之，尤其是我身历其境的文法学院，其荒谬、迂腐已经到了不成样子的地步，六七个大学外文系的大一英文的教师甚至搞不清 William Saroyan 是谁；而法律系的一些师生，却连 Hugo La Fayette Black 都不知道！

我在学院里生活，可是却对学院的空气感到十分不满，大学教育带给人们的不该是读死书、死读书，甚至读书死，它应该真正培养出一些智慧的才具，培养出一些有骨头、有判断力、有广博知识，同时又有影响力的知识分子。但是，事实上，大学教育在这方面可以说是失败的。今天的大学生很少能独立思考、独立判断、特立独行。他们只会抄抄笔记、背背讲义，然后走进教堂或舞会，在教堂里，他们用膝盖；在舞会里，他们用脚跟，他们的神经系统已经下降，他们不会用脑筋！

带着失望的心情我走出大学，进入军队。一年半从戎投笔的生涯在我的生命里掺进新的酵素，它使我在突然间远离了学院、远离了书卷、远离了跟民间脱节的一群。在军队生活里，我接触到中国民间质朴纯真的一面，而这些质朴与纯真，在我出身的"高等学府"里，早已是教科书上的名词。这段经验使我愈来愈感到大学教育的失败，在退伍归来，我写着：

教育好像是一架冷冻机，接近它的时间愈久，人就变得愈冷淡。太多的理智恰像泰戈尔形容的无柄刀子，也许很实际很有用，可是太不可爱了!

* * *

不论怎么苦恼,我毕竟是学院出身的人,学院的影响在我身上留下了巨大的烙印,使我的职业与方向不能有原则性的修改。所以在一年半的民间生活之后,我又回到学院里,翻开了《大藏经》,摊开了《宋会要》,找出了《东方学报》(ACTA ORIENTALIA),想用坐拥百城的丹铅方法,掩埋我内心的波澜与寂寞。

多少次,在太阳下山的时候,我坐在姚从吾先生的身边,望着他那脸上的皱纹与稀疏的白发,看着他编织成功的白首校书的图画,我忍不住油然而生的敬意,也忍不住油然而生的茫然。在一位辛勤努力的老师面前,我似乎不该不跟他走那纯学院的道路,但是每当我在天黑时锁上研究室,望着他那迟缓的背影在黑暗里消失,我竟忍不住要问我自己:"也许有更适合我做的事,'白首下书帷'的事业对我还太早,寂寞投阁对我也不合适,我还年轻,我该冲冲看!"

于是,在寒气袭人的深夜,我走上了碧潭的桥头,天空是阴沉的,没有月色,也没有星光,山边是一片死寂、一片浓墨,巨大而黑暗的影子好像要压到我的头上来,在摇撼不定的吊桥上,我独立、幻想,更带给自己不安与疑虑。但是,一种声音给了我勇敢的启示,那是桥下的溪水,不停地、稳健地,直朝前方流去、流去,我望着、望着,不知什么时候,出现在我眼前的溪水已变成稿纸,于是我推开《窃愤录》,移走《归潜志》,拿起笔,写成了投给《文星》的第一篇文字——《老年人和棒子》。

《老年人和棒子》是在去年11月1日发表的,到现在为止,已经13个月了。13个月来,我给《文星》写了15篇文字,给《传记文学》

写了一篇，总数虽不过 16 万字，风波倒惹了不少，不虞之誉和不虞之毁一直朝我头上飞来，大有"折杀奴家"之概！

我是本性嘻嘻哈哈的一个人，嘻嘻哈哈的性格使我不太能用板着面孔的方法去做人处世写文章。在认知上，我有相当的理智训练，但这种训练不太能驾驭我情绪上的自由自在，在情绪上，我是有宗教狂热的人。表现这种狂热的办法在我有两种：一种是强者的豪迈；一种是犬儒式（Cynic）的愤世嫉俗。在前者，我喜欢有几分侠气的人物，田光、侯嬴、朱家、郭解、王五一流人，他们虽然不属于这个时代，但他们的片羽吉光却是我们这一代的最好营养；在后者，我喜欢第奥根尼（Diogenes）、喜欢伏尔泰（Voltaire）、喜欢斯威夫特（Swift）、喜欢萧伯纳（Bernard Shaw），喜欢他们的锋利，和那股表现锋利的激情。

这种激情使我对传统的伦理教育感到不耐，我们的传统是"君子"式的"儒"，在这种传统底下，为一般人所称道的人格标准竟是态度颠顸的厚重、庸德之行、庸言之谨、逆来顺受、知足安命、与世无争、莫管闲事、别露锋芒、别树敌、别离经叛道、要敬老……这些标准上铸造出来的人格是可以想象的。所以在中国社会中，我们看到最多的是三种人，第一是乡愿，第二是好好先生，第三是和事佬。至于等而下之的巧言令色之徒、巧宦、走狗、奴才、文警、小人、马屁精、笑面虎，那又更不知道有多少。痛快地说，这些人绝对不能把咱们国家带到现代化，咱们若要真的振作起来，非得先培养愤世嫉俗的气概不可！愤世嫉俗并不是什么要不得的事，尤其我们这个死气沉沉的老大民族，我们怎么配说愤世嫉俗要不得？社会给青年的教育，不该是先让他们少年老成、听话、做滥好人。应该放开羁绊，让青年们尽量奔跑，与其流于激烈，不可流于委琐；与其流于狂放，不可流于窝囊，老一辈的人自己做了"德之贼"，怎能再让青年人做乡愿？不让生龙活虎的青年人去冲、去骂、去诅咒、去上当、去摔跤、去跌倒……试问我们哪里去找朝气？社会上不让青年有急进的、爽快的、大刀阔斧的言论与行动，试问哪个持盈保泰的老头子还有这种劲儿？苟能使整个国家年轻活泼到处是朝气，其中有一些青年发几句狂言、道几句壮语、做一点不知天高地厚的傻事，这又算得了什么？

在这种认识之下，我觉得上了年纪而又没有朝气的人，实在应该有鼓励青年的雅量。我说这话，并不是建议他们纷纷走上日本传说中的"姥弃山"，自杀以谢国人。我只是觉得他们大可不必大惊小怪神经兮兮，中国绵羊性格的青年人再狂妄，也可以使这一代的老不争气的人颐养天年的！老不争气的人实在应该痛感于他们的落伍与失败，死心塌地地缴出棒子或收起老调，至少不要再想拦路，大模大样地教训人。何况在现状下，由于人浮于事粥少僧多，青年人施展抱负的机会实在受了很大的限制，10年代、20年代或30年代稍后的青年人，摆在他们眼前的道路与境界比较宽广，一个学成还乡有志教育的人，弄到个中学校长干干并不是难事（我父亲就是一例）。即使做中学教员，生活的优裕也远非今天所能比，钱穆做中学教员时代的薪水，已不是今天的中学教员所能想象。在整天想尽办法为衣食奔走的清苦生活里，我们不能苛求为什么今天的中学教员不能进修、程度低落。何况一个青年人，大学毕业出来，做个中学教员也非易事（我个人就是碰壁的一个），运气或关系好的找到了，哪里还敢不在"教学进度表"下诚惶诚恐地帮忙执行制式教育？哪里还谈到什么学术研究？偶尔有力争上游的人：能出国的要为一日三餐出卖廉价劳力，仰洋人鼻息、度苦闷岁月；不能出国的挤进高等学术机构，每月静候救济金式的补助，恭恭敬敬小小心心地在老前辈集体领导下做小学者，甚至参与"学界分赃"，逃避现实，等待升迁，可是他们能等到什么时候？在老不倦勤的"照顾"之下，他们一点也没有施展的法子！

以上举的例子，只不过是青年人中在知识上智慧上比较优异的，而他们的前程就已如此胶着、如此晦暗，其他更广大的一群的彷徨与苦闷，自然更别提了！

* * *

从我14岁到台湾开始，我亲身在这种世风、学风与文风里长大，并且亲眼看到这一代的儿童、少年与青年如何在长大，在恶补化的小学教育里、在模子化的中学教育里、在毫无性灵的大学教育里、在一窝蜂的留学考试里，我依稀看到这是一个悲剧的起点，一个恶果的下种。这个悲剧和恶果也许必须在这一代"当家"的时候，才能明显地看出来。我们的上一代承受了老祖宗们留给他们的悲剧的恶果，现在我们又要承受上一代，眼睁睁地静候他们的导演和耕耘。13年来，我对上一代的所作所为已经肤尝身受，我要坦白说，我失望透顶！

在《老年人和棒子》里，我爆发了我的忍耐，对上一代，我提出了三点疑虑：

第一，从感觉上面说，老年人肯不肯交出这一棒？

第二，从技巧上面说，老年人会不会交出这一棒？

第三，从棒本身来说，老年人交出来的是一支什么棒？我担心的是，老年人不但不肯把棒交出来，反倒可能在青年人头上打一棒！

这些疑虑对我说来，不但完全应验，并且更有"亲切感"——在我继续写文章的时候，各种号码的棒子就纷纷朝我头上打来！

第一号棒子打过来的是某大学文学院院长所声言的："李敖骂我们不交棒子！其实李敖有什么东西？我们要交，也不交给李敖！"这话由朋友转述给我，我听了，忍不住好笑，我说："交棒子的意思是上一辈退位，这一代抬头，岂是狭义地给我李敖一杯羹？我李敖也许如他所说一无所有，如果有，那我唯一的东西就是证明他们的东西不是东西！也许我可以用莎士比亚 Othello 里那句 I am nothing if not critical 来骂我自己吧！"

三个月后，我的一段话最能道出我这点微意：

我从来不敢说我的文章是"学术性"的，我也从来不敢说我讲的是"中外君子标准的词令"。我写文章的目的之一是想告诉人们：那些有赫赫之名的"学术与政治之间"的人物，和他们那些一洋洋就数万言的大文章，似乎也非学术性和君子级。他们只是使一些浅人们以为他们那样的"文字"才是"学术"、他们那样的"词令"才是"君子"。从而尸居大专教席，把持君子标准，装模作样地教训年轻人，这种伪善我看得太多了，也实在看不惯了。因此我要写些文章去撕破他们的丑脸，告诉他们李敖固非似"学者""君子"，阁下亦不类"君子""学者"，还是请下台来，给学术宝座、君子神龛留块净土吧！

这段话看来虽然不太斯文，却真是实情。我最讨厌装模作样，如果在"伪君子"和"真小人"之间必须选择一个，我会毫不犹豫地选择后者。这种性格使我在许多事情上表现得"一马当先"——当先去做"坏人"。最显著的一个例子是我20岁时父亲的去世。我父亲死后,按照传统,要烧纸、诵经、拿哭丧棒弯下腰来装孝子,可是我不肯这样为"吊者大悦"去做"伪君子",我的丧礼改革在二千人的送葬场面前挨了臭骂,可是我不在乎——我是"真小人"!

可是,在咱们这个伪善的社会,做"真小人"也良非易事。在"伪君子"的眼中,"真小人"是不可能存在的,他们觉得,这个"真小人"的人并不小,他后面一定有后台大老板。

最先猜是胡适,后来觉得不像是胡适,乃胡适的第二代,是胡适的学生姚从吾;后来又不是姚从吾,是姚从吾的学生殷海光,而殷海光就是《自由中国》杂志上的反调分子!后来又觉得殷海光也不对;于是又拉出一个吴相湘,最后,吴相湘为流弹打着,躺在地上变成了"社会贤达",他们好像有点抱歉了,于是,"祸首"转移,又变成了陶希圣!

陶希圣是"现任"幕后主使人,看着吧!不久他还要被他们解职洗冤,另外替我换一个老板!

我有这么多的老板,我真"抖"了!

这就是我所亲自领教的上一代的君子们对我的可耻手段。这种手段,不管是"传统派"的、"超越派"的,乃至"托洛斯基派"的,都是异曲同工的大合唱!

真是合唱!想当年胡秋原和徐复观互骂,现在他们又眉来眼去了!郑学稼和任卓宣斗嘴,现在他们又眉目传情了!他们这些同床异梦的人儿如今按捺住性子举行"联合战线",目的说破了,不过在打击李敖和他们选定的背后靠山而已!我看他们带了一批喽啰一窝蜂地写文章、一窝蜂地下馆子、一窝蜂地拥进司法大厦,我真忍不住窃笑！恍然大悟我活了27年，今天才知道什么叫作"疑神疑鬼"！他们这样子乱棒围剿、恶言栽诬，我只觉得他们可怜。我在答吴心柳先生的信里，曾这样批评他们说：

就是这些人，他们居然在30年代的中国，扮演了一副角色，直到60年代的今日，还在跑他们的龙套。这是何等可怜！又何等可悲！

他们代表上一辈中最好勇斗狠言伪而辩的一群，也是既不择手段又神经过敏的一群。以他们那种悲惨的身世与遭遇，他们已经无法了解什么是独立的人格，更无法想象真正的男子汉是一副什么模样。他们总以为一个60年代的年轻人一写文章，就一定有后台老板的撑腰，他们自己靠大树靠惯了，看到别人独来独往，他们就觉得别扭了！

从某些角度看，这些爱舞文弄墨的上一世代的人儿还算是高明的，因为他们比起另外一批老顽固来还不算顽固。另外一批老顽固是义和团式的国粹派，这批人的迂腐与酸气，简直使人吃不消；与这些老顽固相映成趣的是一批新顽固，在新顽固的编织下，台湾变成了十足的"文化沙漠"，报纸上的陈腐舆论、文坛上的八股文艺、杂志中的烂套掌故、学校里的肤浅师表……到处被他们搅得乌烟瘴气！

在这种世风、学风与文风下成长起来的年轻人是可怜的！他们缺乏营养、缺乏气魄。可是这不能怪他们，该怪的是环境与教育。充满了失败经验的上一代人没有理由责备这一代，像郑学稼先生所说的：

今日台湾的同年龄的青年，不能想象（有《浪子》气质的）那世代人所干的事。一个时代的青年,骑单车,以太保太妹的姿态驰骋于西门町和衡阳街,总不是这时代的需要!(《文星》三十八号,《现代中国知识分子的镜子》)

不错,就算这一世代中的"太保太妹""不能想象那世代人所干的事",但是我们却知道"这时代的需要"似乎也不是"那世代人"的盲动与乱来,那一世代的英雄们曾经乱播了一阵种子,如今他们虽然表面上以"浪子"回头的姿态出现,并警告这一世代说:"老子过去的事不准研究!研究就是帮助敌人,破坏团结!老子就要告你诽谤!"但是这一世代的青年人并不在乎这些,他们知道,他们是清白的,他们没做过孽!他们今日的缺乏营养与气魄,是战乱游离的必然结果,这个责任,要由上一代来负!

什么样的环境与教育便会造出什么样的人才;在 30 年代的知识分子中,我们已经找不到像 10 年代蔡元培一般的典型人物,死掉一个蔡元培,我们便找不到第二个人能代替他;在 40 年代的知识分子中,我们已经找不到像 20 年代傅斯年一般的典型人物,死掉一个傅斯年,我们便找不到第二个人能代替他;在 60 年代的环境与教育中,我们不能苛求为什么这一代青年竟表现得如此缺乏营养与气魄,"太保太妹"这么多!我们要追问:"此水本自清,是谁搅令浊?"

在上一代的人午夜梦回扪心自问的时候,他们不能想象他们一手造成的"文化沙漠"里,竟会长出仙人掌。但是令他们吃惊的是,即使在这种风气底下,一些仙人掌居然能挣扎出来,朝他们讥讽、向他们抗议。他们在感情上处心积虑地想把这些奇花异草压抑、铲除,甚至"捉将官里去"!但是在理智上,他们不得不纳闷,纳闷地寻思:

"这真是奇迹!"

　　同样感到是奇迹的,是这一代青年人自己。他们没想到在浑噩的环境中他们竟聪明,在催眠的教育中他们竟苏醒。他们从浓妆艳抹的上一代的手中拿到了脂粉,但他们却不跟着老妖怪们学习美容,他们知道如何打扮自己、如何淡扫蛾眉!

　　当然他们很警觉,他们知道现在是一个帽子乱飞的时代!他们知道30年代的文人陷害异己是不择手段的——这种人最喜欢把自己戴过的帽子朝对方头上戴。这一代的青年们对跟那些时代的泡沫们穷缠并没有兴趣,因为他们志不在此!他们有他们真正的远景和抱负,有他们现代化中国的蓝图。他们只愿意跳过这些时代的泡沫,希望这些大老爷别来绊脚,如果大老爷们硬不识相,有时也必须在他们脑袋顶上拍一拍,好教他们清醒点,把路让开!

　　在宽广浩瀚的前程中,老不成器和老着脸皮的上一代,都不是新时代知识分子的"敌人",因为他们早该是旧时代枝头的落花飞絮,早该凋谢、早该销声匿迹、早该躺在床上,背一句臭诗:"看射猛虎终残年!"

　　迷失一代的青年人必将回归到愤怒的一代,他们之中,浑噩的终将聪明,沉睡的终将苏醒,缺乏营养与气魄的终将茁壮。这些转变的酵素不待外来,他们必须靠自己!他们的转变成功之日,就是中国的前途开朗之时……(编者略)

　　作为一个现时代知识分子的小角色,我自知我自己只不过是一个热心的小人物,一颗满天星斗的小星。能力与际遇的安排也许只能使我做一个吵吵闹闹打打前锋的小战士,在愤怒的青年人中,我深信会有大批的主将到来。如果我有点自知之明,我会知道我不是一个"勇士"。有多少次，在深更半夜，我笑着对自己说："我不是'勇士'！从某些观点来看，也许我是'懦夫'。如果我不是'懦夫'，我不该向那些时代渣滓们消耗我的精力！在'水深波浪阔'的时代里，我是多么渺小！多么无力！又多么短暂！我只能在环境允许的极限下，赤手空拳杵一杵老顽固们的驼背，让他们皱一下白眉、高一高血压，大概这是我最大的能耐了！我还能怎样呢？"

这低调，实在是我的基本态度。这种基本态度的形成对我来说是很当然的事。我在忧患里长大，精神上，我经历过"太保太妹"们不太能经历的苦痛。个人的理智训练与宗教狂热在我所经历的环境底下，已被我浓缩或转换成太多的消极与愤激，多少还夹杂着一点玩世和不恭。另一方面，生活的压迫使我接二连三历经着苦恼的副业——从写蜡版到送报、从进当铺到案牍劳形……这些生活末节在无形中增加我精神上与精力上的负担，虽然起码的坚韧使我不会倒下去，但是我也不太容易站起来，这大概也是我低调的一个来源。大概以我的能力与际遇，我一辈子也不会喊"后来居上""超越前进"的高调，这是非常不可救药的！

但我的低调也有好处，这就是可以满足一个小人物的自我清高。一个低调的人经常的表现是消极的不合作主义、杯葛主义、麝一般的自毁主义、宁为玉碎主义、不妥协主义、陶渊明主义。在乱世里，这种低调而坚强的态度也未尝不是既苟存性命又勉强做人的一法，有时候在我看来，这甚至是唯一的方法！可叹的是，今日洁身自爱的知识分子中，连陶渊明那种可以"养廉"的"将芜"之"田园"，都不可得了！

虽然是穷光蛋，可是也要穷得硬朗，老一世代的人们也该想到新一世代的青年人中，也会有"贫贱不移""风骨嶙岣"的硬汉，不要光是拿细人之心度人！只要老一世代的人不老眼昏花而死，他们总会看到这一代卓越知识分子的人格与风范。这些并不是他们身教的结果——这是他们的造化！

* * *

13年来，我从儿童变成少年，从少年变成青年，困扰与苦难并没有使我忽视这13年来的众生相，也没有使我这低调人生观高调一点点。我的消极是：自己不做乡愿，中国少一乡愿；我的"积极"是：打倒几个"伪君子"，宣布几个"伪君子"是乡愿。如此而已。我深信的人生哲学很简单：能少做一分懦夫，就多充一分能士；能表白一下真我，就少戴一次假面；如果与覆巢同下，希望自己不是一个太狼狈的"坏蛋"；如果置身釜底，希望自己不做俎肉，而是一条活生生的游魂！

由13年来的沉思默察转到13月来的文坛争战，我已经饱受攻击和诋毁，不管流弹和棒子怎么多，我还是要走上前去。两句改译的印度古伽拉德青年诗人的话经常在我的耳边响起，那是——

你已经吞了不少苦药，
请再勇敢地喝了这杯毒酒吧！

像一个卖药游方的孤客，我走到这社会里来，十字街头是那样晦暗，我打开背囊，当众吞下了不少苦药。观众们说："恐怕药太苦了！"我说："怕什么呢？我吃给你看。我还有一杯毒酒！"

1962年12月17日

独白下的传统

快看"独白下的传统"

写这本书的目的,是帮助中国人了解中国,帮助非中国人——洋鬼子、东洋鬼子、假洋鬼子——别再误解中国。

中国人不了解中国。为什么?中国太难了解了。中国是一个庞然大物,在世界古国中,它是唯一香火不断的金身。巴比伦古国、埃及古国,早就亡于波斯;印度古国,早就亡于回民。只有中国寿比南山,没有间断。没有间断,就有累积。有累积,就愈累积愈多,就愈难了解。

从地下挖出的"北京人"起算,已远在五十万年以前;从地下挖出的"山顶洞人"起算,已远在两万五千年以前;从地下挖出的彩陶文化起算,已远在四千五百年以前;从地下挖出的黑陶文化起算,已远在三千五百年以前。这时候,已经跟地下挖出的商朝文化接龙,史实开始明确;从公元前841年(周朝共和元年)起,中国人有了每一年都查得出来的记录;从公元前722年(周平王四十九年)起,中国人有了每一月都查得出来的记录。中国人有排排坐的文字历史,已长达两千八百多年。

在长达两千一百多年的时候,一位殉道者文天祥,被带到抓殉道者的元朝博罗丞相面前,他告诉博罗:"自古有兴有废,帝王将相,挨杀的多了,请你早点杀我算了。"博罗说:"你说有兴有废,请问从盘古开天辟地到今天,有几帝几王?我弄不清楚,你给我说说看。"

文天祥说:"一部十七史,从何处说起?"

三百多年过去了,十七史变成了二十一史,一位不同黑暗统治者合作的大思想家黄宗羲,回忆说:"我十九、二十岁的时候看二十一史,每天清早看一本,看了两年。可是我很笨,常常一篇还没看完,已经搞不清那些人名了。"

三百多年又过去了,二十一史变成了二十五史。书更多了,人更忙了,历史更长了。一部二十五史,从何处说起?

何况,中国历史又不只二十五史。二十五史只是史部书中的正史。正史以外,还有其他十四类历史书。最有名的《资治通鉴》,就是一个例子。司马光写《资治通鉴》,参考正史以外,还参考了三百二十二种其他的历史书,写成两百九十四卷,前后花了十九年。大功告成以后,他回忆,只有他一个朋友王胜之看了一遍,别的人看了一页,就爱困了。

一部中国史,从何处说起?

何况,中国书又不只历史书,历史书只是经史子集四库分类中的一部分,清朝的史学家主张"六经皆史",这下子经书又变成了历史书。其实凡书皆史才对,中国人面对的,已不是历史书的问题,而是古书的问题。

古书有多少呢?

古书多得吓人。

古书不只什么《古文观止》《唐诗三百首》,它们只不过占两种;古书不只什么四书五经,它们只不过占九种;古书不只什么二十五史,它们只不过占二十五种。古书远超过这些,超过十倍百倍一千倍,也超过两千倍,而是三千倍,古书有——十万种!

吓人吧？

这还是客气的。本来有二十五万种呢！幸亏历代战乱，把五分之三的古书给弄丢了，不然的话，更给中国人好看！

又何况，还不止于古书呢！还有古物和古迹，有书本以外的大量残碑断简、大量手泽宗卷、大量玉器石鼓、大量故垒孤坟，和陆续不断的大量考古出土……要了解中国，更难上加难了。

又何况，一个人想一辈子献身从事这种皓首穷经的工作，也不见得有好成绩。多少学究花一辈子时间在古书里打滚，写出来的，不过是"断烂朝报"；了解的，不过是"盲人摸象"。中国太难了解了。

古人实在不能了解中国，因为他们缺乏方法训练，笨头笨脑的。明末清初第一流的大学者顾炎武，他翻破了古书，找了一百六十二条证据来证明"服"字古音念"逼"，但他空忙了一场，他始终没弄清"逼"字到底怎么念，也不知道问问吃狗肉的老广怎么念。顾炎武如此误入歧途，劳而无功，而他却还算是第一流的经世致用的知识分子！又如清朝第一流的大学者俞正燮，他研究了中国文化好多年，竟下结论中国人肺有六叶，洋鬼子四叶；中国人心有七窍，洋鬼子四窍；中国人肝在心左边，洋鬼子肝在右边；中国人睾丸有两个，洋鬼子睾丸有四个。……并且，中国人信天主教的，是他内脏数目不全的缘故！俞正燮如此误入歧途，劳而无功，而他却还算是第一流的经世致用的知识分子。

20世纪以后，中国第一流的知识分子，在了解中国方面，有没有新的进度与境界呢？有。他们的方法比较讲究了、头脑比较新派了，他们从象鼻子、象腿、象尾巴开始朝上摸了。最后写出来的成绩如何呢？很糟。除了极少数的例外，他们只是一群新学究。西学为体,中学为用。其实天知道他们通了多少西学,天知道他们看了多少中学。他们是群居动物,很会垄断学术、专卖学术,和拙劣宣传他们定义下的学术。于是,在他们多年的乌烟瘴气下,中国的真面目,还是土脸与灰头。

中国这个庞然大物,还在雾里。

作为一个中国人,要想了解中国,简直没有合适的书看。古代的知识分子没有留下合适的,现代的知识分子不能写出合适的。中国人要想了解中国,只有标准本教科书,只有《薛仁贵征东》《薛丁山征西》《呼延庆征南》《罗通扫北》,只有大戏考中的《一捧雪》《二进宫》《三击掌》《四进士》《五人义》《六月雪》《七擒孟获》《八大锤》《九江口》《十老安刘》……这太可悲了。

中国的真相不在这里,中国的真相不是这样的,中国的真相既没有这样简单,也没有这样《春秋配》。

中国没能被了解——全盘了解。中国被误解了。中国是庞然大物,中国被盲人摸象。

就说被摸的象吧。中国人一直以为象是"南越大兽",以为象是南方泰国、缅甸、印度的产物。中国人喜欢这个和气的大家伙,酒杯上用它,叫"象尊";御车上用它,叫"象辂";游戏里用它,叫"象棋";最有缘的,在文字里用它,代表了六书中的第一种——"象形"。象形就是根据象而画出来的形,人一看到就知道是象,又大又好画,大家都喜欢画它,愈画愈像,所以这个"像"的字,就从这个动物演变出来。

现在我们写"为者常成"的"为"字，古字中象形写法见上图：左边的象形是手，右边的象形是象，"为"字的原始意思就是"用手牵象"。牵象干什么？打仗、做工，都是最起码的。中国人在用牛用马以前，早就用到了象。象不是外国货，最早在黄河流域，就有这种庞然大物。后来，黄河流域气温变凉了，象开始南下，出国了。在古人写古书的时候，已经看不到它了。所以《韩非子》里说：

人希见生象也，而得死象之骨，按其图以想其生也。故诸人之所以意想者，皆谓之象也。

当象再回国的时候，中国人不认识它了，以为它是外国货，把它当成"南越大兽"了，象以珍禽异兽姿态出现，让中国人瞎摸了。

中国人不了解中国。不了解中国有什么。

中国人对中国无知,这是中国知识分子的失败。中国人"希见生象",又不能"得死象之骨,按其图以想其生",所以只是瞎摸、瞎摸。瞎摸到生象,还算是"摸象";瞎摸到死象,就完全是"摸骨"了。中国人对中国的了解,实在还是龙海山人关西摸骨的水准,中国人真可怜!

问题出在中国知识分子。

中国知识分子是中国最可耻的一个阶级。这个阶级夹在统治者和老百姓之间,上下其手。他们之中不是没有特立独行的好货,可是只占千万分之一,其他都是"小人儒"。庸德之行,庸言之谨,读书不化,守旧而顽固。中国知识分子坚守他们在统治者和老百姓中间的夹层地位,误尽苍生。当特立独行的王安石搞变法,想直接受惠于老百姓的时候,文彦博站出来向皇帝说话了,他说:"陛下是同士大夫治天下,不是同老百姓治天下。"王安石想越过这批拦路虎,可是他碰到了绊脚石。

中国知识分子失败了。有两大方面的失败:一方面是品格上的,另一方面是思想上的。思想上失败的特色是:他们很混、很糊涂、很笨。他们以知识为专业,结果却头脑不清、文章不行。这种特色不但使他们品格诸善莫做,并且扶同为恶而不自知;在思想上,也不能深入群众,影响普遍的中国人。他们写的东西,只能自我陶醉,或者给互相捧场的同流货色一起陶醉,实际上,实在不成东西。对绝大部分中国知识分子的作品,我看来看去,只是可怜的"小脚作品"。它们的集体悲剧,乃在不论它们的呈现方式是什么,它们所遭遇的共同命运,都是"被层层桎梏"的命运。不论它们的呈现方式是"散文""骈文""时文""八股文""语体文",是"论辩""序跋""志传""奏议""哀祭""书牍""诏令""论文",是"诗""词""歌""赋""颂赞""箴铭""弹词""小说",是"气""骨""神""势""实""虚""韵""逸""用典""白描",是"简洁""蔓衍""谈理""抒情""刚健""优柔""平朴""绚丽",或是"革新""守旧""创新""追摹""独造"。……不论从哪一路的进退冲守,都是"小脚如来"的"掌心行者",都不能逃开共同被传统"桎梏""修理"的命运。在这共同命运之下,"文体"的争论也好、"诗体"的争论也罢,乃至什么"雅""俗"之分、"刚""柔"之异、"古""今"之别、"朝""派"之变、"文""白"之争。……从如来掌心以外来看,它们所能表示的,至多只是被"修理"的轻重深浅而已。换句话说,它们统统都多少被传统的水平观念缠住、被传统的社会背景缠住、被传统的意识形态缠住、被传统的粗糙肤浅缠住。……这样一缠再缠,中国的作品便一直在"裹脚布"中行走,不论十个脚趾如何伸缩动静,都无助于它在一出世后就被扭折了的骨头。

中国知识分子文章不行的背景是他们读书不化、头脑不清。在知识分子中很难找到明白人。偶尔也有清光一闪,留下一句,可是你刚要鼓掌,下面一句就冒出混话,立刻把你的兴致扫光。

因为读书不化、头脑不清,常常发现他们争不该争的,又不争该争的。以宋朝的一场闹剧为例。八百年前,宋朝仁宗没有儿子,绝了后,新皇帝宋英宗做了皇上。英宗是仁宗堂兄濮王的儿子,他接了仁宗的香火,对他亲生爸爸该怎么叫,竟引起天下大乱。首先,骑墙派知识分子王珪不敢发表意见,右派知识分子司马光表示,根据传统文化,该叫亲生爸爸作伯父,原因是,英宗由宗法制度的老二一支,入继老大一支,必须不叫亲生爸爸作爸爸,而该叫法定爸爸即仁宗作爸爸。这种见解，左派知识分子欧阳修反对，他也根据传统文化，认为没有消灭父母之名的道理，所以，仁宗不是爸爸，而濮王（原来的爸爸）才是爸爸。于是展开混战，从皇帝妈妈以下，全部引用传统文化，大打起来。严重到司马光派的知识分子贾黯留下遗嘱，要求皇上一定得叫原来的爸爸作伯父，不然他死不瞑目。另一个知识分子蔡伉，也向皇上大声疾呼，声泪俱下地表示，天下兴亡，就在这一叫。后来司马光派请求皇上杀欧阳修派，皇上不肯杀，并且违反了司马光派的传统文化，仍叫原来的爸爸作爸爸。司马光派吵着，并且宣布"理难并立""家居待罪"。最后闹得双方都赌气要求皇上贬自己，满朝乌烟瘴气。

第一流的知识分子不把精神用来解决小人、解救小民、解放小脚，却用来争所不该争的，这是中国知识分子的混、糊涂、笨。

别以为上面举的叫爸爸例子，只是一时一地的现象，才不呢！明朝世宗时候的"大礼议"、神宗时候的"梃击案"、光宗时候的"红丸案"、熹宗时候的"移宫案"，以至汉学宋学之争、今文古文之争、孔庙配享之争、保教尊孔之争……没有一件不是认错目标浪费口舌的小题大做，没有一件不是暴殄文字的丧心病狂。

在这些无聊的纠缠以外，中国知识分子把多余的精神用来逃避现实，他们美其名曰研究学术，其实只是另一种玩物丧志。十七八世纪的大思想家李塨，早就为这种现象做了归纳和预言：

〔知识分子〕于扶危定倾，大经大法，则拱手张目授其柄于武人俗士，当明季世，朝庙无一可倚之人，〔知识分子〕坐大司马堂，批点《左传》。敌兵临城，赋诗进讲。……日夜喘息著书，曰："此传世业也!"卒至天下鱼烂河决,生民涂炭。

这种现象的结果是,思想上的失败,导致了他们品格上的失败,他们一方面诸善莫做,另一方面扶同为恶而不自知。于是,"天下鱼烂河决,生民涂炭"的时候,再做什么,都太晚了!

中国知识分子缺乏一种重要的品质,就是"特立独行"。缺乏特立独行,自然就生出知识分子的两大方面的失败。结果变得甲跟乙没有什么不同,丙和丁没有什么两样,大家说一样的话、写一样的狗屁、拍一样的马屁。甲乙丙丁之间,至多只在面目上有点小异,在全没个性与特性上,却根本大同。

表面上看,司马光型和欧阳修型不同,其实从基本模式上看,两个小老头完全一样。他们争的,都是传统文化的解释权,看谁解释得好,使孔夫子和当今圣上高兴。打开《司马文正集》和《欧阳文忠集》,一对照,就看出他们竟那么像,像得你可以叫司马"修",叫欧阳"光",他们都是在传统板眼里一板一眼的顺民,他们两眼毕恭毕敬地向上看,一点也不敢荒腔走板。

中国传统最不允许荒腔走板。中国社会虽然没效率,但对收拾板眼不合的天才与志士,却奇效如神,很会封杀。这种封杀,先天就致特立独行的人于死命。这种人,绝大多数要早夭;侥幸不早夭的,最后也难逃浩劫。伟大的明朝先知李卓吾(贽),76岁还要死在牢里,就是最杀气腾腾的例证——他们走的路,都是成为烈士之路。

所以,理论上,特立独行的知识分子,在中国很难存在,存在也很难长大,长大也很难茁壮,茁壮也很难持久,持久也很难善终。那么,这些人怎么办呢?这些人想出一个办法,就是隐居。中国第一部正史《史记》作者司马迁，这个特立独行的人，在牢里有一段悲惨生涯——被割掉生殖器；中国第二部正史《汉书》作者班固，这个特立独行的人，曾两次入狱，第一次靠他弟弟班超的面子脱罪，第二次以涉嫌叛乱死在牢里；中国第三部正史《后汉书》作者范晔，这个特立独行的人，也以叛乱罪下狱，同他一个弟弟四个儿子，一起横尸法场。范晔看出来特立独行的下场，在他的书里，他特别为特立独行的人，列了专传，就是《后汉书》里的"独行传"和"逸民传"。这种传记，变成传统，到《晋书》中变成"隐逸传"，《齐书》中变成"高逸传"，《梁书》中变成"处士传"，《魏书》中变成"逸士传"，《南史》以后都叫"隐逸传"。但这种形式的特立独行者，他们只是山林人物、只是不合作主义者，至多只能在品格上特立独行，在思想上还大有问题。换句话说，他们可惜都很笨。他们可能是特立独行的愚者、特立独行的贤者、特立独行的行者、特立独行的勇者、特立独行的作怪者，但很少是特立独行的智者。这些人在中国传统里比例极少，可说只有千万分之一。中国正史里为他们立专传，并不表示他们人多势众，只表示对他们致敬。当然，他们是消极的，消极的高蹈、消极的洁身自好、消极的不能做示众的烈士，只能做示范的隐士。但是，在乱世里，他们能自苦如此，能视富贵如浮云，能坚持信仰、坚持不同流合污，也就天大的不容易了！

20世纪以来，中国社会有了巨变，群体的趋向愈来愈明显，效率也愈来愈"科学"，古代人至多"天网恢恢"，现代人却会"法网恢恢"。古代人要表现特立独行，归去来兮以后，回家有将芜之田园，有欢迎之童仆，有寄傲之南窗，有盈樽之酒；现代人呢？什么都没有，只有管区警察。

但现代人中有一个例外,有一个"今之古人",那就是李敖。很多伪善的读者吃不消李敖喜欢捧李敖,所以李敖谦虚一次,用一次海外学人捧场的话,来描写这个例外。《大学杂志》登过这么一段——

至于攻击传统文化的智识之士当中,倒有不少来自中国内地,足迹从未到过"西洋",对于中国文史典章之通晓远在他们那点点"西学"之上。主张"打倒孔家店"的四川吴虞便是一个典型。台北的李敖,主张"全盘西化",那么坚决、那么彻底,然而他也从未出过洋,他对西方任何一国的语文未必娴熟流利,而他的中文已经卓然成家。更基本的,他那种指责当道(包括学术界的当道),横睨一世的精神,完全不是"西方式"的,完全出自一种高贵的中国"书生传统"。近代愤激的中国智识之士以及若干受他们影响的外国学者,爱讲中国历史上的文字狱与思想钳制,却忽视了中国传统书生另有一种孤傲决绝的精神,在《时与潮》发表的那篇李敖之文,便表现了这股精神。

这是很叫人赶快鼓掌的话。鼓掌以后,再看一遍,再鼓一次掌。

海外学人捧我有"一种高贵的中国'书生传统'",他说对了。我是喜欢搬弄传统的。从14年前出版《传统下的独白》开始,到14年后出版这本《独白下的传统》,就证明我对传统有传统。为什么要这么传统呢?因为要了解中国,就不能不弄清传统。

美国人向法国人开玩笑,说你们法国人老是自豪,可是,一数到你们爸爸的爸爸,就数不下去了,为什么?法国人私生子太多,一溯源,就找不到老爸爸了;法国人也向美国人回敬,说你们美国人也老是自豪,可是一数到你们爸爸的爸爸,也数不下去了,为什么?美国人历史太短,一溯源,也找不到老爸爸了。这个笑话,说明了解历史太短的国家,就不必受传统的罪,直接了解,就可一览无遗。了解只有两百年历史的美国,固然要了解英国;但了解英国,只要精通北欧海盗史,就可以完工,绝不像了解中国这么麻烦。

精神分析学家看病的时候,必须使病人回忆过去;思想家、批评家、哲学家、历史家面对中国这个庞然大物,也必须如此。中国是一个充满了万年、千年、百年、几十年和十几年大量传统的民族,寿比南山。南山本是传统细壤所积,不了解钙层土(pedocals)和淋余土(pedalfers)的人,不了解土壤;不了解中国"钙层传统"和"淋余传统"的人,又怎么了解中国?

中国人不了解中国,中国人了解的中国只是"中国口号";非中国人不了解中国,非中国人了解的中国只是"中国杂碎"。他们都没工夫了解中国,也没有了解中国的功夫。在这种情形下,一个有着"高贵的中国'书生传统'"的人,以"种豆南山下""悠然见南山"的心情,写下这本中国入门书,它的意义——不论是说出来的还是没说出来的——自然就非比寻常。

这是真正的"中国功夫",这是李敖的"中国功夫"。

汉朝的开国皇帝刘邦,不喜欢知识分子,他的方法是"溺儒冠"——一把将知识分子的帽子抓下来,当众朝帽子里撒尿;明朝的孤臣孽子郑成功,不要做知识分子,他的方法是"焚儒巾"——跑到孔庙向孔夫子说:"各行其是!"当众把书生装烧了。这一溺一焚之间,真有学问。《旧唐书》里有"救焚拯溺"的话,借用来写中国知识分子的惶恐心情,倒也好玩。中国知识分子最缺乏"溺儒冠""焚儒巾"的气魄,读书不化、头脑不清,到处叫爸爸。这本《独白下的传统》，是一本"究天人之际，通古今之变，成一家之言"的奇书，它像"溺儒冠""焚儒巾"一样地唾儒面。有了这样的奇书，中国受苦受难的人才气象万千、才光芒万丈。

这不是写给脸上有口水的人看的书。它的写法，打破了所有的格局与成例。我希望，所有受苦受难的人能看得懂又不看得困；我希望，他们透过这本书，来了解中国，也透过这本书，来了解自己。不论是贩夫走卒、不论是孤儿神女、不论是白日苦工或黑狱亡魂，他们都是受苦受难的中国人，他们是中国的生命，他们是真的中国。

1979年经年累月足不出户之日在台湾写

直笔

——"乱臣贼子惧"

孔夫子活的时候,天下大乱了,其实天下永远是大乱的。

孔夫子听说,有的做儿子的,居然杀了父亲!

孔夫子又听说,有的做臣子的,居然杀了皇上!

孔夫子气了!

孔夫子瞪了眼睛,吹了胡子。

孔夫子拿起了一支钢笔,噢,不对,那时候没有钢笔;拿起了一支毛笔,噢,也不对,那时候也没有毛笔;孔夫子拿起的是——一把刀!

呀!孔夫子怎么会拿刀?孔夫子斯斯文文的圣人,拿刀干什么?杀他父亲吗?不是!杀他皇上吗?当然也不是!杀那杀父弑君的凶手吗?好像有点是了。

其实孔夫子不是拿刀去杀任何人,孔夫子太老了,孔夫子杀不死任何人;孔夫子是儒者,孔夫子不会杀人。

但是有人不是说吗?孔夫子当鲁国的司寇(司法行政部长兼警备司令),大权在握,第三天就杀了他的政敌"少正卯",孔夫子不是杀人吗?

但有人说这事是假的。即使是真的,孔夫子也不必亲自操刀,因为有刽子手老爷和刽子手老爷的鬼头刀。

那么，孔夫子拿刀干什么？

孔夫子拿刀并不是要杀人，而是吓唬人。

孔夫子拿起刀来，朝一块竹片刻去，刻了一片又一片，刻了许多字。最后，刻满了一大堆的竹片。

这些竹片，就是孔子时代的书。

孔子时代没有笔和纸，只有刀子和竹片，刀子刻在新砍下来的青竹片上，一刻上去，竹片直冒水，像是流"汗"一样，所以叫作"汗青"。

所以，古人一提到"汗青"，就象征着书籍，也象征着历史。古人的诗说："留取丹心照汗青""独留青史见遗文"，就是这个缘故。

孔夫子"汗青"九个月，完成了一部"青史"。

这部"青史"，是中国第一部有系统的历史书，它的名字叫《春秋》。

《春秋》一共有 16572 个字，每八个字，刻在一块竹片上，你说刻了多少片？

孔夫子写《春秋》的目的，并不是要杀乱臣贼子，而是要乱臣贼子害怕。

什么是乱臣贼子？凡是不守臣子的本分的，都是乱臣贼子。

什么是臣子的本分？臣子的本分是要乖乖地听话，要在自己的岗位上，小心翼翼地做事，不要做一点分外的事。不该你做的事，你不该管闲事。管闲事就是"越俎代庖"。

孔夫子写《春秋》，目的就是要大家个个都在自己岗位上做事，该做什么的，就做什么，不要不守本分！

可是，怪事就出在这儿，写这本《春秋》劝人守本分的人，自己就不守本分!

因为孔夫子的本分,不是"写历史的官"——史官,他没有资格写历史,《春秋》不该是他写的,就好像耗子虽讨厌,狗却不可抓耗子。

可是,孔夫子老了,他不管三七二十一,还是写了。

他不但写,还不许别人参加意见,他的学生子夏站在旁边,两眼瞪着,一个屁也不敢放,只能帮忙搬竹片、磨刀。

孔夫子太伟大了,伟大得使学生"不能赞一辞"!

孔夫子把《春秋》写好了,双手一拍,向学生说:他知道他不该写这部书,可是希望大家原谅他。看了这部书,了解他的人,可以根据这部书了解他;骂他的人,根据这部书,也有足够的理由骂他。他自问凭良心写,管不了那么多、管不了那么多、管不了那么多。

但是,糟糕的是,孔夫子自己却没完全凭良心——孔夫子在《春秋》里,竟做了好多好多的手脚。

孔夫子是春秋时期鲁国人,在《春秋》所记的240年中,鲁国的皇帝,四个在国内被杀,一个被赶跑,一个在国外被杀,这样六件重大的事,孔夫子竟在《春秋》里,一个字也不提。这哪里是写真相呢?这不是有意说谎吗?

正因为孔夫子在有意说谎,所以,他的学生们也就跟着造谣,竟说:"鲁之君臣,未尝相弑!"意思是说:"我们鲁国呀,没有家丑。皇帝和臣子之间,没有凶杀案!"

像这一类有意说谎的例子,还多着呢!

如狄国灭了卫国,孔夫子为了替齐桓公遮盖,竟把这样一件大事一笔带过,写也不写。

又如晋国诸侯竟传见周朝的皇帝,这是很不成体统的事,孔夫子为替晋文公遮盖,竟改变一种写法,与事实的真相差了十万八千里。

孔夫子为什么要做这些有意说谎的行为呢?研究他的原因,乃由于孔夫子主张——

为尊者讳
为亲者讳
为贤者讳

换成白话,是——

为所尊敬的人瞒瞒瞒
为亲人瞒瞒瞒
为贤者瞒瞒瞒

孔夫子写书的目的,本是要把那些他看不惯的人的行为,记入青史的;但是人总是有缺点的,连孔夫子所尊敬的人和他的亲人、贤者也不例外,竟也有使人看不惯的行为出现,如果孔夫子不管三七二十一,把这些看不惯的行为,一股脑儿写进去了,那么人家一看到,对"所尊敬的人"、对"亲人"和"贤者"的敬意,也就大打了折扣。所以,孔夫子呀,宁愿说谎。这种在历史上说谎,有一个专名词,叫作"曲笔"。"曲笔"就是该直着说的话,要把它歪曲了来说。相反,有什么,就说什么;该怎么说,就怎么说的做法,也有一个专名词,叫作"直笔",就是正直的笔。

孔夫子写《春秋》，本来是要用"直笔"来使"乱臣贼子"害怕的，但是写来写去，他竟写出那么多的"曲笔"，可见写"直笔"是多么不容易！

孔夫子主张写"直笔"的意思，并不是他发明的，在孔夫子以前，中国早就有了这种传统。中国字历史的"史"字，最早的写法是

上面是"中"字，下面是"又"字，就是"手"字。用"手"把持住"中"字，是什么意思，你就不难明白。

这个"史"字，一开始的意思不是指"历史书"，而是指"史官"。史官在上古时候，是地位很重要的一种官，他掌管天人之间的许许多多的事，像天时、历法、预言等，做史官的，都脱不了分。后来史官的权力渐渐缩小，缩小到只记录国家大事。史官的名目很多，像"大史""小史""内史""外史""左史""右史"，记录的范围从

日月星辰变化，直到内政外交、皇帝的一举一动，都逃不过史官的刀尖（不是笔头）。

现在举一个"皇帝的一举一动，都逃不过史官的刀尖"的例子。周朝成王小时候，曾跟他的弟弟叔虞一块儿玩，成王用树叶刻了一块"珪"（"珪"是刻图章用的一种玉，皇帝给别人官做，要给印，就是"珪"），然后随手把这片树叶送给他弟弟，说："拿这个封你！"这时候史官在旁边，一听就记下来了。后来史官请成王真正去封他弟弟，成王奇怪了，问为什么？史官说某月某日，你拿树叶刻图章给你弟弟，不是说要封他吗？成王说，我是开玩笑的！史官说："天子无戏言，言，则史书之、礼成之、乐歌之。"这样一来，成王只好封他弟弟了。

这个故事发生在两千年前，成王的弟弟被封后，成立了一个新国家，就是晋国。

现在流行的口号是"司法独立""教育独立"，古代若有流行的口号，该是"历史独立"。古代的史官，他们的地位可说是相当独立的，不但独立，还可以照史官的意思，来写他判断的事实。最有名的例子是文天祥《正气歌》中所说的"在齐太史简，在晋董狐笔"。

公元前607年，晋国的灵公，被赵盾的弟弟赵穿杀死了。晋国的史官叫董狐，他竟在史书上写道：

赵盾弑其君。

赵盾跑过来，质问董狐说："董先生，你写错了吧？明明是我弟弟赵穿杀了皇帝，你怎么写我呢？"董狐说："你是朝廷大员，这件事情发生的时候,你躲在外面,可是没出国门;你回来了,又不追究凶手。你还脱得了干系吗?杀皇帝的不是你,又是谁呢?"于是赵盾心虚了,只好让董狐这样写,没法子。(当时赵盾真可以杀董狐一刀或一百刀,可是他太"笨",没想起来干涉历史,所以就背着恶名,一背两千五百多年!)

董狐的例子,就是上面所说的史官"不但独立,还可以照史官的意思,来写他判断的事实"。

孔夫子就称赞过董狐,说他"书法不隐",就是直笔写历史,不隐瞒什么。只可惜孔夫子自己,却是个"书法每隐"的家伙!

董狐这件事情过后59年,齐国又发生了皇帝被杀事件。凶手是大臣崔杼。于是史官又来了,史官叫太史,他写道:

崔杼弑庄公。

崔杼可没有赵盾那种好脾气,他光火了,立刻把史官杀掉!

可是,事情却没完。史官的弟弟来了,还是这样写:

崔杼弑庄公。

崔杼又气了,又杀了一个。

可是,事情还没完。史官的弟弟的弟弟又来了,又这样写:

崔杼弑庄公。

崔杼更气了，又杀了史官的弟弟的弟弟。

可是，事情还没完。史官的弟弟的弟弟的弟弟又来了，又这样写：

崔杼弑庄公。

于是，崔杼不气了，泄气了，他只好认输，不杀了，让史官随便写吧！（史官到底兄弟多，所以他们赢了！这样看来，兄弟少的，最好别干这一行。）

如果崔杼不泄气，硬是要把史官的兄弟都杀光，那可怎么办？别忙，史官还是有办法，齐太史只是"北史氏"，当时还有"南史氏"。南史氏听说崔杼杀史官，立刻跑去，也要歪着脖子，接着写直笔。后来看到齐太史家的老四成功了，南史氏才打道回府。

由此可见，史官的"人海战术"也蛮可怕，它叫你来个杀不杀由你、写不写由我，看你拿武士刀的，把我这拿刻竹刀的怎么办！

又由此可见，史官不但是独立的，并且还是家族企业的，父亲传儿子的。

历史上为直笔而使脑袋搬家的，并不少见。前赵昭武皇帝（匈奴人）时候，公师彧就因写国史被杀；北魏道武皇帝（鲜卑人）时候，崔浩也因为写国史被杀。但尽管有这一类干涉历史的例子，究竟不能算是"正宗"。在正宗上，皇帝还是要尊重史官的。公元6世纪的一个皇帝，就向一个著名的史官魏收说："我后代声名，在于卿手。"又一个皇帝，也向魏收说："好直笔，勿畏惧！我终不做魏太武（北魏道武皇帝）诛史官。"这些都是皇帝尊重史官的说话。

本来，在制度上，史官的独立，使皇帝都不能看他写的历史（历史是要留给后人看的）。凡是尊重制度的皇帝，没有不守这道行规的。甚至汉朝最凶狠的皇帝汉武帝，也不看史官司马迁写的《史记》，所以《史记》中才能批评他。到了后汉时候，王允就埋怨"武帝不杀司马迁，使谤书（指《史记》）流于后世"。其实王允不知道：光这一点，就说明了汉武帝的尊重史官，遵守制度。

这种制度，到唐朝以后，开始动摇。唐朝的一些皇帝，总忍不住要看史官写些什么。（看看骂老子没有？）这么一来，慢慢地，史官就不敢直笔了。

在史官的历史发生问题以后，在民间，有一些"野史"出来，表现直笔。当朝的皇帝虽一再警告、查禁，可是总不能斩草除根。"若想人不知，除非己莫为。"统治者做了坏事，要瞒，是瞒不了的；要烧，是烧不光的。"流芳"呢？还是"遗臭"？历史总不会放过他。

提倡写"直笔"的孔夫子，当他竟也骗人，写了"曲笔"的时候，历史上，也留下他的记录。历史是不讲感情的，讲感情便不是真历史。历史只讲求真相，由求真的人，不断地、千方百计地记载它的真相。古往今来，许多坏蛋想逃过历史、改变历史，可是他们全部失败了。历史是一个话匣子，坏蛋们怕人说话，可是历史却说个没完。坏蛋们真没法子。

避讳

——"非常不敢说"

五代时候，有一个号称"长乐老"的大臣，叫作冯道，他又字"可道"。这个人在遇到危难的时候，别人着急，他却自自在在。他很俭朴，一点也没有大官的架子，他跟仆人们一起吃饭，吃同样的东西。有的凶狠的将军，抢来漂亮女人，送给他，他表面上收下，私下里却把漂亮女人送还她自己的家里去。在五代的纷乱局面里，他跟过四个姓的朝代，在十个皇帝手下做过大臣。他的人生观是"莫为危时便怆神，前程往往有期因"，他永远是乐观而机智的。当契丹灭了后晋这个朝代，冯道也跟着跑到契丹的朝廷里，契丹的皇帝骂冯道说："你跑来干吗？"冯道说："我们没有城，也没有兵，打不过你们，怎么敢不来？"契丹的皇帝是野蛮人，要把中国人一城一城地杀光，可是自从冯道投降后，契丹的皇帝便放弃了这种野蛮的手法，因为他接受了冯道的巧妙劝说。冯道的智慧太高了，外国头脑简单的皇帝，不得不听他的。

冯道虽然使中国老百姓免于被屠杀，可是历史上，他却背上"汉奸"的罪名。历史学家说他不应该伺候那么多朝代、那么多皇帝，可是冯道说：

"管你什么人做皇帝呀！只要对老百姓有好处，少杀一点老百姓，我都干！"

冯道活了很久，活到 73 岁，跟孔夫子同年。

冯道是个快乐的聪明人，有一些关于他的笑话。据说有一天，他的学生读《老子》这部书，一开头是：

道可道，非常道。

因为"道"是冯道的名，"可道"是冯道的字，他的学生不敢直接叫老师的名字，所以碰到"道"和"可道"，就念成"不敢说"，而把这句念成了：

"不敢说""不敢说"，非常"不敢说"。

这是一个历史上的笑话，可是却有许多深远的意思。为什么做学生的，竟不敢叫老师的名字呢？老师不是明明叫那个名字吗？叫那个名字而又不敢说，到底是怎么回子事呢？

要知道这是怎么回子事，得先飞象过河，知道另外一门大学问，这门学问叫作"避讳学"。

"讳"是什么？讳就是"不敢说"，为什么"不敢说"呢？有的因为顾忌，有的因为隐匿，把一个名字或一件事实，知道了却不说，反倒说成别的，这就叫作"讳"。

为什么一个名字、一件事实，知道了要不说呢？照中国传统的高见，是因为说了就是不吉祥或不恭敬或大逆不道，所以才"不敢说"。"不敢说"的意思，用文言文的说法，是"讳言"、是"讳莫如深"，这一类的说法，还有很多。

对一件事实的"讳",大部分是指隐匿一种真相。比如说,死是一种不可避免的事实,可是古人却忌讳提到它,认为不吉祥。所以古人说一个长辈快死了,用的表达法是"倘有不讳"。"倘有不讳"的意思翻成白话是"假若有隐瞒不住的时候",就是"倘若死的时候"。除了认为不吉祥的意思外,还有一种是指对某种事实的隐瞒。汉朝的大才子司马相如,在他的《上林赋》里就有"鄙人固陋,不知忌讳"的话,这里的讳,就是指对事实的隐瞒。《后汉书·刘陶传》里,有"敢吐不时之义于讳言之朝"的记录,就是说:他敢在大家都隐瞒不说的朝廷里说真话。照古代思想家兼政治家晏子的认定,一个国家大家敢说真话,"民无讳言",才是政治清明的表示。反过来说,若人人都"讳莫如深",就是政治黑暗的证明。

对一个人名字的避讳,在中国有好长久好长久的历史。这种讳的风俗,起于周朝,盛行于唐朝宋朝。名字上避讳的方法,共有四种花样:

一、改字——用另外一个意义相近或声音相近的字,来代替他想避讳的字。

二、空字——把要避讳的字空一格。

三、缺笔——把要避讳的字少写一笔,认为少写一笔就恭敬了。

四、用××来代替;或用某某代替;或用"讳"字代替。

避讳的例子,在历史上可多着啦!

汉朝第一个皇帝,是流氓出身的汉高祖,他的名字叫刘邦。为了避"邦"字的讳,很多书都把"邦"字改成"国"字。例如,把《论语》中"何必去父母之邦"改成"何必去父母之国",把孔夫子的话都改了。

汉朝又有一个皇帝，叫汉明帝，名字叫刘庄。为了避他的讳，一个有名的人叫作"庄光"的，硬给改名叫"严光"了。庄光是明帝父亲光武帝的好朋友，光武做了皇帝，可是庄光却不拍他马屁，仍旧在乡下钓他的鱼。光武帝特别把他拉到皇宫里去，要他住在一起，他也不肯。光武帝因此怪他"咄咄逼人"——因为每个人都要买皇帝的账的，可是庄光却不买，弄得皇帝心里有被欺负的感觉。庄光万万没想到，他的名字，竟跟后来的皇帝"冲突"起来，并且不得他的同意，把姓都给改了，他要是知道，真会很生气。好在"庄严""庄严"，"庄"字和"严"字也差不了好多，严光就严光吧！

汉朝的皇帝不但要避讳，皇后也要避讳。例如汉高祖的太太吕后，是一个最残忍的女人，她的名字叫"吕雉"。"雉"是一种叫"野鸡"的动物。因为皇后用了这个"雉"字，就不许"野鸡"再用了，从此以后，"野鸡"就叫"野鸡"，再也不叫"雉"了。

唐朝时候，为避第二个皇帝叫"李世民"的讳，许多当时的人的名字，都给硬改了：如"王世充"，硬改为"王充"；如"李世勣"，硬改为"李勣"。你说被改名的人倒霉不倒霉？他们的名字，好好地拦腰被抽去了一块，真好像亚当被抽去肋骨一般。

唐朝的花样还多着呢！唐朝还有一种避讳的花样是：如果你要做官，而这官的名称，有一个字跟你老子或老子的老子一样，你就没希望了，你就不能干了。例如：你爷爷的名字里若有一个"安"字，那么长安县的县长，你就不能做了；又如你爸爸的名字里若有一个"军"字，那么你这一辈子就不能做将军。如果你实在想做官，同时心里想：你们怎么知道我爸爸、我爷爷叫什么名字，干脆不告诉你们，我先把县长、将军做了再说。如果你这样，可以，可是千万不能让别人查出来。若有一天被查出来,那你不但要从县长或将军宝座上被赶下来,还要被捉到法院,判一年徒刑,叫你知道厉害!

唐朝又有一个人叫贾曾,他被派当了"中书舍人"一种官,他的父亲正好叫"贾忠",他怕"忠"字跟"中"字一样,犯了忌讳,若徒刑一年,怎吃得消?所以他请求不做这个官算了。后来,专家审定的结果,认为"忠""中"可不算是一个字,这个官可以做,于是贾曾才放心了。

唐朝又有一个人,是短命的诗人李贺,他的爸爸叫"李晋肃"。当时就有老夫子们指出,李贺这个小子,一辈子都不可考"进士",因为"晋""进"同一个声音,李贺该避他父亲的讳!

有一个古人叫田登,他做一个州官。他大概是一个老夫子,看到皇帝们的讳来讳去,怪过瘾的,因此他也想找个对象讳他一讳。正好正月十五灯节到了,灯节时候的习惯,是准点灯三天。可是田登认为"灯"字触犯了他的名字"登",于是贴布告,只说"放火三日"而不说"点灯三日"。后来老百姓讽刺他,造了一句话,叫作"只许州官放火,不许百姓点灯"。

清朝初年,一个"冲冠一怒为红颜"的将军吴三桂,他在中国西南称王,为了避讳,特地把西南的"桂林",改为"建林"。又因为他那被李自成杀掉的父亲叫"吴襄",所以也得找个地方来做避讳的对象。找来找去,找到个湖北的襄阳,于是就飞镖直奔襄阳,改名叫汉南府。

清朝因为是满洲人统治中国,满洲人在中国历史上,是所谓"夷""狄""胡虏",这些称呼,都有轻视的意思的。到了满洲人做皇帝,这种轻视,自然不能再来了,所以古书的字,都一一改了。像

"夷"字改成了"彝"字,"狄"字改成了"敌"字,"虏"字改成了"卤"字,都是避讳的例子。

此外,还有一些避讳的例子,也很有趣:

孔夫子是中国人最尊敬的大偶像,所以关于他的避讳,也就更精彩。孔夫子的名字叫"孔丘",宋朝时候,政府下命令,凡是读书读到"丘"字的时候,都不准念成"丘"字,该念成"某"字,才算尊敬,同时还得用红笔在"丘"字上圈一个圈(所以你看书的时候,要带一支红笔,才不违法)。又在清朝的时候,由政府会议决定:凡是天下姓"丘"的,从此以后,都要加个耳字旁,改姓"邱"字,并且不许发音为"邱",要读成"七"字。于是,天下姓"丘"的,从此改姓"邱"了。到了今天,有姓"丘"的,又有姓"邱"的,原因就是有的改了,有的又改回原来的"丘"字了。

还有些避讳,是家族的缘故。例如中国最有名的史学家,《史记》一书的作者司马迁,因为他的父亲叫"司马谈",所以在他写的《史记》里,把跟他父亲名字相同的人,都不得同音,一律改了个名儿。例如"张孟谈",改为"张孟同";"赵谈",改为"赵同"。后来《后汉书》的作者范晔也跟他学,因为范晔的父亲叫"范泰",所以在《后汉书》里,叫"郭泰"的,竟神不知鬼不觉地变为"郭太"了;叫"郑泰"的,也变为"郑太"了。

又如唐朝的诗人杜甫,父亲的名字叫"杜闲",为了避"闲"字的讳,杜甫写了一辈子的诗,却没在诗中用过"闲"字。

又如宋朝的老苏家讳"序"字,所以苏洵不写"序"字。碰到写"序"的地方,改成"引"字;苏轼也跟着不用"序"字,他以"叙"字来代替。今天一本书中,在序的地方有人用"序"字,有人用"小引"、"引言"或"叙"字，就是被老苏家的家讳暗摆一道的缘故。

避讳有的也不全是为了尊敬，有的因为厌恶或怀恨，这是例外的讳，也构成了避一避的理由。例如唐朝的肃宗最恨叛变的将军安禄山，所以，凡是郡县中有"安"字的，他都给改了，比如"安定"改为"保定"；"安化"改为"顺化"；"安静"改为"保静"，都是由于同一个理由。

明朝的世宗最恨"夷狄"，竟恨到不愿意看"夷狄"这两个字的程度，你说恨得多厉害！所以凡是写到"夷狄"这两个字的时候，都要写得特别小，愈小愈好，因为写得小了，皇帝才高兴。

清朝时候一个人叫"王国钧"，考试成绩很好，正要被派个官儿做，可是被西太后见到了他的名字，不见倒不要紧，一见到太后就气起来，太后说："王国钧"三个字的音，正好是"亡国君"，是指亡国的皇帝，这种人，这种名字，还能要他做官吗？于是，可怜的"王国钧"，由于他爸爸没把他的名字起好，竟闹得断送了前程。

这些都是因为厌恶或怀恨，造成的心理忌讳。

避讳这套想起来实在没有什么道理的习惯，在世界上，可说是中国独有的坏习惯，自找麻烦的坏习惯。我们再反看外国，外国正好和中国相反，洋鬼子们觉得，尊敬一个人，最好的尊敬法子，不是不敢提他的名字，而是偏偏要提他。

洋鬼子尊敬华盛顿，特别把美国国都叫作"华盛顿"，大家你叫我叫老头子叫小孩子叫，丝毫没有觉得该"避"什么"讳"，同时觉得，这是对华盛顿最大的恭敬和纪念。

洋鬼子尊敬一个人，常常把自己儿子的名字，起名跟他所尊敬的人一样，在中国人看起来，这简直大逆不道！例如你姓张，你尊敬孔夫子、孔丘，而把自己的儿子叫"张丘"，你这样做，若在中国古代，不挨揍才怪；不但挨揍，并且还要坐牢呢！那时候的"张丘"，不但不能叫"张丘"，恐怕得叫"张囚"了，不，不对，也不能叫"张囚"，因为"囚"与"丘"同一个声音，要避讳！

中国在走入20世纪以后，慢慢地，也学会了用一个尊敬的人的名字了，也慢慢知道这并不是不可以的事了。"中山县""立煌县""罗斯福路""麦克阿瑟公路"等，都是这种转变的证明。时代毕竟是进步的，中国也不知不觉地在进步。在进步过程中，一切落伍的旧习惯，都必须被抛弃。在没有忌讳的新时代里，一切旧的忌讳，都将是历史的陈迹。让我们了解它，可是不要再复兴它。

谏诤

—— "宁鸣而死,不默而生!"

中国古代的政府是专制政府,专制政府的代表人是皇帝。

皇帝是被尊为"天子"的人,"天子"是上天的、老天爷的儿子,来头极大,大家都怕他。

皇帝的权力很大,大到有时候连他自己也弄不清有多大。因为连他自己也弄不清,所以,他常常要试试看,看自己的权力到底有多大。所以,他要做很多事,要对付很多人,甚至要代表老百姓,跟"鬼神"和"自然"打交道。关于最后一项,皇帝的权力就显得很小很小,因为"鬼神"和"自然"并不买他的账。比如,天不下雨了,皇帝的表现就是向"鬼神"和"自然"求雨,求呀求的,碰到他运气好,雨来了,于是老百姓就说皇帝很行;若碰到运气不好,任凭你怎么求,雨还是不来,皇帝也无所谓,还是照样做他的皇帝——绝不让你做。

所以,在历史上,很多人做了皇帝,很多人想做皇帝。因为做皇帝太过瘾了,做皇帝权力很大。

由于皇帝权力很大,当他做一件对的事的时候,他会把一件事做得很好很好;当他做一件错的事的时候,他会把一件事做得很坏很坏。

一般傻头傻脑的小百姓都以为:皇帝的身份,既是上天的儿子,一定有一种"天纵之圣",有一种天才与聪明,可以把一切事都做得很对。

对这种情形,不但傻头傻脑的小百姓以为如此,就是一些皇帝自己,也以为如此。他们真的以为他们是天才的化身,他们不会做错事。

于是,做呀做的,结果许多错事竟做出来了!

于是,为了使皇帝少做一点错事,一种制度便慢慢冒出来了,这种制度,叫作"谏官"制度。

"谏",是一种劝告,"谏官",是一种专门管劝告皇帝的官。这种官劝告皇帝不要做错事,劝告皇帝在做一件事前多想想,再想想。他们整天跟在皇帝身边,到处找皇帝的错。找到错以后,便提醒皇帝。

这种谏官,有许多种。有的叫"拾遗",意思是把皇帝"遗"忘的东西"拾"起来,免得因遗忘而做错了事。

唐朝有一个大诗人,叫杜甫,他就做过这种"拾遗"的小官。

"拾遗"真是小官。为什么要把拾遗设计成小官呢?因为拾遗要给青年人做,青年人有火气,比较不老油条,看不惯的,就要说出来。一说出来,"谏官"的目的就达到了。因为谏官一类的职务,本来就是有话就要说的官,本来就是张开嘴巴哇哇说话的官。为了使谏官肯说话、敢说话,不怕一切后果和损失,所以给他们的职位,便愈小愈好,一个人做了小官,便不在乎得失,大不了不干,不干就不干,一点也不会有恋栈惋惜的心情。官愈小,便愈敢说话,所以谏官都是小官。

除了"拾遗"以外,还有一种小官叫"补阙",表示要替皇帝弥补过失;还有一种小官叫"司谏",表示专门管谏诤的事;还有一种小官叫"正言",表示向皇帝说正确的话。总之,这一类的小官,名目很多。不管什么名目,他们的使命,统统是向皇帝进忠告;他们的做法,统统是挑皇帝的错。

当然,古代傻瓜们挑皇帝的错,并不止于"谏官""拾遗""补阙""司谏""正言"这一类小官,一般大臣们,他们也可以劝皇帝。劝得成功,大家都高兴;劝得不成功,他一个人倒霉。

就人之常情而论,没有人喜欢在他做一件事的时候,旁边插了个多嘴的人来捣蛋,何况这个多嘴的人还是要你给他薪水的。做皇帝的也不例外。做皇帝的有大权力,他本可以把向他多嘴的人杀掉或赶跑,或者按在地上打屁股,但他要忍耐着不这样做,这种忍耐,的确需要一点功夫。

古代皇帝中愈有忍耐功夫的,愈会被人称赞,他们接受臣子们劝告,或者虽不接受,但有耐心听听,就会被称为好皇帝。他们这种作风,就被称为"纳谏",翻成白话,是接"纳""谏"言;如果皇帝不接受臣子们的劝告,也有一个名词,叫作"拒谏",翻成白话,是"拒"绝"谏"言。谏言拒绝多了,或者因为谏言而发脾气、赶人、打人、杀人,这种皇帝,历史上就叫作"昏君",是坏皇帝。

中国历史上最早的"拒谏"传说,是殷朝的比干的故事,比干因为劝皇帝,皇帝气起来了,下命令挖掉他的心,当时的皇帝叫商纣,所以以后一提到"拒谏"的坏皇帝,大家就说商纣考第一(有一次,汉高祖被大臣周昌骂作商纣,可是他没生气,他没生气,就表示他不是商纣)。

中国最有名的"纳谏"例子,是皇帝唐太宗和谏官魏徵。魏徵在唐太宗生气的时候,也不怕,也要劝他,在这种"紧要关头"(紧要关头是指有的皇帝就要因忍耐不住而赶人、打人、杀人的关头），唐太宗却常常把气按住，不生了。

唐太宗和魏徵之间，常常有一些有味儿的故事：

有一次，唐太宗要到南山去，都准备好了，刚要出发，魏徵来了，唐太宗立刻装作没事的样子，因为他知道魏徵是反对他去南山的。但是魏徵很直爽，他问："听说皇上要去南山，怎么没走呢？"唐太宗说："本来是要走的，因为怕你生气，所以决定不走了。"

又有一次，唐太宗正在玩一只鸟，正好魏徵进来了，唐太宗怕给魏徵看到他在玩，不好意思，赶忙把鸟藏在胸前的衣服里。魏徵说了一大堆话才走，唐太宗赶紧把衣服解开，可是鸟已经闷死了。

关于魏徵的故事，后代的人都很向往。有一天，元朝的英宗跟大臣拜住说："我们这个时代，可还有像唐朝魏徵那样敢说话的人吗？"拜住回答说："什么样的皇帝，才有什么样的大臣。一个圆的盘子，水放进去，是圆的；一个方的杯子，水放进去，是方的。因为唐太宗有度量肯'纳谏'，所以魏徵才敢说真话、才肯说真话。"元英宗听了，很以为然。

所以，还是皇帝重要，碰到一个坏皇帝，你乱多嘴，脖子不挨刀，那才怪！

有一部古书，它是中国的《十三经》之一，叫《礼记》，里面有一段话，是告诉做臣子该如何劝皇帝的。《礼记》里说：对皇帝，你要劝他；他不听，再劝他；再劝不听，第三次劝他。第三次劝他他还不听，你就逃掉算了；但是对你的爸爸妈妈，你的态度就要不同了。对父母，你要劝他；他不听，再劝他；再劝不听，第三次劝他。第三次劝他他还不听，你不能逃掉，你要哭哭啼啼地跟着他，到他听了你的话为止。

《礼记》这一段指示，其实许多古人都没听它。古人中有的劝皇帝，劝一次皇帝不听，就吓得不敢再劝了；有的劝三次不听，他还是要劝，甚至要哭哭啼啼起来。

宋朝光宗的时候，他忽然不想上朝了。可是大臣们去请他，请得没法，他只好出来，走到门口，忽然皇后把他拦住，说："天好冷啊！我们喝酒去嘛！"皇帝一听，就又不朝前走了。这时候，有一个大臣叫傅良的，立刻跑上前去，不管三七二十一，伸手拉住皇帝的衣服，不让他回去喝酒。皇后气起来了，大骂说："你是不是要找死？"傅良听了，立刻哭哭啼啼地说："君臣如同父子，儿子劝父亲不听，一定要哭哭啼啼地跟着他！"

这个故事，说明了古代劝皇帝的人，并没有一定的"中央标准局"劝法，并不如《礼记》所要求的，劝三次不听，就逃掉。

有些古代的臣子，他们劝皇帝，常常采取激烈的法子。有的拉皇帝衣服；有的拉皇帝的马；有的要表演自杀；有的拼命磕头，磕得满脸是血。有的皇帝对劝他的人很讨厌，为了怕人劝他做某件事，干脆在做某件事之前，先来个声明，声明的文字常常是——

有谏即死，无赦！（翻成白话是："不要劝我呀！谁劝我我就宰谁，绝不饶他！"）

敢有谏者，斩！（翻成白话是："谁敢劝我，就砍谁的脑袋！"）

做皇帝的，本以为这样"有言在先"，应该不再有人多嘴了，应该把那些长舌头的男士吓唬住了，这样一来，应该少去不少麻烦了。可是呀，没用，还是没用，还是有一些敢死队前来冲锋，来把脖子朝皇帝的刀下塞。例如楚国的庄王，说了谁谏就杀谁的，可是苏纵还是要去劝他；又如晋国的灵公，也说了谁谏就杀谁的，可是孙息还是要去劝他。做皇帝的，简直气得没法。

有些大臣看到皇帝做错事，劝他不听，常常要用无赖的方法去阻止。汉朝光武帝本来要出去玩玩的，刚上车，大臣申屠刚劝他不要去，申屠刚的理由是：天下还没平定，你皇帝大人怎么好去玩？光武帝不听，下令开车，申屠刚见皇帝不听，立刻趴在地上，把头塞在车轮子下，意思是说："你要不听我的，我就不要活了！你干脆用车把我轧死算了！你轧呀！你轧呀！"这么一来，光武皇帝服了，只好不去玩了。

宋朝徽宗的时候，有一次大臣陈禾向皇帝说话，皇帝听得不耐烦，气得站起来了，陈禾立刻跑过去，拉住皇帝的衣服，说："请听我讲完。"皇帝不听，硬是要走，陈禾非要他听，硬是拉住不放，结果裂帛一声，皇帝的衣服被撕破了，皇帝大骂："你看，你把我衣服弄破了！"陈禾说："你为了不听我的话，不在乎衣服；我为了使你听我的话，也不在乎脑袋！"皇帝很感动，特别叫人把被撕的衣服保存起来，当作纪念品、当作一种鼓励和象征。

像这类被当作纪念品、当作一种鼓励和象征的事，宋徽宗是有根据的。汉朝成帝的时候，一个叫朱云的，本是陕西地方的一个小官，但他要求见皇帝。在大庭广众之间，皇帝接见了他。朱云说："现在朝廷的大臣，都是占着职位吃白饭、不管事的，都不能帮皇帝的忙，我请求皇帝给我一把剑，杀个坏大臣，好给这些人一点警告。"皇帝一听，气起来了，说："这个小官，居然在朝廷上侮辱大臣，杀掉他！"于是左右的人跑来抓朱云，朱云用手攀住宫殿的栏杆，死不肯放，别人用力一拉，结果连坚固的栏杆都给弄断了。朱云大叫说："我这回可跟比干等忠臣一起到地下去云游了，只不知道你们可怎么办！"这时候，有个将军叫辛庆忌的，立刻跑到皇帝前面，磕起头来，他说："这个小官太直爽了，如果他的话说得对，不该杀他；如果说得不对，我们应该包容他。我愿意以一条老命，来为朱云争取他的命！"话说完了，辛庆忌就哪哪哪哪磕起头来，磕个没完，磕得满头是血。于是，皇帝气消了，说算了。后来木匠要来换栏杆，皇帝说："不要换了，补一补就好了！就让它那个样子，作为一种鼓励、一种象征。"

还有一种情形，表面上，皇帝准许臣子可以有话直说，原因却不是皇帝度量大，而是怕外国人知道了，不好看。明朝仁宗时候，大臣戈谦劝他不听，旁边有人拍皇帝马屁，知道皇帝讨厌戈谦，特进马屁要求把戈谦赶走，皇帝同意了。这时候，一名叫杨士奇的，立刻劝皇帝说："现在外国人来朝见皇帝的很多，这件事若传到外国去，洋鬼子们就要说我们没有度量、没有自由了，这是不好的。"于是皇帝就算了。

另外一种情形，皇帝宽大是为了怕历史，怕历史家记他的不好。宋朝的太祖赵匡胤，喜欢打鸟（那时候没有猎枪，用的是弹弓）。有一天，正玩得高兴，左右报告说，有大臣为了急事来求见，皇帝叫人把这个大臣叫进来听报告，听了半天，只是普通的事情。宋太祖气了，他问："为什么这种普通的事现在来报告？"那大臣答说："我认为这种事并不普通，至少比打鸟还重要！"皇帝更气了，立刻拿家伙打这大臣的嘴，结果门牙两颗，打掉在地下。那个大臣一句话也不说，只是弯下腰来，把门牙捡起，往口袋里一放。皇帝奇怪了，问他说："你捡门牙，是不是要到法院告我？"那大臣说："我怎么敢告皇帝？这件事，自然会有历史家去写！"皇帝一听，笑起来了，下令送这大臣许多钱，表示抱歉。

历史上关于臣子劝皇帝的故事，很多很多。为劝皇帝而挨刀流血的，也很多很多。可是一些不要命的臣子，还是要一个接一个，劝个没完。宋朝一位做过谏官的，叫作范仲淹，他曾有过"先天下之忧而忧，后天下之乐而乐"的名言，他还作过一篇《灵乌赋》，高叫作为知识分子的人，要——

宁鸣而死，

不默而生！

表示一个人只有为"鸣"不计一切，才算是一个人。一个人要宁肯为"鸣"死，也不要因沉默而活。在中国历史上，向皇帝谏诤的人，理由并不见得正确，目标也不见得远大，但是他们的基本精神则是一致的，那基本精神就是：

看到坏的，我要说；

不让我说，不可以！

〔附记〕有人拿谏诤事实与制度，来比拟言论自由的事实与制度，这比拟是不伦的。谏诤与言论自由是两回事。甚至谏诤的精神，和争取言论自由的精神比起来，也不相类。言论自由的本质是：我有权利说我高兴说的,说的内容也许是骂你,也许是挖苦你,也许是寻你开心,也许是劝你,随我高兴,我的地位是和你平等的;谏诤就不一样,谏诤是我低一级,低好几级,以这种不平等的身份,小心翼翼地劝你。

传令

——全国大跑马

古代皇帝常常向四方诸侯发命令，命令很多、很怪。

有时候，皇帝向四方诸侯要钱；有时候，叫四方诸侯挑选漂亮的女孩子；有时候，皇帝得了盲肠炎，躺在"龙床"上，哼呀哼的，叫四方诸侯从四面八方赶到京城来，来看他病，听他哼呀哼。

但是，四方诸侯有的在很远很远的地方，皇帝叫他，他听不到，皇帝没有麦克风，有也不行，太远了。他照样可以耍赖皮、装聋、装孙子。

当然皇帝也没有电报、电话、电视，不但没有，皇帝甚至不能想象这些玩意儿是怎么一回事。

当时有些聪明人，整天把枕头垫得高高的，躺在床上想，想来想去，想他们的白日梦。

他们居然想出一种"千里眼"，可以看到一千里外，他的丈母娘；他们又想出一种"顺风耳"，可以听到一千里外，他的丈母娘在骂他。

可是这些只是"想"、只是"梦"，压根儿没实现过。

我们的老祖宗很容易满足，他们只想想就算了，他们懒得花脑筋。他们不会用脑筋去发明望远镜或电视机，也不会发明麦克风和电话，他们只会用脑筋去"神游四海"，用脑筋去歌颂"精神文明"、歌颂"形而上"的"道"。

可是，聪明人这样做可以，皇帝这样做却不可以。

皇帝要统治全国，皇帝要发脾气，皇帝要叫人知道他在发脾气，皇帝要得盲肠炎。

于是皇帝叫道："来人哪！你们各地的诸侯派代表来，站在我身边，替我传话给你们！"

于是，各地的诸侯都派了代表。

皇帝高兴了，他为代表们盖了官邸，整天朝他们下命令。

代表们一接到皇帝的命令，立刻忙得头昏眼花，大家赶忙把命令转出去，转给四方诸侯，这种来自京师官邸内含命令的报告，称作《邸报》。

这种《邸报》，就是四方诸侯专用的消息，很像是今天政府的"官报"。当时这种官报，读者非常有限，小百姓根本没得看，他们至多看看墙上的政府告示，或是听听传说和谣言，他们对政治没兴趣，他们的口号是——

日出而作，
日入而息，
凿井而饮，
耕田而食，
帝力于我何有哉！

这种人生观，翻成白话，就是——

天亮就工作，

天黑就上床,
纳税又完粮,
皇帝管他娘!

可是,小百姓可以不管皇帝,四方诸侯却不能不管,因为他们有了专用的"官报"看,不能再装聋了。所以,"官报"一到,四方诸侯的眉毛就皱起来,皱得像老太婆的脸,非用熨斗来熨平不可。

唯一的好处是,四方诸侯虽不能装聋,却可以偷懒。因为"官报"来得很慢,一般情形,"官报"每天只能走三百里。往往一条命令,十天半月才能到四方诸侯手里,那时候,皇帝可能气消了,盲肠炎也好了。

所以,四方诸侯可以"拖死狗",事情一来,就先给它一拖,不肯讲也不必讲办事效率,拖到大事化小,小事化无。

所以,历来中国官场中的一个大特色,就是不讲办事效率,不肯讲也不必讲办事效率,办事总是慢腾腾地,好像没睡醒一样。

但有的时候是例外——那就是大家抢官做的时候。大家都想做官,做大官,再升官。

可是官太少了,人太多了,你做了这个官,我就做不成了,所以我要捣你的蛋。

汉昭帝时,一天诸侯燕王忽然派人来,向皇帝上书告了大臣霍光一状,说他检阅御林军准备造反。霍光吓得躲在家里,不敢见皇帝。皇帝那时候才14岁,可是很聪明,他把霍光找来说:"你不要怕,我知道你是被冤枉的,你检阅御林军的事还不到八天,燕王怎么会知道呢?可证明有人从中搞鬼。"于是霍光便无罪了。

这个故事告诉我们，当时没有电报电话飞机火车，所以消息传得非常慢。

当时传送消息的工具是"驿"和"马"。"驿"就是今天的车站，站里养了很多"马"，一有消息，就骑马跑。跑了三十里有一个"驿"，于是连人带马都可以休息，或者换人换马再继续跑。这样跑，一天可跑十个驿（三百里）。不过遇到紧急和机密的公事，为了保密起见，往往把公事封在"邮差"背后，盖上大印，非到目的地，任何人不准碰，于是快马加鞭，限时专送，一天跑五百里。这时候，这个邮差就苦了，一驿一驿地跑过去，换马不换人，跑到后来，邮差支持不住了，于是驿站的人（邮政局局长）干脆把他（邮差）绑在马背上，反正那条路马跑熟了，识途老马可以不由人操纵，而把昏倒的或死掉的邮差带到目的地。所以那时候，谁都怕做绿衣人，绝不像现在这样抢破头。

这些苦命的绿衣人，和今天的绿衣使者一样，不但送信，还可以送包裹。唐朝玄宗（明皇）的小心肝杨贵妃，住在京城（陕西长安）里，娇滴滴的，整天朝唐明皇要东西吃。可是她要的东西都在京城附近买不到，她喜欢吃荔枝，荔枝产在广东佛山，当时为了满足杨贵妃的口福，只好动用大量的快马与骑士，接力赛跑式地，日夜不停传送新鲜荔枝。一看远处的快马来了，尘土飞起来了，杨贵妃就笑了，所以荔枝又叫"妃子笑"，这个典故，起源在唐朝诗人杜牧的两句诗——

一骑红尘妃子笑，
无人知是荔枝来。

不错，没有人知道快马运来的是荔枝，但是没有人不知道人和马的血汗与辛酸。那时候的邮差，真他×的太苦了!

上面说到古代的车站叫作"驿"，这是指一般的情形说的。这一类的名目，还有一些别的。例如有一种叫作"亭"的，是秦朝、汉朝最流行的"车站"。每个"亭"都有个"亭长"，亭长除了是邮政局局长以外，还是旅馆老板、警察局局长、调查站站长。亭长有时候会因执行职务而杀人，有时候会利用职务而谋财害命，有时候也做好事，帮助一些无家可归的流浪汉。汉朝最有名的将军韩信，在年轻时候，就靠着南昌亭长吃过饭，后来亭长的老婆不给他饭吃了，他才跑掉。

汉朝的亭大概三万个，和亭配合设立的，有一种叫作"邮"，"亭"是十里一个，"邮"是五里一个，当时习惯也连在一起，叫作"邮亭"。这"邮亭"两个字，直传到今天还在用，可是意思已经不同了。

"驿"在唐朝，有一千六百多个，有的驿很小，只有八匹马；有的驿就很大，有七十五匹马，多得可以开一家跑马厅。唐朝法律对驿的规定很多很多，多得很好玩，例如说:

一、从驿中骑马的，要凭"符券"才成，这等于现在的"先买票、后上车"。没票骑马的，处一年徒刑。

二、有"符券"了，还得在一定时间内骑马，过时不候。好像今天买票，"限当日有效"。

三、只用一匹马就行的，若多用了一匹，处一年徒刑。

四、多跑了路，跑了冤枉路的，多跑一里，多打一百下屁股。

五、该换马的时候不换马,打八十下屁股。这叫作"虐待动物"。

六、不该带的东西多带了,叫作"超载",也是"虐待动物",多带一斤,打六十下屁股。

七、犯上面各种错误,毛病都出在骑的是马;若骑的不是马而是驴,那么罪就轻一点,被处罚的时候,可打八折。

为什么要有这些严格的规定呢?这是由于古代的驿,本是为了行政上和军事上的原因而设的,有关国家大事,所以不能马马虎虎。谁要马虎,就打谁屁股,或者就把谁关起来。

宋朝时候,驿的情形有四种:

一、步递——用人走路来送消息。

二、马递——用马。

三、急脚递——用快马。

四、金字牌急脚递——用快马加木牌。

最后两种,要加以说明。所谓"急脚递",是用快马来跑,每天可以跑四百里,本来已经很快了。可是,为了行政上和军事上的原因,有时候,还嫌"急脚递"不够快,因为"急脚递"常常在路上碰到一些挡路的,由于"交通拥挤",难免耽误时间。这时候,就有人发明一种花样:用一块木牌,上面漆上金字,放在马背上,由于反光,老远便可以看到金光闪闪,这时候,路上的其他人员车辆就得赶快让开,因为人人都知道"金字牌急脚递"来了,还是赶快让开为妙。

现代的警车、救火车、救护车,走在路上当当乱响或哇哇怪叫,就好像古人的"金字牌急脚递",大家一听到一见到,就会让开。

现代的国宾护卫仪队,在马路左右两旁由摩托车呜呜开道,不许你先走而要你让他先走,也好像是古人的"金字牌急脚递"。大家一听到一见到,干脆让开。

历史上最有名的"金字牌急脚递"的故事,就是"十二道金牌"的故事。

宋朝的将军岳飞,本来在北方正和金人打仗,后来朝廷方面主张跟金人讲和,所以要用最迅速的方式,赶忙把岳飞弄回来。那时候用的最快的方法,就是挂着金牌的急脚递。当时宋朝政府一连用了"十二道金牌"来催岳飞,急得简直用快马跑成了一条线。于是,岳飞只好回来了。

用快马去跑,当然是一个很笨的法子,可是中国的古人们实在没有更好的法子,他们没有电报、电话、电视,也没有飞机和火车,也没有汽车和摩托车,他们若要办急事、急办事或事急办,只有倚靠快马加鞭。

像岳飞这种将军,现代处理起来就方便多了。韩战(朝鲜战争。——编者注)时候,在前线的将军麦克阿瑟也和岳飞一样,要"直捣黄龙"的(黄龙是现在的中国东北地方),当时美国总统杜鲁门把麦克阿瑟弄回去,由于科学进步,他只打一个电报就够了。科学真是了不起,也真可怕,它可以增加统治的效率,使命令传达得快快快。所以现代的人做将军,就没有古人过瘾,因为他只听到电报机的嘀嘀嗒嗒,再也看不到跑马的嗒嗒嗒嗒了。

到了元朝、明朝和清朝,驿站的情形更大规模地发展起来,一直发展到清朝后期,接受了近代科学的通信设备为止,才慢慢淘汰了古老的驿站。

对增加传达命令的速度,中国古人曾有过美丽的幻想。旧小说

《水浒传》中，曾说有一个叫戴宗的人，外号叫"神行太保"。因为他有一种秘密的魔术：他有一种叫作"甲马"的小东西，当把两个"甲马"绑在腿上，再做起"神行法"的法术，一天便能走五百里路；若把四个"甲马"绑在腿上，再做起"神行法"来，一天便能走八百里路。至于说把八个"甲马"绑在腿上是不是能走一千六百里路，《水浒传》中没有交代清楚，我们就不好乱猜了。就算是一天能走一千六百里路，又如何呢？在现代科学的高速进步下，一天一千六百里，已经是一个可笑的小数字了；但对我们善于幻想的古人说来，却已是一个不能想象的伟大速度。在制造速度一方面，我们的老祖宗留下一个落伍的记录，在清朝末年的一件事情上，表现得最为明显。当清朝的大臣、曾国藩的儿子曾纪泽到俄国去，他的报告由电报打到上海，时间只花了一天；可是这个报告再由上海朝北京转，就要花十天的工夫，因为上海北京之间，没有电报，只有船和马。这件事，使当时的大臣李鸿章起了大念头，他立刻要求政府赶快设立电报局。从那个时候起，我们的国家，才开始多了嘀嘀嗒嗒的电报声，少了嗒嗒嗒嗒的马蹄声。那个时候，已是公元1879年，距离发明电报的日子，已经晚了四十多年了！四十多年是一个多么叫人落伍的日子呵！

新闻

——报纸像杂志

现代人早上一起来，就看报，一看报，就知道日本皇帝怎么了；下午一睡醒，又看报，一看报，就知道日本皇帝的老婆（学名皇后）又怎么了。现代人所要知道的事，从报纸上，一看就知道了。昨天地球上北极发生的事，今天地球上南极的人就知道了；早上美洲发生的事，下午亚洲就知道了。消息的传达快极了。

古代人就不这样了。

古代人愈古愈没有报纸看，消息传得慢极了，慢得像老牛，甚至比老牛还慢。

古代人要知道消息，大都是用布告和嘴巴。布告和嘴巴太慢了，所以一件"新闻"传来传去，传到最后听到的，已经变成"历史"了。

古代人最早有报纸一点模样的记载，是唐朝，当时的报纸，叫作《邸报》。

"邸"是什么呢？和现在一般常用的"官邸"字眼一样，就是"官邸"。不过这个官邸是专指四方诸侯在京城的办事处。四方诸侯进京来的时候，就住在这种官邸里；等到离京回去，官邸仍有人代为联络、传达，联络、传达的文件，都是朝廷里最新的消息，所以这种文件就叫作《邸报》。

这种《邸报》,产生的时间,大概在一千二百年前,在唐朝玄宗的时候。

除了《邸报》以外,还有一类名称像"杂报""报状""事状""朝报"等,也都可说是报纸的雏形。

到了宋朝以后,《邸报》愈来愈流行了。宋朝时候邸里办公的小职员们整天打听政治行情,一打听到些捕风捉影,就赶忙写在一张小纸上。比如说张三被皇帝打了一个耳光、李四被皇帝踢了一脚、王五脑袋瓜子上挨了皇帝飞来的一个茶杯……总之,都是半真半假的马路新闻,这些小纸当时叫作小报,非常受人欢迎。小报一来,大家齐声欢呼,你抢我抢,就好像现在人们抢买"号外"一样。因为这种小报的新闻不是官方发布的,也不是新闻局长告诉记者的,所以难免不合当局的胃口,而要被查禁。

到了元朝,《邸报》中所记的范围渐渐宽了。王家着火了等社会新闻也出现了。再到明朝的时候,由于宦官汪直等的当政,为了怕他们的丑事外扬,曾经检查其中内容,禁止《邸报》的流传,这可说是邮电检查和新闻封锁的老祖宗了!

到了明朝崇祯皇帝十一年,一个重大的改变发生了,《邸报》不再用手写了,《邸报》进了排字房,开始用活字版排印了。这是一个划时代的大改变,这一年是1638年,距离今天,报纸进排字房,足足有三百四十年了。

清朝初年,有一家纸店叫"荣禄堂",店里的老板跟政府的要员有点关系,透过要员,把传出来的消息印成《京报》。这些京报在京城里,并不觉得稀奇,可是一带到西北各省去,销路就非常好。因为有利可图,于是,所谓"报房"纷纷成立了,就是今天的报馆或报社。

当时的报纸不是一张或几张大纸,而是一本像杂志一样的书。长九寸、宽三寸半,封面黄色,最多有十九页,最少也有五六页,用的是竹纸或毛太纸,木刻活体字排印,很不清楚。

《京报》的内容,可分三大部分:

一、"宫门钞"——抄皇宫里头的消息。

二、"上谕"——皇帝的命令和告示。

三、"奏折"——大臣向皇帝说的话、报的告。

这些材料,一到报纸编辑的手里,就按照次序,一条条排将起来。报纸的编排很单调,没有标题,你一定得全部看完,才知道发生了什么事,想偷懒是不行的。

出报的时间是每天黄昏或晚上,所以等于是晚报。这种晚报在京师当天虽可以看到,但是外省就麻烦了,比如说浙江,可能三四个月后才能转到,那时候,"新闻"可能早已变成"旧闻"了。

在清朝文宗咸丰元年(1851),一个有心人名叫张芾的,看到《京报》内容既简陋,流传得又慢,卖得不但贵而且不容易买,于是,上书给皇帝,请政府来办报,结果被皇帝狠狠地骂了一顿,说这种意见"可笑之至"!

现在看来,真正"可笑之至"的,不是张芾,而是西太后的丈夫。

可是,我们不能怪咸丰皇帝,因为他压根儿没有这种观念。

过了八年(1859),又一个有心人出来了,他的名字叫洪仁玕,他是太平天国的军师。他向天王洪秀全献了一部《资政新篇》,其中有一部分劝天王设立"新闻馆",并在各省任命品行好的人做"新闻官",职务要独立,别的官儿不能管他。他这个建议,很有眼光,他所以有这种眼光,乃因为在他家里有几个洋鬼子传教士替他打派司。

1895年,中日甲午战争结束后,中国人很觉得没面子,连小日本都打不过。大家研究打不过的原因是:中国太落伍了,在新世界中完全跟不上时代。要跟得上时代的法子,一定要宣传新思想,工具就是办报。在当时,北京维新派官绅像文廷式等,办了一家"强学会书局",出版了一种《中外纪闻》的报纸,也叫作《中外公报》。这份报纸的最早赞助人,就是后来中华民国第一个想当皇帝的大总统袁世凯,他捐了五百块钱做基金。五百块钱在那时候,没有能力买印刷机,所以报纸是用木板刻的,每天出一张,内容以社论为主,新闻反倒次要。主持这个报纸的实际人物,就是大名鼎鼎的梁启超。

这个报,可说是有史以来,中国民间的第一份像样的报。

当时的中国人,根本没有订报的观念。所以这份《中外纪闻》,也不敢公开发行。它印了三千份,拜托并且买通送《京报》的报童,每天随着《京报》,"分送诸官宅"。可是,当时大家弄不清这份报是怎么一回子事,老是疑心有什么阴谋送上门来。所以,即使白送,有人也不敢收。弄得报童们也害怕了,觉得这个报一定不是什么好报,为了怕连累,最后也拒绝代送了。

《中外纪闻》发行了半年,正巧当时御史老爷杨崇伊攻击这个报,说它"诽议朝政",请下令封它。于是皇帝就下令查封,并且把文廷式赶回家乡去,还说永远不再用他当官了。

《中外纪闻》被封门后,维新派的书局也被没收、改组,变成了"官书局",由孙家鼐主持,正式出版一种官报,这可说是中国最正式的官报,大名叫《官书局报》。用黄土纸做封面,长九寸,宽五寸,内容除了也有"上谕"和"奏折"一类的东西外，还有一些世界新知识的翻译。这个报纸为了怕当政者不满意，特别声明凡是批评政治和人物的文章，都不能登。虽然这个报如此委曲求全，可是到了"戊戌政变"发生，西太后还是把它看作传播新知识的眼中钉，还是停刊了。

西太后虽然不许别人办报，可是她却不得不承认，报纸这件东西也有它的好处。所以，在八国联军以后，她也想办报了。（甲午战争那一次，被日本一个国家打败，中国人气得想办报；这回八国联军，一次被八个国家打败，中国人当然更气得想办报了！）

西太后办的报叫《政治官报》（后来改名叫《内阁官报》），这个报，还是杂志的形式，不过里面的花样多了："上谕""奏折""电报""法制章程""条约合同""外事""广告"等，都是基本内容。它的宗旨是："凡私家论说及风闻不实之事，一概不录。"显然是针对以前《中外纪闻》里"社论"而发的。这个《政治官报》只是要报道政治，并不是要谈政治，所以要议论的，免啦！

专制政府不欢迎办报，可是爱好自由的人却要办。他们办报，找到了一个好地方，就是租界。租界是专制政府管不到的地方，是大城里面一些由洋鬼子管辖的地区。专制政府欺负自己人很拿手，可是欺负老外却不行，手反被拿，只好同意洋鬼子在中国大城里划分势力范围，割据称雄。洋鬼子有新闻自由的传统，欢迎办报，中国知识分子就在租界大办特办起来，其中最有名的，是《苏报》。

《苏报》是章炳麟（太炎）、蔡元培、邹容这些老少革命党办的报，他们在上海租界里攻击专制政府，骂清朝皇帝是"小丑"等，愈骂愈高兴。

骂得专制政府吃不消了,密电这个地区的封疆大吏说:

沪上各报内,苏报近更狂吠,愈无忌惮,着即拿办。转饬密派干役,将单开各要犯分别严拿,务获禀办,毋稍泄露疏虞,致被兔脱。

专制政府虽然大喊拿人,可是不得洋鬼子同意,拿不进去。专制政府于是跟鬼子打商量,洋鬼子也买几分账,但一看专制政府的严刑峻法,却不能赞同。原来专制政府"宽大"得没有"出版法",只有"造妖书妖言""大逆不道"等的罪名,要用这些法律办人,就如意算盘如下:

章炳麟作扈书并革命军序,又有驳康有为之一书,污蔑朝廷,形同悖逆;邹容作革命军一书,谋为不轨,更为大逆不道。彼二人者,同恶相济,厥罪唯均,实为本国律法所不容,亦为各国公法所不恕。查律载:不利于国谋危社稷为反,不利于君谋危宗庙为大逆;共谋者,不分首从,皆凌迟处死。又律载:谋背本国潜从他国为叛;共谋者,不分首从,皆斩。又律载:妄布邪言、书写张贴、煽惑人心,为首者斩立决,为从者绞监候。如邹容、章炳麟照律治罪,皆当处决。今逢万寿开科,广布皇仁,援照拟减,定为永远监禁,以杜乱荫而靖人心。俾租界一群不逞之徒,知所警惕,而不敢为匪,中外幸甚。

这下子把老外给吓坏了,老外没想到"礼仪之邦"的法律竟这样野蛮。照专制政府的法律,要"凌迟处死",就是一刀一刀剐死,幸亏统治者过生日,优待,改为"永远监禁",就是无期徒刑。这样重的刑,洋鬼子是看不过去的。所以,洋鬼子只肯抓人,要办人、要审人、要关人,都行,可是都得由他们代办,拒绝引渡。私下里,他们还通知章炳麟等人:"赶快跑!"

章炳麟是书呆子,不肯跑,被抓去了;邹容跑了,可是忍不住吴敬恒(稚晖)挖苦他的风凉话,自行投案,也被关到牢里。小型文字狱判下来,章炳麟三年,邹容两年。邹容年纪轻,黑狱亡鬼,受不住气,结果死在牢里,呜呼二十岁,时间是1903年。

专制政府开始有"出版法",包括《大清印刷物专律》(1906)、《报章应守规则》(1906)、《大清报律》(1907)。这些出版法除了采取"预审制"以外,其他倒也宽大。例如要想办报,不论张三李四,只要

一、年满20岁以上之本国人。
二、无精神病者。
三、未经处监禁以上之刑者。

就可以在发行二十天以前,向衙门一呈报,缴点保证金,开始言论,绝不会借口报纸太多了,不许你登记。专制政府许你办了,他来封,绝不会根本就不许你办。

中华民国成立,内务部的大官人忽发雅兴,拟订了《暂行报律》三条。临时大总统孙中山立刻发布《令内务部取消暂行报律文》,予以痛斥:

昨据上海报界俱进会及各报馆电称:接内务部电,详定暂行报

律三章，报界全体万难承认，请转饬部知照等语。案言论自由，各国宪法所重，善从恶改，古人以为常师，自非专制淫威，从无过事摧抑者。该部所布，暂行报律，虽出补偏救弊之苦心，实昧先后缓急之要序。使议者疑满清钳制舆论之恶政复见于今，甚无谓也！

这是一篇划时代的文献，它告诉中国人，现在是自由民主的时代了，"满清钳制舆论之恶政"，已经不会也不该"复见于今"了。这一天是中华民国元年三月九号，这是一个伟大的日子，每一个孙中山的信徒，都该想到在这日子里的这个启事。

这篇文献发布后两年零二十四天，袁世凯公布了《报纸条例》，取消了"预审制"。从此，中国的报纸在不断地种种法律夹道吆喝中活下去，它们历经了袁世凯《出版法》(1914)、《管理新闻营业条例》(1925)、《出版条例原则》(1929)、《出版法》(1930)……虽然任重道远，可是总还混得活。直到"报阀"出来，天下一统为止。

回忆中国的报纸史，真叫人发思古之幽情，令人怀念那些脱法而出或逍遥法外的"老祖宗报"。

前面谈的中国报纸，不外是两类，一类是老百姓办的，一类是做官的办的。在这两类之外，还有一种报纸（就是杂志），是外国人为中国人办的，也很重要。最早的有1815年出版的《察世俗每月统记传》，这是一个怪名字。其实它的英文名字的意思，就是"中国每月杂志"。这个报每月出版一次，内容有宗教、科学、历史、地理、商业等，五花八门，名堂很多。这个报是洋鬼子传教士和中国基督徒梁发等人办的，梁发可说是中国有史以来正式厕身报界的第一人。这个报，一直办了六年半，到1821年才停止。

现在我们所看的报纸，都是前面这些"老祖宗报"以后的产品，所以只是一些"小孙子报"。这些"小孙子报"的最大特色，就是它的版面变大了，大得像一张报，而不再像一本杂志。现在如果你有机会，看到"老祖宗报"的时候，你绝对不会以为那原来是一份报，你一定以为那是一本杂志，其实那才是报——道道地地原原本本的报，你可别认错了。

征兆

——来头可不小

中国人几千年来有一个大传说，人人都信。

这个传说就是：凡是有点名儿的人物，他妈妈生他的时候，都不简单。

所谓不简单，是他妈妈生他的时候，他的家人总要碰到些怪事，或是看到些怪光，或是听到些怪声怪调，或是做了些怪梦……总之非常那个。

所以大人物，生起来皆吓人倒怪。

可是，中国人并不说这些事情怪，他们说这是"祥瑞"，祥瑞就是"可喜可贺的征兆"。

每个大人物生时都有"可喜可贺的征兆"，这叫"生有异禀"。

所以，按照这种说法，一个人到世界上来，若来得稀松平常，那就前生注定没发展。

所以，你看到这里，应该赶紧把这本书放下，快到厨房去，问问你妈，你生下来的时候，她跟你老子有没有碰到些怪事？看到些怪光？听到些怪声怪调？或是做了些怪梦？

如果她说没有，你千万拜托她仔细想想看，如果实在一点也没有印象，那你就糟啦！你这辈子，休想成大人物啦！

你若不服气，请看下面的一些传说：

老子——传说他老先生生的时候,是骑着一头白色的鹿到妈妈肚里的。

孟夫子——他妈妈生他,梦神人攀龙凤,自泰山来。邻居看到五色云,罩住孟家。

萧何——他妈妈生他,是"感昴星之精"。

张良——他妈妈生他,是"感弧星之精"。

樊哙——他妈妈生他,是"感狼星之精"。

程咸——他妈妈生他以前,梦到"白头公"拿药给她吃,并且说:"服此当生贵子。"于是她吃了,就有了孕。

刘元海——他妈妈生他以前,梦到两条大鱼,后来鱼变成人,给她一包东西,说吃了以后,可以生贵子。于是她吃了,怀胎十三个月,才生刘元海。

徐陵——他妈妈生他以前,梦到有五个颜色的云彩,化成凤,站在她左边肩膀上,于是就有了孕。

梁昉——他妈妈生他以前,梦到五个颜色的彩旗子,旗子四角挂了铃,一个铃掉在她怀里,于是就有了孕。

李白——他妈妈梦到"长庚星"跑到怀里来。

刘济——刚生下来,老妈看到一条"黑气勃勃"的大蛇,后来就变成他。

杨大年——他妈妈梦到是仙人托生,结果生下一只小鹤,再变成他。

刘法——他妈妈生他的时候,蚊帐掉下来了,出现一条大蛇。他出生后,再找大蛇,只剩下蛇皮了。

岳飞——他生的时候,屋里飞来一只大鹏鸟,所以他的名,就叫

"岳飞";他的字,就叫"鹏举"。

文天祥——他生的时候,他的爸爸(这回不是妈)梦到文天祥乘着紫云而下,所以他的名字,就叫"云孙"。

张居正——他妈妈梦到青衣童子绕床,因而怀孕。

郑成功——他生的时候,他妈妈梦到在岸上看大鱼,一船冲上来,冲到肚子里。

曾国藩——他生的时候,他的曾祖父(这回不是爸)梦到一条"神虬"从天空下来,全身发金光。

上面随便举的例子,都是跟历史上的大人物有关的"征兆",你看了,一定觉得很奇怪。可是,更妙的还在后头。历史上,比上面这些大人物更显赫的人物,是皇帝,关于皇帝的征兆,也就更多。据说所谓皇帝,是上天的儿子,是"天子"。既然所谓天子,来头应该更大,现在我们就来看看一些天子的来头吧:

夏朝第一个皇帝生的时候,郊外有青龙。

商朝祖先的妈妈在野外洗澡的时候,正巧有一只鸟下蛋,她捡来吃了,就有了孕。

周朝祖先的妈妈在野外玩(好像他们的妈妈都喜欢在野外玩),看到一个巨人的脚印,她在脚印上踩了一下,就觉得有孕了。后来生了儿子,她认为不吉祥,就把儿子丢在路上。可是,路上马走过来、牛走过来,都躲开这个儿子,不敢碰到他;于是这个妈妈又把儿子带到树林里,放在一条结了冰的河上,可是这时候,有鸟飞过来,用翅膀遮盖这个儿子。天意已明,这个妈妈感到她的儿子不简单了,就把他抱回家里来。

周朝的武王建国的时候,有白颜色的鱼,跳到武王的船里面;又有红颜色的乌鸦，表示"祥瑞"。

秦朝祖先的妈妈在织布的时候，有鸟下了蛋，她捡来吃了，就有了孕。

汉朝高祖刘邦的妈妈，常常在野外的大湖边睡觉，梦到神仙。一天，她的丈夫去看她，却看到有龙趴在她上面，她就有了孕，生出汉高祖来。汉高祖长大后，喝酒后睡觉，有人看到他上面有龙（龙是"天子"的象征）。

后汉光武帝刘秀生的时候，有满屋子红光。那一年县界长出嘉禾，一茎九穗。所以起名"秀"。

三国魏文帝曹丕（曹操的儿子）生的时候，有云气青色，圜如车盖，整天罩在他头上。

晋朝元帝生的时候，"有神光之异，一室尽明"。

南北朝宋武帝刘裕出生的时候，有神光照亮房子，甘露下降。

南北朝梁武帝萧衍，他妈妈梦到抱住太阳，不久就怀孕生他。他一出生，右手上就有个"武"字。

南北朝北魏道武帝拓跋珪，他妈妈生他时，梦到太阳从屋里出来；生的当天晚上，天上发亮光。

南北朝北齐文宣帝高洋，他妈妈怀他的时候，每天晚上有红光照进屋里来。

南北朝北周文帝宇文泰，他妈妈怀他的时候，梦到抱他升天，可是没升完，就醒了。醒后把梦告诉了老公，老公高兴说："虽不至天，贵亦极矣！"他生的时候，有黑气如盖，下覆其身。他背上有黑子，黑子且成图案，像条蟠龙。他脸上又有紫光，叫人看了心里发毛。

隋朝文帝杨坚，他妈妈生他的时候，一屋子紫气。来了个尼姑，说这小家伙不简单，帮忙照顾。他妈妈抱他，忽然看见他头上生出角来，浑身长出鳞片，吓得把他掉在地上，尼姑跑进来，说，小朋友给吓到了，将来他得天下要晚一点了（他得天下时，已四十八岁）。他手上有个"王"字，但不知道在哪一手。

唐朝太宗李世民生的时候，有两条龙在房门外玩，连玩三天。李世民四岁的时候，有个书生说会看相，看了李世民，说有天子相。唐高祖怕泄露，要杀这书生，可是书生忽然不见了。

五代后梁太祖朱全忠，他生的那天晚上，家里有红气上升，邻居跑来叫说：你们朱家着火了。他小时候，家里很穷，妈妈带他住在老刘家。刘家老太太告诉家人说："朱三那小孩子不是常人，你们可要对他好啊！"人家问凭什么？老太太说："我看过他的睡相，睡的是一条红色的蛇。"

五代后唐武宗李克用，他妈妈怀胎十三个月，生的时候难产。大家跑去买药，碰到一位"神叟"。这位神老头说："巫医帮不上忙的。赶快回家，大家要全副武装，骑马敲鼓，环绕李家三圈才成。"于是照办，果然生产不难了，"红光烛室，白气充庭，井水暴溢"的情形下，李克用出世。后来李克用搂着妓女睡大觉，有人要行刺他，走到床前，看到床上一团烈火，吓跑了。李克用的第二代，后唐庄宗李存勖，也来路不凡。他妈妈怀他的时候，"常梦神人黑衣拥扇夹侍左右"。他生的那天，有紫气从窗户冒出来。

五代后晋高祖"儿皇帝"石敬瑭，他妈妈生他的时候，"有白气充庭"。

五代后周太祖郭威，他妈妈生他的时候，"赤光照室，有声如炉炭之裂，星火四迸"。

宋朝太祖赵匡胤，也照有红光不误，他妈妈生他的时候，"赤光绕室，异香经宿不散。体有金色，三日不变"。

元朝祖先的妈妈守寡的时候，梦到一道白光，从天而降，化为金色神人，走到床前，立刻有孕生子。

元朝太祖铁木真生下来的时候，手握一把血块，像红色的石头。

明朝太祖朱元璋，他妈妈怀他的时候，梦到神送一药丸，放在掌中有光，吃下去，醒了，口里有香气。他生的那天，红光满室，夜里光露出来，邻居以为着火了，跑来救。

清朝祖先的妈妈，说是天女下凡，吞了朱果，无夫而孕，生了先祖。先祖生下来就会说话。

以上这些历朝各代的来头不小的神话，都表示了一个幻想的事实，就是"凡是有点名儿的人物，他妈妈生他的时候，都不简单"，都有"祥瑞"。

祥瑞是表示这个人的来头可不小，背后有鬼神撑腰。古人都疑神疑鬼地敬鬼神而不远（孔夫子劝人"敬鬼神而远之"，其实没人敢远），所以一个人一出生，就跟鬼神搭上关系，自然就得天独厚，不由你不另眼看待，不由你不服。

祥瑞外一章是身体上的特征，所谓"圣人皆有异表"。什么"伏羲人身蛇首，神农人身牛首"、什么"黄帝龙颜"、什么"帝喾骈齿"、什么"尧眉八彩"、什么"舜目重瞳"、什么"禹耳三漏"、什么"汤臂三肘"、什么"文王四乳"、什么"武王望羊"、什么汉高祖"左股七十二黑子"、什么三国刘备"两耳垂肩、双手过膝，目能自顾其耳"、什么司马懿"面正向后，而身不动"、什么晋元帝"白毫生于日角之左"、什么南北朝陈武帝"日角龙颜，垂手过膝"、什么唐高祖"体有三乳"等，鬼话连篇，翻翻古书，就不难碰到。身体上的特征，在古人看来，虽是祥瑞的一种，但一经科学检定，就毫无道理。即以"舜目重瞳"为例，古代名流，重瞳的，帝王级有虞舜、项羽、王莽、吕光、李煜；臣子级有颜回、沈约、鱼俱罗、朱友孜等人。但重瞳是什么？只不过是白内障而已！如果重瞳算是伟人，那么眼科医生整天要被伟人烦死了。

在所有来头不小的鬼话中，最有代表性的例子是孔夫子的征兆。孔夫子的妈妈到野外玩，玩累了，就在野地里睡起来。做了梦，梦到黑帝和她性交。醒来就有孕，生下孔夫子。孔夫子生有全套异象：双龙绕室，五老降庭，长得海口、牛唇、虎掌、龟脊、头像尼丘山，名字就叫孔丘。胸前有"制作定，世符运"六个字。照古史说法，孔夫子是商汤的后人，五帝轮流做，本来该轮到商汤的后人的，可惜孔夫子被早生贵子，生在周朝，水火相冲，时不当令，所以只能为未来的汉朝制作法典——六经，自己不能做皇上，反倒帮了别人做了皇上。孔夫子有帝王之德而无帝王之位，与中国人相见恨早，结果功亏一篑。

中国帝王从汉朝以后捧孔夫子，大家只注意到捧孔夫子的儒家哲学跟统治者结合，却忽略了孔夫子的神性背景跟统治者的串通，而不知道捧"作之师"的孔夫子本人，无异于捧"作之君"的统治者自己。巩固孔夫子的地位，就等于巩固统治者自己的地位。

征兆是中国人五千年来的只此一家的大传统，当然也是五千年来只此一家的大骗局。它的历史太深了、太远了。深远得变成了一个坚固的骗人公式，大家一提到某某名人，就会公然用公式套他一下，明知是鬼话，可是谁也不敢说破，只要有利，谁也乐得相信，或者教别人相信。你别以为这些是历史了,才不呢,就是这套大哲学,使中华民国袁大总统世凯先生抛弃了总统,想改行当皇帝,为了他相信他自己曾以"五爪大金龙"的正身,睡在床上。"真龙转世"的大哲学,在上为帝王将相,在下为王元龙李小龙,以至看相摸骨的龙海山人,人人都多少反射到。你老兄一定也有这种传统的荒谬反射,不然的话,你为什么老是在浴室镜子里,偷偷看你"主贵"的那颗痣?

喝酒

——喝也不行，不喝也不行

清朝乾隆皇帝的时候，主编《四库全书》的大文人纪昀（晓岚），是一个大幽默家。他长得很怪：大秃头、大鼻子、大耳朵、一对三角眼睛、两行细眉毛——好像隔壁那少奶奶一样。有一次，一个大富翁造了一幢大房子，听说纪昀很有名气，特地请他为这幢大房子起个名字。纪昀打听出来这个大富翁本是铁匠出身，后来发了财，十足一个暴发户，暴发户附庸风雅，他认为是可笑的。于是，他提起毛笔，为这幢房子起了一个名儿——"酉斋"。

大富翁欢天喜地地把这两个字捧回家去，见人就说："这是纪大学士给我写的！"可是，一当别人问起"酉"是什么意思的时候，大富翁就愣住了，他怎么猜也猜不出什么意思；他偷偷查《康熙字典》，也查不出个所以然来；他问别人，别人也直摇头，人人都纳闷，大富翁更纳闷，他不知道纪大学士搞什么鬼。

终于有一天，他忍不住了，他望着这个"酉"字发呆，最后一狠心一跺脚，决定去找纪大学士。

纪大学士一看大富翁来，笑起来了。等到大富翁开口，问起这个"酉"字，他笑得更厉害了。他说："这个'酉'字，有两个意义，都是字典里查不出来的：

第一个意义要直着看——酉——这好像是打'铁'用的铁砧；

第二个意义要横着看——酉——这好像是打'铁'用的风箱。

这两个意义都符合你的铁匠出身，所以这个'酉'字，正好用来叫你这幢房子！"

这个故事主要建筑在一个"酉"字上面，这个"酉"字在古字里写作——

本来的意义是酿酒的器具，下面是个缸，缸里有原料，缸外头有个盖和搅动器，这就是今天的"酉"字，也就是"酒"字在没进"文字美容院"以前的老模样。

但是，酒这个东西，跟许多可爱的老公公一样，愈老愈有味道，所谓"陈年老酒"，愈喝愈香。陈年老酒从酒窖里搬出来，上面一层灰，所以在小篆里，把陈年老酒写作——

就是今天的"酋"字。后来这字慢慢抽象化，慢慢把管酒的官（烟酒

公卖局局长）也叫作"酋"（"大酋"）了！

慢慢地，这个"酋"字又开始变，因为人人都爱喝酒，三杯下肚，酒意方浓，一看瓶里，酒没有了，于是着急了，于是开始找酒。你也找，我也找，最后找到一个能够拿酒给大家过瘾的人，于是你高兴了，我也高兴了，大家都说这个人好，这个人可爱，在我们需要酒的时候他够意思，能够帮我们，我们欢迎他，干脆拥护他做"总统"——不对，那时候没有总统；拥护他做"皇帝"，也不对，那时候没有"皇帝"；拥护他做"领袖"，更不对，那时候还没有"领袖"这个词儿，他们拥护他做的是——"酋"长！

拥护这个人要举双手赞成，所以要——

这个字，表示两只手在推举"酋"。可是举呀举的，左面的手举累了，所以放了下来，变成了——

这就是我们现在的"尊"字。我们平常说"尊长""尊师"，事实上，

"尊"的并不是那个"长"、那个"师",而是那个"尊"字上头的酒坛子。

所以,如果有人说他"尊"敬你,为了保险起见,你最好问问他妈妈,他是不是爱喝酒,如果他不爱喝酒,那他才真是值得你"尊"敬的;当然啦,在你"尊"敬他以前,他也该问问你妈妈,你是不是酒鬼。

因为"酉"这个字这么可爱,所以很多高贵的词儿,都跟它扯上了裙带关系,例如:

至尊——皇帝。

祭酒——大学校长、教育部长。

这两个词儿比起来,"祭酒"比"至尊"事实上还来得神气。在宋朝的时候,"祭酒"(大学校长)可以跟皇帝面对面地瞪着眼睛,一点都没有马屁相。

在民国初年,"祭酒"(教育总长)蔡元培,当"皇帝"袁大总统世凯去看他的时候,他只在会客室接见袁大胖子,不许他乱"巡视";聊天完了,大胖子要走了,他只送大胖子到会客室门口,绝不肯多走一步,更不会在大门口送往迎来拍马屁了。

所以,"祭酒"比"至尊"来得神气。换句话说,如果有一个"祭酒",居然对"至尊"或"大官"现送往迎来拍马屁的丑态,他就没有上一代人有骨头。

"酒"字的历史既然这么久,喝酒的人既然这么多,所以,在历史上,酒所占的重要地位、所发生的微妙影响,自然也就多得不得了。

酒在历史上最早也是最大的作用,是它一开始就弄亡了两个朝代。中国夏朝最后的皇帝叫姒桀（姒是他的姓，桀是他的名），据说他后来造了一个大池子，全装满了酒，叫作"酒池"，整天喝呀喝的，结果把国家喝丢了；还有一个商朝的，也是最后一个皇帝，叫子受（子是他的姓，受是他的名，他又叫纣，一般人叫他商纣），据说后来他也造了一个大池子，全装满了酒，也叫作"酒池"，也整天喝呀喝的，结果也把国家喝丢了。

夏桀和商纣的故事，本来不必轻于相信，因为很可能是他们的敌人编造的。但是故事的一种作用，都值得我们注意，那就是喝酒过度的害处。

夏朝的第一个皇帝是传说中治水的夏禹。夏禹有一次喝了仪狄做的好酒，非常喜欢喝，可是他忍住了。不但忍住不再喝，并把仪狄赶跑了（因为仪狄在，他又要做好酒）。夏禹戒酒以后，很感慨地说："后世必有以酒亡其国者！"但他绝没想到，他自己的后世就是一个个的酒鬼。夏朝的第三任皇帝叫太康，就因为"甘酒嗜音"（喜欢酒和披头音乐），惹了大祸，最后到了夏桀，就闹出传说中的"酒池肉林"来，因而亡国。

由于一开始，酒就在中国历史上闯了大祸，所以，我们可以看到不少警告喝酒的文献。文献中最有名的就是《酒诰》，就是劝人戒酒的文章。

尽管劝来劝去，古代人还是喜欢喝酒，喝酒如故。

古代人喜欢喝酒，所以喝酒的名堂也最多，喝酒的家伙比现代人还丰富。以商朝而论，当时光是酒杯和装酒的，就有许许多多花样。要说，也说不清楚，你还是看看图吧，或者到博物院去看看真家伙。

下面这张图里，"尊"是装酒的容器，"禁"是放酒的柜，"勺"是盛酒的大匙子,"爵""角""盉""斝"是把酒弄热的工具。你看古人这些喝酒的道具多多!

尊　尊　禁　勺　爵　角　盉　斝

在历史上,喝酒是一种普遍的习惯,也是一种社交和礼节,这种风气,一直演变到今天。但是在喝法上面,许多地方已经不相同了。古人喝酒,很讲究礼节,不能乱喝或乱不喝。该喝的时候,不喝也不行;不该喝的时候,要喝也不行,像汉朝高祖刚当皇帝的时候,他的大臣们以为大家打天下有功,拼命在朝廷上喝酒、争功。结果,有一个叫叔孙通的站出来,劝汉高祖制定一套规矩,不准大家乱喝酒。最后规矩定了出来,大家就不敢乱来了。后来汉高祖死了,皇后有了权,皇后姓吕,吕家的人都挤到朝廷里来。在历史上,这叫"外戚当权"(外戚是外面的亲戚,是吕后那一边女家的亲戚)。当时大臣许多都反对外戚,总想找机会干掉他们,正巧有一天,吕后请客,派一个叫刘章的做"酒史"(就是主持喝酒的人)。刘章就是反对外戚的大将，他乘机说："我是军人，我为了维持秩序，请求皇后准许我用军法来对付不守酒礼的人。"吕后答应了。于是大家喝酒。喝到一半，一个外戚喝醉了，发起酒疯来，跑出去了，刘章真的军法从事，立刻拔出宝剑，把这外戚杀了。从这件事开始，一套铲除外戚的计划立刻行动了，最后刘家的天下保全了，吕家的外戚都吃不开了。

这个故事，不但证明了古代人爱喝酒，并且非常考究"酒礼"。喝酒失礼，是一件很严重的事，严重得要引发一次政变。

三国时候，有一次吴国的孙权请客，大家拼命喝喝喝。最后孙权亲自来敬酒，到了虞翻面前，虞翻翻在地上，装得醉得不能再喝了。等孙权走过去，虞翻又翻起来，表示没醉。孙权一回头，看到了，气起来，拔剑就要杀他。这时，一个叫刘基的，赶忙跑过来，一把抱住孙权，说："大家都喝了这么多酒，即使虞翻有罪，你也不能杀他。你杀了他，你怎么对外面解释？何况天下都说你度量大、能容人，你这么一杀，什么都完了！"于是，孙权才算了，虞翻才算为了喝酒失礼，保住颗脑袋。

像这种因为喝酒而出的麻烦，历史上还多着呢！

晋朝时候，有一天，王导王敦兄弟到王恺家里去吃饭。王恺是一个有名的凶煞神。他的习惯是拼命叫漂亮女人劝你喝酒，你喝不光，他就怪那个陪酒的女人，就要把她杀掉。当时王导怕陪酒的女人被杀，只有拼命喝酒；可是王敦却不买账，你要杀女人，就让你去杀好了！

像这种残忍的"酒"的故事，正说明了我们老祖宗们，正有一些根本不知道人权是什么的暴徒，他们的残忍行为，也正是中华民族的耻辱。在另一方面，这个故事也又一次显示了古人对喝酒时"不喝也不行"的心理，你看他们多爱酒！

有的古人爱酒，甚至为酒闹出了战争。楚国在古代是大国，有一次，向各国要酒。赵国为了不给酒，竟闹得自己的京城被围。这种小题大做的例子，虽然可笑，也反证了古人多爱酒。

最有名的酒鬼，该是晋朝的刘伶。刘伶是晋朝的大名士，整天喝酒，然后光着屁股乱跑。有一天，他的太太把酒杯藏起来，要他戒酒。他说好，不过为了表示郑重，我要在神前发誓，你可置五斗酒来敬神。他的太太信以为真，把酒买来了，不料刘伶却在神像面前，叫着说：

天生刘伶，
以酒为名。
一饮一石，
五斗解酲。
妇人之言，
慎莫可听！

于是把敬神的五斗酒也喝光了！

刘伶还有一个杰作，就是一边喝酒一边骑马，后面叫一个人背着锄头跟着他。他的说法是："死便埋我。"他宁要醉着死，也不要醒着活。

还有一个醉死派是唐朝的傅奕。傅奕向他的医生说：我死了以后，我的墓志铭要这样写——

傅奕,
青山白云人也。
以醉死。
呜呼!

还有一个三国时代的郑泉(孙权的吴国人),临死以前,要求把他的尸体埋在做陶器的工厂旁边。他说:"以后我的尸体真成了土,土又可被陶器工厂做成酒壶,那样我多过瘾呵!"

这是中国人爱酒的故事,也是中国人的幽默。

喝酒一件事,本来是一种享受,但是中国人却把它过度礼节化,弄得反倒不自然,反倒逼出些纵酒吐酒的酒鬼。一个攻击酒礼的故事,很有意思:钟毓和钟会兄弟小时候,以为爸爸睡觉了,一起偷酒喝。其实爸爸没睡,正在偷看他们的偷酒表情:钟毓喝酒的时候,"拜而后饮";钟会呢,却"饮而不拜"。爸爸奇怪了,便起来问理由。钟毓说:"酒以成礼,不敢不拜。"可是钟会却说:"偷本非礼,所以不拜。"

这个故事,可以看出古人喝酒的手续多麻烦。它不要你先享受,而是要你先磕头!

这个故事的另一说法是,两个小鬼不姓钟,而是孔融的儿子。孔融为直言无隐贡献了生命,在他被杀以前,是思想家兼酒鬼。统治者禁酒的时候,他反对,理由是:

酒之为德,久矣!
天垂酒星之曜;

地列酒泉之郡；

人着旨酒之德：

尧不千钟，无以见太平；

孔非百觚，无以堪上圣；

高祖非醉斩白蛇，无以畅其灵；

景帝非醉幸唐姬，无以开中兴。

描写酒的伟大，这篇要考第一。孔融让梨，但若不是梨而是酒，你看他会不会让？

历史上，用酒来办事、来避祸的例子也很多。曹参为了怕官吏打扰老百姓，整天喝酒示范，表示我们做官的，只要喝酒就好了，别去找老百姓麻烦；陈平也为了对政事不表示意见，整天喝酒装糊涂。很多人很多人，他们在酒中得到了真理与存在。历史上禁酒的工作都没有成功，也永远不会成功，因为酒——如果喝得好、喝得少、喝得巧，到底是一个不会出卖你的朋友。

音乐

——华夷交响乐

你高兴的时候,除了吃牛肉干以外,是不是还会哼呀哼的,哼个不停?

你不高兴的时候,除了也吃牛肉干以外,是不是也还会哼呀哼的,哼个没完?

你这样,你的老祖宗们也是这样,只是他们吃的,不是牛肉干,而是一块干牛肉。

四只猫,会喵喵叫;四只狗,会汪汪叫;四个人,会喵喵叫也会汪汪叫,可是他们不甘心学猫叫狗叫,他们觉得那样叫太单调。并且,他们发现,他们的喉咙(那时候还不知道什么叫"声带")和嘴巴,出声的本领实在很奇妙,它会发出一些稀奇古怪的声音,高高低低一串一串地出来。那时候,他们一点也不晓得,这些稀奇古怪的声音,会被后来人类叫作"原始音乐"。他们如果晓得,四人一组,一定毫不需要准备地,就成立四千个"披头歌唱团"!

古代的披头们,他们本来高兴的时候就哼呀哼,不高兴的时候也哼呀哼或呀哼哼的,本来哼得好好的,大家又跳又唱,十分快乐。不料就在这时候,有一些老夫子出现了,老夫子们听了他们的歌声,皱起眉毛,翘起胡子,表示不满意了。老夫子们给这些自自然然的音乐家戴了一顶可怕的大帽子,叫作"亡国之音"。什么是"亡国之音"

呢？"亡国之音"是当时老夫子们眼中的活泼泼的音乐，比如说山歌啦、情歌啦、民间的轻快歌曲啦、令人兴奋的小调啦，都是一般群众喜欢而为老夫子们所反对的。

老夫子们赞成什么呢？老夫子们赞成的歌儿叫作"雅乐"——所谓高"雅"的音"乐"。这种"雅乐"，听起来是死板板的，唱起来是要立正站着的，奏起来是要恭恭敬敬的，听这些所谓"雅乐"，你会静、静、静，静得像井里的水、像睡大觉。老夫子们认为，只有这种严肃的音乐才是音乐，轻轻快快蹦蹦跳跳的音乐不是音乐；只有这种严肃的音乐才是"德音"——所谓有道"德"的声"音"；轻轻快快蹦蹦跳跳的音乐是"溺音"——所谓不道德的声音。当然，你只要有一点思考能力，你就会奇怪，声音怎么会有"道德的"或"不道德的"分别呢？（就好像说：电灯光怎么会发生"道德的"或"不道德的"分别呢？一杯白开水怎么会发生"道德的"或"不道德的"分别呢？）可是老夫子们不管这些，他们也不许年轻人怀疑这些，反正他们总是不断地抬出"雅乐""雅乐""雅——乐"！

老夫子们喜欢"雅乐"，还能从"雅乐"里听出味道，是很玄的事。古代"雅乐"中有一种叫《大韶》的，是大音乐家夔作的。夔和虞舜是"乐教"的开山祖师爷，大大地有名。韶乐传到春秋时代，传到齐国，被孔夫子听到了，孔夫子听得着了迷，迷得竟只有听觉，失掉了味觉，使他"三月不知肉味"。他赞美："不图为乐之至于斯也！"他大叫："尽美矣！又尽善也！"为什么尽善尽美？书上说，因为这种音乐能够上面感动神仙，下面感动鸟兽！

可是，孔夫子对"雅乐"的起劲，无论如何也影响不了别人。他在鲁国当政，大力从事全国的音乐改革，从事所谓"正乐"的工作。

所谓"正乐",翻成白话,就是使音乐立正的工作。但是,使音乐立正,谈何容易? 事实上,立正了半天,一旦齐国将美女加流行歌曲外销到鲁国的时候,鲁国君臣上下,就大有"三月愿知肉味"的香艳感觉了。孔夫子一气,就走了,所有的正乐都"稍息"了。

还有一种比孔夫子更彻底的一派,就是道家和墨家。他们的代表人是老子、庄子和墨子。他们对音乐,根本上就不太领教,"雅乐"也好、俗乐也罢,他们都觉得多此一举,一切声音还是自然最好。自然的声音叫"天籁"。人造的音乐是多余的,甚至是奢侈品,都该滚它的蛋。

另有一种比孔夫子更雄心勃勃的一派,就是梁武帝萧衍的一派。梁武帝萧衍年轻时候是个大军阀,篡了别人的王位。后来忽然迷上佛教,变成婆婆心肠了,他三次舍身到同泰寺,每次都被大臣们给赎出来。他到处盖庙,花了无数的钱,搞得最后以八十六岁的高年,饿死在南京玄武湖。他迷上佛教的时候,也来过一番"正乐"的工作,不过他使音乐立正的目的,却跟孔夫子不一样,他的雄心是用音乐来讲述佛法、弘扬佛法。至于音乐怎么能够讲述到佛法、弘扬到佛法,那真是玄之又玄,大概只有释迦牟尼晓得了。

总之,老夫子们从他们成为老夫子的时候起,就立大志将音乐五花大绑,加上大道理,成为"乐理"。他们抬出"雅乐",他们不但自己抬,还要说动皇帝,要皇帝下命令一起抬。所以,历代许多皇帝都拼命地在提倡"雅乐""雅乐""雅——乐",虽然皇帝本人却关在后宫,大听其"雅乐"以外的音乐。(像这种皇帝多得很,先举两个有名的,一个是大名鼎鼎的唐玄宗,他曾有过美人儿杨贵妃的故事,他最喜欢"雅乐"以外的音乐,并且在宫里左面开一个讲习班,右面开一个讲习班,自己聘自己是班主任,亲自来教流行歌曲。当时,有老夫子们看不过去了,特别指摘他,可是唐玄宗不听,但为了表示容夫子之言,不但不生气,反倒给指摘他的老夫子们一些奖品。又一个大名鼎鼎的喜欢"俗乐"的皇帝是清朝的乾隆帝,他曾有过美人儿香妃的故事,他一方面对老夫子们说:"好,你们要恢复古代的'先王之乐',我赞成,我支持你们去做!"可是另一方面呢? 他自己却跟着小百姓喜欢起民间的"昆曲"来,于是他也像唐玄宗一样的,设了小衙门,叫作"升平署","升平"是"歌舞升平"的意思,表示有我做皇帝,天下就太平了,大家还是高高兴兴唱唱歌吧!)

古代皇帝们提倡"雅乐",并不是真的喜欢"雅乐",而是因为老夫子们说要提倡,不提倡,表示不敬老、不尊古,面子上过不去,于是就提倡、提倡、提倡。在大叫提倡、提倡、提倡以后,皇帝忽然转过头来,偷偷地问老夫子,到底提倡什么东西呢? 老夫子白了白眼睛,轻轻地说:"我们要提倡古代的音乐,那叫作'先王之乐'!"于是皇帝就说好,我们提倡"先王之乐",于是你提倡,我也提倡,可是谁也闹不清"先王之乐"到底是一副什么模样的音乐。隋朝的皇帝们提倡了六次,可是还是弄不出一套"雅乐";宋朝的皇帝们改了六次,可是还是弄不出一套"雅乐",最后到了清朝的康熙帝,他气起来了,他气得大叫,各朝各代都提倡"雅乐""雅乐""雅乐",可是都"各雅其所雅,而非先王所谓雅也"! 他认为过去的皇帝都搞错了,只有他才能搞得对,于是他动员一大批人,花了两年的时间,编了一部大书,叫作《律吕正义》。书编好后,他要天下照着吹吹打打,可是还是没有效果,最后连他自己的子孙都喜欢起"昆曲"来,你说悲哀不悲哀?

为什么"雅乐"会闹到这一个下场呢?

我们来研究研究原因。

音乐这个东西,本来是一种用声音表达基本感情的玩意儿,它本是一种自自然然的流露,再根据自自然然的流露,加以各种规则(比如高低、长短、强弱,以及一定的起、承、转、合等)。因为音乐是自自然然的,所以它最能感动人心;因为它能感动人心,所以就有老夫子们想出怪主意,要利用音乐来达成伦理的、政治的目的,于是毛病就出来了。

老夫子们想建造一个他们眼中的安定社会,但他们不知道,要想社会安定,需要有很多很多疏导的因素才行。不知道如何疏导,只会一味加以硬性规定,是达不到他们的目的的。可是老夫子们不知道,或者说,他们不愿知道。于是,本来活泼泼的音乐,竟被老夫子们用来做冷冰冰的教育工具了。例如弹琴,弹琴本是快快乐乐的事,可是老夫子们却来了一番大道理,说什么"琴者,禁也!禁邪念也"!这么一规定、一解释,把活生生的音乐立刻弄得阴森森起来;把本来轻松的感情立刻吓得紧张起来。古代的教育理想是"六艺"的教育,六艺包括"礼""乐""射""御""书""数",可见古人是重视音乐教育的,不像现代只把音乐当作"副"科,当作升学考试考都不要考的一科。但是,古人重视"乐"教的目的,却想从音乐训练出一批感情收敛、喜怒不形于色、严肃而又严肃的小国民,要用音乐来灌输大量的体制、道德和迷信。于是,官方的音乐教育最后失败了;真正的音乐还是在民间,在民间自自然然地唱着、活活泼泼地流传着。

中国一些固有的乐器,现在都已经变成了古董,有的在古庙(像台南的"孔庙")或博物院(像士林的"故宫博物院")还可以看到,这里提供一点说明，使你在看到那些古董的时候，多少有一点帮助。

中国的乐器，根据材料的不同，可分八类：

一、金属做的，像"钟"。有的"钟"只是一个挂在那儿，叫"特钟"；有的成群结队叫"编钟"，"编钟"敲起来声音每个不同，有高低变化。

二、石头做的，像"磬"。也和钟一样，有"特"字号的，和"编"字号的。台南的"孔庙"就可以看到。

三、丝做的，像"琴"。它是最代表中国人的乐器，象征着君子和隐士。古人有的一个人弹（像诸葛亮），有的一个人弹一个人听（像伯牙和钟子期。伯牙弹琴，弹山，钟子期知道他在弹山；弹水，钟子期知道他在弹水。后来钟子期死了，伯牙就把琴弦弄断了，他认为这个世界上，再也没有知道他的好朋友了。这个故事传下来，成为一个典故：我们把好朋友叫作"知音"。要弹琴，就要弹给知音听，不然，就是"对牛弹琴"）。

四、竹做的，像"箫"。又叫"尺八管"，因为它有一尺八寸长。古代用竹做的乐器很多，横着吹的叫"篪"，直着吹的叫"会箫"、叫"管"、叫"龠"。后来吹得开的，淘汰成两类：直着吹的"箫"和横着吹的"笛"。笛在唐朝以前就叫"横吹"，吹起来可以怪声怪调，所谓"短笛无腔信口吹"。笛本来只有六个孔，没有膜。到隋唐以后，外来的乐器传进来，在风口和音孔中间，另开了一孔，贴上苇膜，这一膜之有无，决定了笛小姐的身价。这个岛上复兴固有文化的人提倡国乐，可是他们造不出一支像样的笛。造出来的每支标准音（pitch）都不标准，比起洋鬼子的"竖笛"（clarinet）来，立刻出尽了洋相。

五、匏做的，像"竽"。齐宣王的时候，吹"竽"的人有三百个，其中有一位南郭先生,根本不会吹,只是挤在中间凑数。后来齐宣王死了,齐湣王做了皇帝,他要听吹竽的人一个个单独表演,吓得南郭先生逃掉了。这个故事,后来形成一句成语,叫作"滥竽充数"。

六、土做的,像"缶"。"缶"本是用来装酒的土器,敲打起来,就算是音乐了。战国时候秦王和赵王在渑池地方喝酒,秦王要赵王敲,赵王敲了;但秦王自己竟不敲。赵国的大臣蔺相如看不过去,一定要求秦王敲,不敲他就拼命,秦王没办法,只好也敲一下。其实"击缶"的声音难听死了,大家却要敲来敲去,真想不开。

七、革做的,像"鼓"。"鼓"的种类很多,有一种叫"腰鼓"。三国时候自由文人祢衡曾打着"腰鼓"指摘曹操,后来变为一出京剧,叫作《击鼓骂曹》。

八、木做的,像"柷"。形状像个方斗,上面宽,下面窄,边上有个洞,把一支柄槌放进去。台南"孔庙"可以看到。

古代乐器虽然很简陋,就连这些,许多都来自外国(那时候,叫作"胡人"。有些从名称上,就可看得出来。"胡笳""胡琴""洋琴"等,都属于这一类)。有人感到外来的这么多,太没面子,所以硬要说"胡琴"不是胡人的琴,而是"胡胡响"的琴。当然说这种神话的人,中华民族精神考100分,中华民族史吃鸭蛋。在古代,常常有外国的一些小乐器,进到中国,然后风行一时。例如战国到汉朝时候,有一种乐器叫"筑",很得当时人喜欢。这种乐器有13根弦,演奏时候以左手拨,右手用竹尺来敲。秦始皇就很喜欢这种玩意儿,结果荆轲的朋友高渐离利用秦始皇这一嗜好,竟用"筑"来接近他、行刺他,结果没有成功。后来汉朝的高祖得了天下,回到家乡去玩,一边唱他的《大风歌》,一边敲打的,就是这种"筑"。可见当时外国乐器流行的程度。

回顾中国的音乐史，使我们得到的最大教训是：旧式中国的音乐和乐器，在20世纪的新世界里，已经落伍了、落伍了！落伍的最主要原因，就是老夫子们想利用它，结果没利用成，反倒扼死了它，使它无法得到健康的发展，无法精益求精地进步，无法走上科学化的道路。例如乐器，中国人只会拉拉共鸣箱小得不能再小的胡琴，就发明不出来庞大的钢琴；又如歌谱，中国人从来不懂得什么叫"和声学""曲式学"，或是什么"对位法"。所以，在全世界都走向现代音乐的步伐里，我们实在没办法抱残守缺，妄想像历代皇帝一般，恢复固有音乐。目前残余的"国乐"，只是不伦不类的用来做"观光表演"和"国乐伴舞"罢了，其实也并不是什么真的国乐。靠恢复国粹"食色，性也"的人，在表演《昭君出塞》的时候，硬给王昭君塞了一具她根本不曾用过的乐器——"琵琶"，好可怜的王昭君啊！她也被盲目地用来"发扬国乐"了！王昭君死而有知，一定手抱琵琶全遮面，暗中叫苦。因为"琵琶""琵琶"，正是道道地地的"外国"货呀！

［附记］埃及有一种弹弦乐器，叫"诺夫尔"（nofre），是琵琶的老祖宗。诺夫尔传到阿拉伯，传到波斯、大夏，再传到中国。张骞通西域的时候，传来了用琵琶弹的"西洋流行歌曲"，演变到中国出了许多琵琶专家。有姓曾的一家，"父祖子孙兄妹皆称琵琶名手"。唐朝人最迷琵琶，武则天送给东洋鬼子的琵琶，现在还保存在日本，可见当时的流行程度。流行到和尚都不守清规，在庙里大弹特弹；至于《琵琶行》中的怨女，琴瑟不调，琵琶别抱，自然更不在话下了。

家族

——人愈多愈好

一个男人，只是一个男人，造不出来什么。

一个女人，只是一个女人，也造不出来什么。

一个男人加一个女人，两人一块儿活，造出来的玩意儿可就多了，他们可以造出许多小男人和小女人，也造出来所谓的"家"。

从古代到今天，全世界许多国度，都有许多男人和许多女人造了许多家，中国也不例外。但是中国的家，和别人比起来，却实在有点特别——只此一家。中国的家的特别之点，让我们看看：

第一个特点是"爸爸系统"。"爸爸系统"意思就是只算爸爸那一支，算爸爸的爸爸，算爸爸的爸爸的爸爸，算个没完；至于妈妈那一支，算了一两代，就不算了。所以，在中国的家中，爸爸的祖宗愈算愈长，愈长愈好；而妈妈的祖宗，大概只算到外公，外公以外的公，都"见外"了。正因为是"爸爸系统"，做妈妈的，都好像得了"健忘症"，并且在家里的地位，也不能挂头牌，因为"一家之主"是爸爸，或是爸爸的爸爸。

中国的家的第二个特点是"爸爸权力"。"爸爸权力"是爸爸最有权。爸爸在家里的地位是"家长"，他的权力是最大的、最多的，也是绝对的。历史上做爸爸的权力表现，有好多例子：

一、爸爸有杀人权——如古代皇帝虞舜的爸爸，老是想杀虞舜，可是没有成功；有一个叫易牙的，就杀了自己的儿子，并且把儿子的肉做成了羹。爸爸杀儿子，不但爸爸认为没什么，做儿子的，竟也认为是当然。秦始皇叫他的儿子死，他的儿子奉命自杀，认为"父赐子死，尚安复请"，一点也不讨价还价，就自杀了。

二、爸爸有打人权——人都可以杀，打打当然更不在话下。爸爸打儿子的故事，最有代表性的，是曾子和他爸爸。曾子有一天种瓜，不小心把瓜的根子弄断了，他的爸爸生气了，他的爸爸拿起了大棒子，他的爸爸使劲打他，把他打昏了。很久以后，曾子才醒过来。这件事被曾子的老师孔夫子知道了，不但不怪曾子的爸爸，反倒把曾子骂了一顿。孔夫子说："你爸爸拿了小号棒子的时候，你该让他打，叫他出气；但他拿了大号棒子的时候，你就该逃掉，否则他真的赌气，把你打死了，你叫他怎么下台？"

三、爸爸有卖人权——中国古书中有"鬻妻子"等记载，就是爸爸可以卖妈妈和子女的证据。元朝的法律中还特别禁止把妻妾子女典押给人家，可以看到当时这种风气的盛行。爸爸不但在活的时候，有卖子女的；甚至死了，为了埋葬他，他的子女都要被妈妈卖掉。孔夫子在卫国的时候，就碰到过这种情形。

四、爸爸有财产权——爸爸做家长，所有的财产都是他的，儿女不可以有私人的财产，更不能把家里的东西随便决定怎么处理。这种规矩，在中国古书中，像十三经中的《礼记》、像宋朝司马光的《涑水家仪》，都有记载。

五、爸爸有主婚权——孔夫子时代，他老先生认为公冶长是一个好人，就把自己的女儿嫁了给他；他老先生又认为南容也是一个好人，就把自己的侄女嫁了给他。孔夫子这样做，根本不需要得到自己女儿或侄女的同意,这就是古代爸爸的特权。不但子女活的时候,婚事要爸爸做主,就便是死了,爸爸也有权给他们来一次"讨鬼婆"。曹操的儿子曹冲,是一个知道如何称象重量的聪明小孩,不幸年轻轻的就死了,正好邴原的女儿也年轻轻的就死了,曹操希望这一对少年男女能够在死后结婚,于是向邴原征求同意,不料邴原却反对,认为不合礼法,这门亲事并没弄成功。

六、爸爸有离婚权——爸爸对妈妈有主动的离婚权。例如妈妈嫉妒,爸爸就可以跟她离婚;妈妈话太多,爸爸也可以跟她离婚;妈妈偷东西,爸爸也可以跟她离婚。爸爸不但可以跟自己的太太离婚,还可以叫儿子跟儿子的太太离婚。儿子自己喜欢的太太,没有用,要爸爸喜欢才行,爸爸不喜欢,就得赶出家门。

中国的家的第三个特点是"大哥权力"。中国的家,除了爸爸的权力以外,就算大哥最有权,大哥是男孩子中最大的,他比所有的男孩子和女孩子都吃得开。大哥若生在皇宫里,他是皇帝的当然继承人;大哥若生在诸侯家里,他是诸侯的当然继承人;大哥若生在普通人家里,他也是爸爸死后的一家之主。"兄权"代替了"父权","兄权"就等于是"父权"。

中国的家的第四个特点是"男人权力"。爸爸是全家第一男,他最有权;大哥也是男人,他是第二男,也有权,但他的权就比较受限制,因为,有个妈妈。在"孝顺"的传统底下,大哥要听妈妈的;在"男尊女卑"的传统底下,妈妈又得听大哥的。中国传统中的女人要"三从",所谓"三从",是一个女人

在家从父(父死从兄)——第一从。

出嫁从夫——第二从。

夫死从子——第三从。

在这个标准下,妈妈在爸爸死后,也得听大哥的。但是因为妈妈毕竟是妈妈,所以大哥对妈妈的威风,还是得收起一大部分来。爸爸死后,妈妈可说是家中唯一一位能够跟家中男士抗衡的女性,姊妹们是没有地位的,权力都被大哥以下的兄弟们占住,家里的财产也不会分给她们,只在出嫁的时候,送一点嫁妆而已。女人在中国家中的地位,是非常可怜的。

中国的家的第五个特点——最重要的一个特点——是"大家庭的结构"。所谓大家庭,就是家不只是父母子女两代几个人的小家庭,而是要所有有亲属关系的人住在一块儿,大家谁都不要跑。"大家庭"的理想形态是"五代同堂",堂是家里的大庭,大庭中要有五代的亲属,才算过瘾。至于五代如何同堂,是什么人,实际情形,你快看下面:

第一代——家长前二世代

祖父

祖母

外祖母(在外祖父死了以后)

第二代——家长前一世代

父

母

伯父

婶母

伯母

舅母

第三代——家长自己一世代

家长自己

妻

兄弟

姊妹

嫂嫂及弟媳妇

姊妹丈

堂兄弟

家长童养媳（童养媳是未来的儿媳妇，先进家门来做工）

兄弟童养媳

第四代——家长后一世代

已婚子

未婚子

女

媳妇

女婿

侄

外甥

姨侄

侄女

侄媳

外甥女

童养媳（儿子的）

童养侄媳

第五代——家长后二世代

孙

外孙

孙女

孙媳妇

侄孙

侄孙女

童养孙媳

童养侄孙媳

这就是所谓"五代同堂"的大结构——实际的结构。中国人对这种大家庭，最着迷不过，他们对"五代同堂"的希望是"五世其昌"——五个世代代代代代代都繁荣而有福气。当然，搞不好，也可能五世其"娟"。

"五代同堂",只不过是一个标准形态,当然还有"四代同堂""六代同堂"等。反正代愈多,愈证明了老公公老婆婆们的长寿,和小孙子小孙女们的早婚。

中国最有名的大家庭是唐朝的陈崇一家。这家一连十三代,都没分开。前后累积的家人,有七百多。唐朝皇帝特别给他们奖励。

唐朝另一个有名的大家庭是张公艺一家。这家的特色是"九世同居",南北朝时期、隋朝时代,到唐朝时代,都受过当时皇帝的奖励。有一次唐朝的高宗皇帝到他们家里去,问张公艺维持一个大家庭的秘诀是什么,张公艺最后把秘诀公布了,那是一百个同样的字——一百个"忍"字。维持大家庭的秘诀,是忍耐。

"大家庭"在事实上,有它不能存在的困难,时代的推演,一定使大家庭慢慢解体,这种现象,在中国古代本已发生。在公元5世纪的时候,就有大臣指出当时有父母还没死、兄弟就分家了的现象,并且这种现象,竟占百分之七十以上!在公元10世纪的时候,皇帝还特别下令不得在祖父母、父母没死以前分家,要分家,就不孝,甚至可判死刑!(甚至劝别人分家的人都有罪!)

但是,任何不合人情的规定,都抵挡不住时代的推演,"大家庭"的美梦仍旧在继续解体中。先是在大家庭中,有小家庭各个独立,各自为政,"同居异爨,一门数灶",大家分开吃饭,然后就分开住了。父母大都跟着大哥,算是一家"三代同堂",其他便只有两代。自此以后,"三代同堂"的,便已算是大家庭了。

由于中国人以大家庭为一个理想,所以,因家而生亲属关系,也就特别累赘,这点就跟西方国家大不相同。在西方国家,对上一辈只有一种称呼的,在中国,却可分化为伯父、叔父、堂伯父、堂叔父、族伯父、族叔父、表伯、表叔、姑丈、母舅、姨丈十一个称呼;在同辈方面,也是一样,在西方国家只有一种称呼的,中国人却可分化为堂兄、堂弟、再从兄、再从弟、三从兄、三从弟、表兄、表弟、姨表兄、姨表弟、堂表兄、堂表弟、堂姐、堂妹、再从姐、再从妹、表姐、表妹、姨表姐、姨表妹、堂表姐、堂表妹二十二个称呼。由此可见,中国的亲属关系多复杂!

中国人喜欢称道的亲属关系是"九族",九族的关系是:

高祖父母←曾祖父母←祖父母←父母←自己→子→孙→曾孙→玄孙

在中国的传统观念中,一个人并不属于他自己,而是属于他的家族;他不代表他自己,代表的也是他的家族。所以,当一个人犯了罪,惩罚的对象并不止于这个"罪人"自己,而要连累他的家。秦始皇帝时代就有"诛三族"的法律,要杀一个"罪人"的时候,他的父母一族、他自己和太太一族、他的儿女一族,都要杀得光光光。这种残忍而不人道的法律,一直流传着,甚至还变本加厉。隋朝时候,杨玄感造反失败,所受的惩罚,就是"诛九族"。明朝方孝孺为了反对明成祖篡位,大骂成祖。成祖问他说:"你难道不怕杀九族吗?"方孝孺说:"就杀我十族,又怎么样!"成祖说:"就杀你十族!"于是,除了方孝孺的九族外,连他的学生,也当作一族被杀光了!

这就是由中国畸形的家族关系,演变出来的畸形法律和残忍事实。

由于中国人的家族观念太强,它的流弊也就多得不得了,变成了中国进步的障碍。综合它的大缺点是:

一、年青一代没有自由。

二、年青一代容易养成倚赖心,缺少开创精神。

三、男女不平等。

四、婚姻不自由。

五、容易伤感情,把 80 岁到 18 岁的女人,挤在一起,自然"妇姑(姑是婆婆)勃豀""妯娌不睦""姑嫂口角""兄弟阋墙"了。

六、太重"家法",忽视法律。

七、太重自己家族的利益,缺乏公益和爱国观念。

中国家族的流弊,可真不少。家族观念走火入魔的时候,还要进一步"开祠堂,执家法",包括依"族规"第几条第几款,应该打多少大板或别的。更超越前进的,是以族姓为单位,统统有奖。张献忠到四川,杀得兴起,"百家姓"中个个遭殃,但对"张亚子庙""张桓侯(张飞)庙",因为同宗,一律优待;张献忠的老前辈黄巢更宽大,他在湖北,不但不杀姓黄的,甚至连带"黄"字的地方都一律放生,所以能留下许多"黄冈"人、"黄陂"人给我们领教、给我们消受,这真所谓"盗亦有道""盗亦友盗"了!

女性

——牌坊要大，金莲要小

在古代，有一件怪事：男人离不开女人，可是男人又看不起女人；更怪的是，不但男人看不起女人，连女人也看不起她们自己。

男孩子生下来的时候，放在床上；女孩子生下来的时候，放在地下，或者放在水里，干脆淹死。这是因为养不起，又没有"安无姓"或"乐普"，只好即时生杀了事。这种风俗，叫作"溺女"。

男孩子生下来的时候，穿漂亮的衣裳；女孩子生下来的时候，只穿背心式的内衣。

生男孩子叫"弄璋之喜"，璋是好的玉石，使男孩玩玉石，据说可增进他的德行；生女孩子叫"弄瓦之喜"，瓦不是瓦片，是纺车上的零件，使女孩子玩纺车上的零件，据说可使她将来勤于家事。

为了奖励生男孩，汉朝章帝发明了"胎养令"，对生儿子的有优待，生女儿的就不行，除非生杨贵妃，生杨贵妃可以"不重生男重生女"。但举世滔滔，哪有那么多杨贵妃好生？何况万一生不好，生出了黄承彦家的丑丫头，除了嫁给诸葛亮，也没人要。但举世滔滔，哪有那么多的诸葛亮？

有的人笑，在笑脸里面充满了慈祥；有的人笑，好像是在哭；有的人笑，笑里好像有把刀。唐朝有个宰相叫李林甫，他的笑脸里面好像有把刀——"笑里藏刀"的典故，便由此而来。

他没死以前,杨贵妃的干儿子兼老相好安禄山不敢造反,因为安禄山一见他,就吓得浑身冷汗直冒,安禄山知道李林甫不是好惹的,因为他笑里藏刀,那把刀,随时可能扎到安禄山的胖肚皮上。

有一天,李林甫的一个亲戚生了一个小男孩,李林甫提起毛笔,写了"弄獐之喜"四个字,送到亲戚家,大家一看,都笑起来了,因为他写了一个大别字,把"璋"误写作"獐"(獐是一种鹿,头很尖,有种人头尖眼睛小,就容易被人骂作"獐头鼠目",这个成语也出在唐朝。你要特别注意,随便一个中国的成语,都有它的传统。你弄不清,便会闹李林甫的笑话)。

古代中国女人,在中国唯一的出路,就是出嫁做妈妈。她们在没出嫁以前,整天关在家里,绝不会出来念书或出来跳舞,或出来做女秘书、女护士,是没有这些的。

她们没有上学的权利

口号是"女子无才便是德"——不会念书反倒是美德!

她们没有职业

蹲在家里,就是她们的职业。

她们没有继承权

财产都分给兄弟们了。

她们没有人格权

人格权已经被爸爸、丈夫、儿子所吸收。

她们没有自由意志

不需要她们有意志,坏事不让做,好事也轮不到她们做。

她们被"圣人"看不起

孔夫子说:"唯女子与小人为难养也!"

她们很容易就被丈夫赶走

有七个理由,丈夫可以赶走她,其中一个理由是"不生儿子"。不生儿子不怪丈夫,要怪她!

她们还很容易就被连带杀头

要是她的爸爸、丈夫、儿子犯了大罪,她就跟着倒霉,她自己若想犯个大罪,教别人也倒霉,不行,没机会!

她们很难再婚

不论离婚后或丈夫死后,总之,她们想结第二次婚,很难很难;并且很多人根本也不想,她们宁愿糟蹋了青春。清朝有一个"高节妇",十七岁起守寡,守到九十六岁,共守了七十九年,是"守寡大王"。

她们几乎什么都没有,甚至连自己的名字都没有

汉朝开始才有女人私人的名字,有的还是没有,只叫作什么什么"氏"而已。你一看到什么什么"氏",比如说"陈氏""王氏",你就知道"是个姓陈的女人""是个姓王的女人",这就"够"了!"氏"字是一个表示"是女人"的通用说法,其他同类的字还有"姬""姜"等,都属于这一类。古代有个女人叫"孟姜",传说中为了找丈夫,曾哭倒长城,后来人们不知道"孟姜"的意思就是"是个姓孟的女人",以为"姜"是她的名字,于是硬把她叫作"孟姜女",这是不通的,"姜"就是"女",这么一叫,孟姜"女"岂不成"孟女女"了吗?

从上面一些现象里,你一定感到中国古代女人的处境实在很特殊,要了解这些现象，你必须再进一步，多了解一点。

在汉朝的时候，有一个女人叫班昭，她的丈夫姓曹，所以她又被叫作"曹大家"（"家"在这里念作"姑"），她有两个有名的哥哥：一个是写《汉书》的班固；一个是出使西域"不入虎穴，焉得虎子"的班超。这位妹妹，实在是个莫名其妙的女人，她若不莫名其妙，她不会写一部叫作《女诫》的书，这部书，是女人写来教人如何压迫女人的，你说莫名其妙不莫名其妙？

《女诫》这部书，其实也不算是一部书，因为从出版大家萧孟能、沈登恩眼光看来，它的字太少了，它只有一千六百个字。但这一千六百个字，却集了压迫女人思想的大成，并且变为以后两千年女人的修身教科书，它的势力可真大！

在《女诫》里，有很多"奇妙"的理论：

比如说，它主张女人要卑下、要软弱，女孩子生下来第三天，就该把她放在床下面，来表示她的卑弱。

比如说，它主张女人要无条件地服从丈夫，丈夫就是"天"，因为"天"是不可以违背的，所以丈夫也不可以违背。对丈夫要像忠臣对皇帝、孝子对爸爸一样。

比如说，它主张丈夫可以再娶，可是太太不能再嫁。

比如说，它主张做太太的方法，是在使丈夫不打她、不骂她。

比如说，它主张丈夫对太太，是一种"恩"情——这部书的作者，根本还不懂得什么是爱情！

从班昭这部书以后，也有一些书跟着冒出来，大谈女人该如何如何，像魏晋时代张华写的《女史箴》、唐朝太宗长孙皇后写的《女则》、陈邈太太郑氏写的《女孝经》、宋若华写的《女论语》、明朝成祖仁孝文皇后写的《内训》、吕坤写的《闺范》、清朝蓝鼎元的《女学》等，和班昭那本《女诫》一样，也有很多很多的"奇妙"理论出现。现以《女论语》为例，在《女论语》中，宋若华主张女人

> 走路的时候，不要回头；
>
> 说话的时候，不要掀嘴唇；
>
> 坐的时候，膝盖不要动；
>
> 站的时候，裙子不能摇；
>
> 高兴的时候，不能有大声；
>
> 不能跟男人在一起；
>
> 不要朝墙外面看；
>
> 不能走出家里的大庭。

只能待在家里，看李敖的文章。

除了上面所说的，中国女人所处的地位以外，还有两个最大的特色，就是"贞节"与"小脚"。

"贞节"观念是所谓"忠臣不事二君，烈女不嫁二夫"，这本是古代中国人认为的美妙理想，到了一千年前的宋朝，才开始大行特行起来。大行特行的原因，是宋朝的"哲学家"程颢的一段话：有人问程颢，如果一个女人死了丈夫，若不改嫁就无法生活，就得饿死的时候，那可怎么办？谁想到程颢老夫子的不近人情的答复是："饿死就饿死算啦！饿死是小事情，可是失掉贞节却是大事情！"

程颢有一个大徒弟叫朱熹，就是后来被人称为"朱子"的，在程颢以后，大力宣传他老师的这种错误说法，从此以后，中国人便中了

他们的毒，着迷起来，中国的女人便在盲目的宣传下，不断地做着不近人情的维护贞节运动：有的甚至被男人拉了一下胳膊，就气得自己把胳膊砍下来，认为那只胳膊已被那男人弄脏了；有的甚至要和未婚而死的丈夫——死人——结婚，抱着死人的灵牌举行婚礼……提倡贞节提倡到这个样子，你说荒唐不荒唐？

政府方面，为了奖励贞节，有所谓"贞节牌坊"，是用石头架起来的牌坊，鼓励那些守寡守得最久的女人，或是那些为了维持贞节而死的女人。

立"贞节牌坊"，表面上很简单，骨子里大不简单，并不因为你守寡或殉情做得好，就可以立的，还是要看"关系"。比如说：这个寡妇的儿子有钱或者做大官，他妈妈的"贞节牌坊"就自然而然立了起来，所以这种奖励，内幕重重，实际是"众寡悬殊"的。

因为"众寡悬殊"，传说里有人死了也不服气。清朝乾隆皇帝下江南，看见"一妇人举止异常，行下甚速，而常在御舟之前"。找来问她是不是有冤？她只说了一句话："我戚家寡妇也。"就忽然不见了，原来是女鬼。乾隆皇帝说："此必节烈妇人，来求旌表者也！"于是如其所愿。

要想看"贞节牌坊"是副什么模样，台南、金门都有，台北新公园有两个残余的牌坊，一个是"贞节牌坊"，一个是"孝子牌坊"。

孝子牌坊大都是给"殉母"的孝子立的。《二十年目睹之怪现状》小说里，就记有这种孝子，原来不是什么"以身殉母"，而是因纵欲过度死在妓院里的"火山孝子"。这小说中的孝子，确有其人，名叫岑德固，是请求西太后让他"做一看家恶犬"的大官岑春煊的儿子。他被旌表成孝子，是官官相护的大官张之洞、端方等联名请求的，旌表以后，他的事迹宣付国史馆，当然不包括命丧青楼在内。

"贞节"以外的另一个特色，是"小脚"。

小脚是把小女孩的两只脚，用布带用力裹起来，裹到骨头也断了、肉也烂了，可是不管断不断、烂不烂，还是要裹下去，直裹到一个畸形的新脚长出来，才算完事，这时候，这个女孩子再也不会活活泼泼地蹦蹦跳跳了，她走路都走不好了，更谈不到跑来跑去了。

原来中国古人竟认为：女人被这样裹了两脚，就"老实"了。还有的中国古人竟认为：女人被这样裹了两脚，就"美"了。审美的眼光可真他×的怪！正确的说法，这不是审美，是审丑。

中国人骂人写文章又臭又长、讲演又臭又长，说是"王母娘娘裹脚布"。王母娘娘传说是黄帝的老相好，那个时代，还没流行小脚，太早了；宋朝人的笔记里，说小脚起于五代"春花秋月何时了"的李后主，可能又太晚了。因为它无法解释一千四百年前"双行缠""履头皆锐""底平趾敛""弹弦纵足"等现象。小脚的形成是慢慢演变的，但在中国，起码已缠了一千年！

缠小脚，除了道德上和审美上的原因外，还有一个原因，是性的，就是"足恋"。古代罗马、中古西班牙，都有足恋的现象，汉朝成帝对"可怜飞燕"的妹妹赵合德，曾有过这种喜爱。中国性变态的文人，很多都喜爱小脚——尤其是臭的小脚，难怪他们作品臭不可闻。中国文人为了喜爱小脚，要写《香莲品藻》这种书，对小脚大做科学分类，分为五类十八品，整天向往"凤鞋半折小弓弓，莺语一声娇滴滴"；至于性变态的武人，就没这么风雅，他们要把小脚砍下来吃，"足下"害人，一至于此！

有些乡下女人，居然成了漏网之鱼，有了天足或解放脚。这种人最怕成名，因为一成名，人人就注目足下，害得老太无法交代。明太祖朱元璋的马后，有对全国闻名的大脚，明太祖为了维护这对大脚，不知砍了多少人的脑袋；李鸿章的妈妈也有大脚，外号叫"大脚夫人"。西太后五十大庆时，母以子贵，要召见李太太。李老太坐轿子到北京，满朝文武拍李鸿章马屁，都去欢迎。李老太从轿子里无心伸出一脚，李鸿章怕她着凉，请她缩一下。李老太勃然大怒，大叫："你老子都不嫌我脚大，你倒嫌我脚大！"一气宣布不下轿了。经过好说歹说，指天画地，多方疏通，李老太才回心转意，最后见到小脚的西太后，出尽风光，使全国观感为之一变，全国大脚为之一新。西洋婆子要靠鼻子高低影响历史，中国李老太单凭这双大花脚，就踏破铁鞋。今天中国以大脚丫子露面色相的角色，都要感谢李老太，因为有了李老太，足下才能满足。

　　附带要说的是，中国人小脚哲学如日中天的时候，竟发展到连男人的脚也以小为贵。所谓"君子大头，小人大脚"。要想做君子，脚大是不行的。所以男人也有以白布包脚的习俗，先包好，再穿袜，因此鞋前面比较尖。中国书呆子谈中国哲学史、中国思想史、固有文化，却没看到中国人的小脚哲学，非但有眼不识泰山，也有眼不识泰水的脚了！

光绪朝对节妇贞女的旌表

俞樾《右台仙馆笔记》(春在堂全书本)记乔氏一条,很可代表晚清对贞节观念的立论:

松江邹生,娶妻乔氏,生一子名阿九,甫周岁而邹死。乔守志抚孤,家尚小康,颇足自存。而是时粤贼已据苏杭,松江亦陷于贼。乔虑下免(失节),思一死以自全;而顾此呱呱者,又非母不活,意未能决。其夜忽梦夫谓之曰:"吾家三世单传,今止此一块肉,吾已请于先亡诸尊长矣,汝宁失节,毋弃孤儿。"乔寤而思之,夫言虽有理,然妇人以节重,终下可失,意仍未决。其夜又梦夫偕二老人至,一翁一媪,曰:"吾乃汝舅姑也。汝意大佳。然为汝一身计,则以守节为重;为吾一家计,则以存孤为重。愿汝为吾一家计,勿徒为一身计。"妇寤,乃设祭拜其舅姑与夫曰:"吾闻命矣!"——后母子皆为贼所得,从贼至苏州。

乔有绝色,为贼所嬖。而乔抱阿九,无一日离。语贼曰:"若爱妾者,愿兼爱儿。此儿死妾亦死矣!"贼恋其色,竟不夺阿九。久之,以乔为"贞人",以阿九为公子。贞人者,贼妇中之有名号者也。

一日,乔氏"抱阿九登张秃子舟以遁":

张［秃子］夫妇意乔居贼中久，必有所赍。侦之，无有，颇失望。乃载之扬州，鬻乔于娼家，乔不知也。

娼家率多人篡之去，乔仍抱阿九不释，语娼家曰："汝家买我者，以我为钱树子耳！此儿死，我亦死，汝家人财两失矣！若听我抚养此儿，则我故失行之妇，岂当复论名节！"娼家然之。乔居娼家数年，阿九亦长成。乔自以缠头资为束脩，俾阿九从塾师读。

俄而贼平，乔自蓄钱偿娼家赎身，挈阿九归松江，从其兄弟以居。阿九长，为娶妇。乃复设祭拜舅姑与夫曰："曩奉命存孤，幸不辱命。然妇人究以节为重。我一妇人，始为贼贞人，继为娼，尚何面目复生人世乎？"继而死。

俞曲园曰："此妇人以不死存孤，而仍以一死明节，不失为完人。程子云：饿死事小，失节事大。然饿死失节，皆以一身言耳。若所失者，一身一名节，而所存者，祖父之血食，则又似祖父之血食重，而一身之名节轻矣！"

可见在旧礼教的桎梏下——

被强奸，是为不贞；与非法定人有性行为（不论自动被动），是为不贞；

被强奸，而不死，是为失节；改嫁，是为失节。

* * *

对这种毫不近人情的陈腐观念，在光绪朝时，曾有过激烈的抗议，宋恕在他的《六斋卑议》（第29页，敬卿楼丛书本）里，他曾托古以驳流行的贞节说：

赵宋以前，大家妇女不禁再适。名臣名儒，如范文正，其媳亦再适；程正叔虽创饿死事小苛刻不情之说，徒快一时口舌耳！其胞侄女仍由正叔主持再适。自洛闽余党，献媚元明，假君权以行私说，于是士族妇女始禁再适。而乱伦兽行，其风日炽；逼死报烈，惨事日闻。夫再适再娶，均为名正言顺之举。古圣所言，不为失节。失节古谊，专指淫乱。今严禁古圣所许之再适，而阴纵古圣所恶之淫乱，洛党私说，流殃至此！

这真是具有历史眼光的快论！

光绪三十年（1904），严复译孟德斯鸠的《法意》，在案语中，他写道：

己则不义，而专责事已者以贞。己之媵妾，列屋闲居；而女子其夫虽亡，虽不足恋，贫不足存，而其身犹不可再嫁。夫日事夫不可以二，固也。而幽居不答，终风且暴，又岂理之平哉？夫妇之际，以他人之制，为终身之偿。稍一违之，罪大恶极。乌乎！是亦可谓束于礼而失其和矣！

但是，这些开明的立论，毕竟是空谷中的足音，史乘中的残酷记录稍一披览，一件件极不人道的故事，立刻出现在眼前。同治七年（1868）的《旌表事实姓氏录》（采访局印行）洋洋八册，只不过是江苏九个县的贞节名册，就足以使我们震骇了！光绪以后，虽然没出过这类巨帙，但从笔记和实录中，还可以看到不少的鸿爪遗痕。

在《清会典》风教门里,我们可以看到清政府对贞女节妇旌表的典范;在台南赤崁楼的碑石上,我们可以看到乾隆十一年(1746)贞烈坊的样本。从这些典章和实物上,我们知道,光绪朝的一切旌表事实,都是"师承有自"的,都是有所本的,在观念上有了这种背景,我们就可以正式探讨本题了:

李慈铭《桃花圣解盦日记》(丙集二第 19 页)光绪元年(1875)记道:

近来妇女之以刲股旌者,累日有书,偻指难尽。盖格令之外,请必见从。闺阃之中,事无左证。职彤管者,疲于铅椠也!

从这段记载里,可以略窥当时节妇之多!

下面从《大清德宗景皇帝实录》里,酌辑此类史料,排比如下:

一、卷三百三十五,光绪二十年(1894)甲午二月:

旌表骂贼捐躯烈妇安徽涡阳县袁旭占妻邓氏;过门守制贞女直隶清苑县监生李均聘妻钱氏;节妇大城县民李柏龄妻陈氏。(第 16a 页)

二、卷三百三十九,光绪二十年(1894)甲午四月:

旌表过门守贞安徽桐城县张宗翰未婚妻章氏。(第 6a 页)

三、卷三百四十四,光绪二十年(1894)甲午秋七月:

以贼至投井,旌表新疆阜康县济木萨烈妇郭韩氏,及二女,如例。(第10a页)

四、卷三百五十三,光绪二十年(1894)甲午十一月:

旌表仰药殉夫烈妇山东荣成县候选通判于建基妻梁氏。(第8a页)

五、卷三百五十七,光绪二十年(1894)甲午十二月:

旌表未婚守志江苏江阴县候选巡检夏诒植聘妻陆氏。(第3a页)

六、卷三百六十,光绪二十一年(1895)乙未正月:

以捐设义学并建桥梁,予贵州思南府节妇杨周氏建坊。(第3b—4a页)

七、卷三百七十,光绪二十一年(1895)乙未六月:

以捐助学田经费,予四川罗江县文生何自兴为其父母;暨雅安县孀妇余氏,各建坊。(第17b页)

八、卷三百七十四,光绪二十一年(1895)乙未八月:

以捐宅作节孝祠,并筹祭费,予四川郫县节妇彭郑氏为其故翁姑

建坊。（第 5b 页）

九、卷三百七十五，光绪二十一年（1895）乙未八月：

追予各省阵亡殉难官绅署安徽寿春营外委傅沛霖等，士民湖北汉阳团长哈清源等，妇女陕西白水县文童吴凌云妻节妇马氏等，共一千一百二十一员名口，分别旌恤，并建祠建坊如例。（第 5a 页）

十、卷三百八十二，光绪二十一年（1895）乙未十二月：

予临阵伤亡陕西副将唐焕文优恤；妻符氏恸夫殉节，并予旌表。（第 14a 页）

十一、卷同上：

追予各省阵亡殉难官绅妇女等一千一百二十二员名口，分别旌恤如例。（第 16a 页）

十二、卷同上：

以临难抗节，予奉天复州文童王圣德；暨民人徐广升妻王氏，旌表。（第 18b 页）

十三、卷同上：

追于陕西阵亡殉难官绅妇女等一百六十二员名口,分别旌恤如例。(第21b页)

这些记录,没有一条不是"殁世而名不彰"的记录,望门寡也好、殉节也罢,这些可怜女子的一片痴心,只能"彰"了一下她们丈夫或未婚夫的名字,而她们自己那些"芳名",却和她们的痴心一样,起掷诸虚牝了!

1962年1月15日夜11时半动手写

七小时写毕,在碧潭山楼

参考文献及实物:

一、俞樾:《右台仙馆笔记》(春在堂全书本)。

二、宋恕:《六斋卑议》(敬卿楼丛书本)。

三、严复译:《法意》(严译名著丛刊本)。

四、《旌表事实姓氏录》(同治七年十二月采访局印行)。

五、《清会典》。

六、台南赤崁楼藏蔡偕娘贞烈坊(乾隆十一年十一月奉旨旌表故处士张金生妻蔡氏,丙寅季秋谷旦立)。

七、李慈铭:《桃花圣解盦日记》(丙集)。

八、《大清德宗景皇帝实录》。

从高玉树为儿子"冥婚"看中国两面文化

5月29日中午,台北市长高玉树先生的大少爷高成器,在山仔后别墅,突然跟吴家大小姐吴纯纯双双服毒,从容自杀。出事以后,高玉树先生和女方家长们"悲喜交集"——在丧事中加办了一桩喜事,为这两位青年人补办一场婚礼。消息传出,大家只注意这个事件的新闻意义,但它的历史意义,却看不见有谁提出来。

"冥婚"有历史意义吗?有的,不但有,并且源远流长。中国历史上最有名的"冥婚"事件,是在公元208年——一千七百六十年前的曹冲冥婚。曹冲是曹操的小儿子,是个神童。当时孙权送来一头大象,曹操要知道有多重,谁也没办法,亏得曹冲想出了刻舟求"重"的主意,才算把问题解决。曹冲的主意,其实与希腊科学家阿基米德(Archimedes)称皇冠方法同出一辙,他若早生四百多年,并且生在希腊,一定前途大有可为。可惜他生在一个权力起伏的世家里。他死的时候,他的哥哥曹丕(后来的魏文帝)劝他爸爸不要难过,曹操讽刺说:"此我之不幸而汝曹之幸也!"原来曹操太爱这个小神童,曾打算叫他代他哥哥接棒。

曹冲死的时候只有十三岁,曹操难过极了,认为这小孩连婚都没结就死了,太说不过去了,因此打主意替他来一次"冥婚"。正好邴原有一个女儿早死了,曹操找到很重义气的邴原,要把两个孩子"合葬",不料邴原却不买账,邴原说:

> 原之所以自容于明公，公之所以待原者，以能守训典而不易也！若听明公之命，则是凡庸也！明公焉以为哉？

你不能不佩服曹操是很有度量的人，他碰了手下人的钉子，并不生气，可是也不泄气，他还是要给儿子讨媳妇，他并不要守什么训典而不易，他终于找到了一位甄家的女孩儿，跟他心爱的曹冲，来了一次合葬。

故事说完了，让我们来看看理论。

邴原为什么拒绝曹操呢？他的理论根据冥婚合葬不合于"训典"，他所指的"训典"，显然是指《周礼》这部经书而言。在《周礼》的"地官"媒氏一节，有这样的话：

> 禁迁葬者与嫁殇者。

再按注解，"迁葬"是指"生时非夫妇，死而迁葬之，使相从"；"嫁殇"是指"十九以下未嫁而死者"，"谓嫁死人也"。两者统而言之，都是冥婚合葬。而这种冥婚合葬，不管死者成年没成年，按诸传统经典，都是违背的，在中国"正宗"思想中，对这些是完完全全明明白白禁止的。

从反面角度推测，中国经典中对冥婚的禁止，正暴露了冥婚的流行。《周礼》这部书，专家结论是战国的作品，所以，书中禁止冥婚的话，足以反证当时这一现象的普遍。前面所引《三国志》中曹操的例子，显然曹操是有所本的，只不过他本的，是民俗中的传统文化，而不是经典中的传统文化。

曹冲的冥婚是中国史中第一件最有名的冥婚,在曹冲以后,历朝各代都不乏显例,换句话说,历朝各代都不乏违背经典的人出来,主持仪式,大结其鬼婚。例如在《大隋左武卫大将军吴公李氏女墓志》碑文中,就有这样的话:

女郎姓尉字富娘,河南洛阳人。……以大业十一年(公元615)五月十三日,终于京师京宅,春秋以十有八。……母氏痛盛年之无匹,悲处女之未笄,虽在幽媾,婚归于李氏,共率无爽,同穴在斯。

这是曹冲死后四百多年的例子。

到了唐朝,冥婚仍旧流行,甚至流行到皇家。《旧唐书·懿德太子传》:

中宗即位,追赠太子,谥曰懿德,陪葬乾陵。仍为聘国子监丞裴粹亡女为冥婚,与之合葬。

这是前面那位尉富娘小姐死了出嫁后90年的事。

在唐朝,有冥婚不稀奇,稀奇的是还有冥婚后的离婚。唐朝的韦后为她弟弟与萧至忠的女儿结了冥婚,合葬以后——

及韦氏败,至忠发墓,持其女柩归。

老泰山做了盗墓人,你说怪不怪?

唐朝冥婚流行的程度，不但见之于实事，并且载之于小说。戴君孚《广异记》中，就有这种"倩女幽魂"式的故事，可见这类思想早已深入民间。

在宋朝文献中，更可看到冥婚的细节。康誉之《昨梦录》一书里，这方面记载最多。元朝以后的冥婚，从《马可波罗行纪》，直到清朝孙樗的《余墨偶谈》、凌扬藻的《蠡勺论》等，都有不少材料，我不再多举了。

民国以来，冥婚的风俗也相沿不衰。我举民国十二年（1923）《中国民事习惯大全》第四编"冥婚之习惯"里的两段，以见一斑：

"娶鬼妻"（河南河北等处习惯），豫西河北等处，凡子未婚而故，往往择别姓字而殇之女，结为冥婚。俗谓之"娶鬼妻"，又曰"配骨"，以结婚后往往合葬也。

"冥配"（浙江平湖县习惯），平湖县，上中下三等社会，凡子弟未婚夭亡，类多择一门户相当，年龄相若之亡女，为之定婚，迎接木主过门，礼节如生人嫁娶，名曰"冥配"。盖以不如是，则灵魂将无所依归，不能入祠祭祀，且不能立后，一经冥配，即取得被继承人之资格，得为之立后也。

至于台湾，冥婚的风俗，也和大陆各地一样，除流行死人与死人结婚外，还有活人跟死人结婚的风俗。最有名的前例，是丘念台先生的父亲丘逢甲先生跟林家小姐的冥婚（详情见1965年11月22日《新生报》丘秀芷的"我的家族中，有关人鬼联姻的故事"），关于这方面的研究，有林瑞芳的《台湾冥婚制与记事》最为生动，这篇文章，收在娄子匡编的《婚姻大事》一书里。

高市长为他儿子的"冥婚",轰动了整个台湾。很多人为之长吁短叹,却很少有人为之左思右想——想这件事在历史上的意义。因此,我"引经据典"地讨论它一番。"冥婚"虽然也是中国文化中的传统"巨流",可是它却一直"藐视"传统文化中的经典部分,于是,形成了中国文化的两个面。这两个面谁是谁非,就留给大家去争个面红耳赤吧!

1968年6月13日

中国民族"性"

世界上,任何专家都犯一个毛病,就是自己这一行最重要,人类没有他这一行,就完了。事实上,他这一行虽非不重要,但没重要到他所说的那种程度、那种比例。但专家绝对不肯这样想,他只肯吹牛,不知道他在牛角尖里。

历史家也是专家,也自不例外。但历史这一行纵面横面比较宽,见识多一点。所以,历史家吹牛的时候,位置从牛角尖朝下移,在牛角里。

中国历史家的专家作品很可怜,他们穷毕生之力,写的东西,竟大都是"相斫书"、是"帝王家谱"、是"统治者起居注",却不是民族的活动史。换句话说,这种专家的毛病,横批八字可尽——眼有牛角,目无全牛。

历史本是全牛,专家既无法看这么全,只好视而不见,只看他们牛角里的。所以,在他们的作品中,他们只会唯来唯去,"唯物史观"也、"唯心史观"也、"唯帝王将相史观"也……唯个没完。一不唯,他们就泄了气。但一唯,就会过分扩大了他唯的,缩小或根本抹杀了他不唯的,结果牛是吹了,历史真相却还坐牛车。

我愿举一个没有被唯的例子,一段根本被抹杀了的历史。

在《易经》的《序卦传》里,有这样一段话:

有天地，然后有万物；

有万物，然后有男女；

有男女，然后有夫妇；

有夫妇，然后有父子；

有父子，然后有君臣；

有君臣，然后有上下；

有上下，然后礼义有所错（措）。

这是一篇很简单的演绎，从"条件述辞"（conditional statement）中，我们可以知道，"男女"一项，在我们老祖宗的眼睛里，究竟占着怎样重要的地位——它是"天地""万物"以下，最被我们老祖宗重视的一环。它的地位，不但远在"父子""君臣""上下""礼义"之上，甚至还是产生这些抽象名词的必要条件。

在同一部《易经》的《系辞》下传里，又有一段看来跟上段有点矛盾的文字，简直把"男女"的地位，超过"万物"以上去了。原文是：

天地絪缊，万物化醇；

男女构精，万物化生。

这又明明是说，"男女"的"构精"，构成了"万物"的"化生"。"天地"虽像麻缕（絪）棉絮（缊）般附着在一起，可是"万物"在这种附着的状态下，只是醇醇重重的而已，并不能化而为一种生命体。只有在"男女构精"的条件下，才能把"万物"赋予生命。

这种对"男女"关系的热烈颂赞,是我们两千多年前,老祖宗的真知灼见,也是见诸文书记载的最早史料。

除了这种文书的记载以外,还有更早的,那是实物的遗留。这种实物,最足以表示我们老祖宗的早期性观念是一个什么样子,在陈仁涛的《金匮论古初集》(第6页,图初一、〇九)里,我们可以看到老祖宗们什么什么崇拜(phallicism)的图片,那是在河南安阳侯家庄发现的"石男根"——一条上面刻着三角绳纹饕餮的、青铜文化风格的石做男人生殖器。看过以后,我们可以恍然大悟:我们这个"礼仪之邦"的民族,和世界上许许多多的民族一样,也不例外地崇拜过这个玩意儿,甚至崇拜得别有天地呢!

文书的记载和实物的证据,都证明了老祖宗们对"男女"问题早有认识,并且这种认识,从某些角度看来,甚至比今天的某些人还来得开明正确。至少老祖宗们没有把"男女"之事看作卑恶不洁。相反,他们要把"男女"捧在"父子""君臣"之上,敬重膜拜,顶礼有加!

古史中,最能代表性观念开通的例子,莫过于《战国策·韩策》中,秦国宣太后的一段话。宣太后对韩国来求救的使臣尚靳说:

妾事先王也,先王以其髀加妾之身,妾困不支也;尽置其身妾之上,而妾弗重也。何也?以其少有利焉。今佐韩,兵不众粮不多,则不足以救韩。夫救韩之危,日费千金,独不可使妾少有利焉?

这段对外国大臣现身说法,公开描写性交姿势的文字,不了解当时性观念的开通程度,自然看了要大惊小怪。无怪乎清朝的王士禛,在他

的《池北偶谈》卷二十一《谈异》里,在"秦宣太后晏子语"条下,要叹气说:

> 此等淫亵语,出于妇人之口,入于使者之耳,载于国史之笔,皆大奇!

其实,若了解当时性观念开通的程度,这是毫不足奇的。

又如《左传·宣公九年》这段记载:

> 陈灵公与孔宁、仪行父,(皆)通于夏姬。皆衷其相服,以戏于朝。(按:此处在《榖梁传》中记为"或衣其衣,或衷其襦",以相戏于朝)泄冶谏曰:"公卿宣淫,民无效焉。且闻不令,君其纳之。"公曰:"吾能改矣!"公告二子,二子请杀之。公弗禁,遂杀泄冶。

这种不分君臣,一块儿把大家共有的情妇的内衣,在庙堂上相互炫耀、大开玩笑的做法,不但呈露了"礼仪之邦""守礼谨严"的真相,并且十足反证了当时性观念开通的程度。

性观念的开通,原本是一种动物性的自然现象的流变,我们的老祖宗本来是"洒脱"得很的。他们当时缺乏下列这一套观念:

一、他们缺乏性的嫉妒的观念。

二、他们缺乏贞操观念。

三、他们缺乏羞耻观念。

四、他们缺乏亲父子的观念。

五、他们缺乏"罗曼蒂克恋爱"(romantic love)观念。

这五项重要的特征，我们在古代的文书和实物里，可以找到许多证据。这些证据，可以为我们描绘出一种景象——一种性开放的景象。

在这种性开放的景象里，我们可以看到老祖宗们如何在生殖器崇拜、如何重视阴阳的理论、如何公然宣淫、如何"男女杂游、不媒不聘"、如何血族相奸、如何私通野合、如何写《素女经》《洞玄子》、如何因"性"的因素等成为中国历史的重要一环，并且影响到部分中国民族的历史。

仔细研究中国民族的历史，会令人惊讶地发现，性的因素直接影响了历史、改写了历史的，例证又多，又层出不穷。夏桀是以"荧惑女宠"妹喜亡了国的，商纣是以"荧惑女宠"妲己亡了国的，性的原因使人亡国，不能说不重要。赵婴的私通，引出赵氏孤儿；齐庄公的私通，引出臣弑其君，性的原因造成政变，不能说不重要。吕不韦的奇货可居，祸延秦皇显考；吕后的人彘奇妒，祸延刘家命脉；唐高宗的倒扒一灰，祸延武后临朝；杨贵妃的顺水人情，祸延安史之乱，性的原因闹出君权争夺，不能说不重要。白登的美女图片，可以使匈奴不打汉家；汉家的美女自卑，可以使汉家要打匈奴；昭君出塞，香妃入关，——都牵动战争和平大计，性的原因，不能说不重要。齐襄公乱伦，出来了毋忘在莒；陈后主好色，出来了井底游魂；慕容熙的跣步送亡妻，出来了回不去；花蕊夫人的被劫入宫，出来了送子张仙；咸丰的天地一家春，出来了祸国殃民47年的西太后……

这样随手写来，好像大可"唯性史观"一下了。其实我并不这样想。作为一个"非唯主义者"，我不承认"唯性史观"可用来解释所有的历史现象，如同我不承认"唯物史观"或"唯心史观"或"唯什么什么史观"可用来解释所有的历史现象一样。因此,我看这类事,也只是就中国历史现象中,可从"性"的观点来观察的为限。有均衡感的人,当然该知道,除了这种性的观点与对象的历史以外,还有许许多多"性以外的"丢人历史和光辉历史。

在中国许多"肯定'性'的"(pro-sexual)历史现象以外,另有一种"反对'性'的"(anti-sexual)历史现象,这种现象的表现是对"性"的规律、约束、乃至压抑。它的发生,约有四种原因:

一、对"性"生神秘与恐惧:老祖宗们缺乏生产知识,他们对异性相交而产生的结果,感到神秘,也感到恐惧。

二、对"性"的疲乏:"性的疲乏"(sexual fatigue)是由性满足后或过度后而生的现象,这种现象,很容易导致一种反动——对性感到憎恶或厌倦,走向节欲或弃世绝欲的信仰。

三、嫉妒心和占有心:在古代,女人只是男人财产的一部分。由于对产业的占有心,引发嫉妒心,再配合家庭、子女等观念,慢慢建构出许许多多规律、约束,乃至压抑"性"的理论。

四、精神因素:由于有人不能满足现状,要寻求精神上的慰藉来弥补尘世上的空虚,因而有"禁欲主义"(asceticism)或类似禁欲主义的思想产生。于是,不得不宣扬"性"的罪状,夸大或栽诬有关"性"的一切。

上面四种原因,构成了"反对'性'的"条件,因而老祖宗们开始说明什么是"唯禽兽无礼,故父子聚麀"了,什么是"防隔内外,禁止淫佚"了,什么是"妇道""女诫"了,什么是"男女不通衣裳"了,什么是"富贵不能淫"了,什么是"坐怀不乱""秉烛通宵"了,什么是"去势""幽闭"了,什么是"绝房事"的好处了……

这些"反对'性'的"历史现象，跟前面所说的"肯定'性'的"历史现象一样，同样成为中国历史的重要一环，并且也影响到中华民族的历史。

从历史角度来看，中国历史上，"反对'性'的"现象，至少在表面上占了上风，所以规律、约束、乃至压抑"性"的理论与事实，总是层出不穷。而经典、政府、理学、教条、迷信、教育、舆论等所层层使出来的劲儿，大都是在"解淫剂"（antiaphrodisiacs）上面下功夫，在这种层层"解淫"之下，善于掩耳盗铃的人们，总以为"没有'性'的问题""中国是礼仪之邦"！流风所及，一涉到"性"的问题，大家就立刻摆下面孔，道貌岸然地缄口不言，或声色俱厉地发出道德的谴责。因此，"性"的问题，终于沦为一个"地下的"问题。这样重大的问题，居然一千年不见天日，怎么能不发霉呢？

我们的历史书，传统写法总是一派忠贞、英烈、圣贤、豪杰的历史，搭配上贰臣、叛逆、奸佞、巧宦的活动，交织成历来的众生相。但是，受过现代方法训练的人，他们不能承认这种"春秋之笔""忠奸之判"能够解释整个历史现象，也不承认单靠一些相杀相砍的政治史、耀武扬威的军事史、仁义道德的思想史、四通八达的交通史等就能了解过去。有现代方法训练的人，他们尝试用新的方向和角度、新的辅助科学（像性心理学、行为病理学、记号学、行为科学、团体动力学、统计学等）来解释历史现象，来从夹缝中透视历史。在这种新的方法的光照之下，以前所视为神奇的，如今可能化为朽腐了；过去所看作朽腐的，现在可能又化为神奇了；过去当作不重要的或忽视的，现在我们要"无隐之不搜"了；过去当作不能登大雅之堂的，现在我们不再"见笑于大方之家"了。

有了上面所说的种种认识,我们必然发现:"性"在中国历史上,是一个何等被有意忽略的大题目!我们必然关切:我们老祖宗们的"性"生活,到底是一个什么样子?他们的"性"行为,怎样成为中国历史上重要的一环?我们必然提出:"性"的因素,对中华民族的部分历史,究竟影响到什么程度?

能够满足这些声音的,很显然,起码是心理学家和历史学家的责任。但是,事实上,我们的心理学家和历史学家始终在"回避"(?)这个重大的研究主题,我们不能在这个主题上做一次"科际整合"的示范,也不能在乌烟瘴气的"性"的暗流里做一次学理的澄清,为小百姓和大官人做点指点迷津的依据……这些因"回避"而生的缺憾,十足证明了我们在真理面前的萎缩,证明了我们在寻求真理上面的无能和胆怯。

这篇文字的用意,是尝试用现代的方法,提出一些确定的解释和"解释草案"(explanation sketch),求出历史上中国人"性"生活的真相和可能的真相,至少我提供的,是一种可供讨论的合理怀疑,也许值得专家和学者的评判。

在现代方法的妙用下,历史万象虽多,其实不乏理路可寻。例如真的专家,一眼就可以看出《易经》中的"咸卦"等卦是描写性交姿势的;《诗经》中《褰裳》里说的"且"字是男人生殖器;《周礼》中《地官》里"令会男女""奔者不禁"的话是一种"交配季"(mating season)、一种"节期杂交"(feast promiscuity);《老子》中的"元牝"是女人生殖器;《论语》中孔夫子骂女人是因为他离过婚;伶玄《赵飞燕外传》中的汉成帝有"足恋",常璩《华阳国志》中的关云长背离曹操是因为他吃醋;徐应秋《玉芝堂谈荟》中"女子男饰"里的六朝女子娄逞是性戾换；柳宗元《柳河东集》中《河间传》是写唐朝一个女人的花旋风；徐士鸾的《宋艳》中《残暴》里记宋朝的王继勋是一种虐恋（虐待狂）；陶宗仪《辍耕录》中《奇遇》一篇是写元朝人性爱的白日梦；明朝张岱《琅嬛文集》中《鲁云谷传》是描写洁癖；清朝薛福成《庸盦笔记》中《入相奇缘》里写和珅"对影谈笑"是一种影恋……所有的大量历史文化，都禁不得真正专家的一双法眼，用这种法眼来"复兴中华文化"，才够资格，否则只是口号。

人能感动蝙蝠论

研究中国人想什么、怎么想，一定得注意中国人怎样想什么。中国人有时候会发伟大的奇想，这种伟大的奇想，想入非非，使人怎么也想不透人为什么要这样想、能这样想，这样想又何苦来。

中国人怎样想什么，七想八想，其中妙的很多。最妙的一则是，中国人相信"人事感天"，相信自然现象有时是受了人的感动而生，感动到火候十足的时候，可以"惊天地、泣鬼神"，可以"天雨粟、乌白头"，可以"天地含悲、风云动色"。

别以为这是中国民间愚夫愚妇的迷信、别以为这是我开玩笑，中国的第一流知识分子，的的确确把这种怎样想什么，郑重其事地认真处理。我举一代大儒顾炎武为例。顾炎武在《日知录》中有一篇"人事感天"就公然胡扯如下：

易传言先天后天。考之史书所载，人事动于下，而天象变于上，有验于顷刻之间，而不容迟者。宋武帝欲受晋禅，乃集朝臣宴饮。日晚坐散，中书令傅亮叩扉入见，请还都谋禅代之事。及出，已夜，见长星竟天。拊髀叹曰："我常不信天文，今始验矣！"隋文帝立晋王广为皇太子，其夜烈风大雪，地震山崩，民舍多坏，压死者百余口。唐玄宗为临淄王，将诛韦氏，与刘幽求等微服入苑中。向二鼓，天星散落如雪。幽求曰："天道如此，时不可失。"文宗以右军中尉王守澄之言召郑注，对于浴堂门。是夜彗出东方，长三尺。然则荆轲为燕太子丹谋刺秦王，而白虹贯日；卫先生为秦昭画长平之事，而太白食昴。固理之所有。孟子言气壹则动志，其此之谓与？

这就是第一流知识分子满纸荒唐言的第一号证据。

其实不怪顾炎武，顾炎武只不过师承前代那些大儒和大理论。前代那些大儒和大理论认为"人事感人"，所谓"天"，从广义解释，上自老天爷，下至一头猪，都无一不可以感动、无一不受人的"掌风"。

最早的感动文献是《易经》。《易经》里"中孚"卦说：

豚鱼吉

意思是说，人类的诚信所及，哪怕像猪那样蠢的、像鱼那样冷血的，都可以一一感化，这种感化，有专门成语，叫"信及豚鱼"。

既然猪也可以、鱼也可以，理论上，什么动物都应有"同感"。于是，感动的范围就扩大到无所不包。于是，就出来鼎鼎大名的《祭鳄鱼文》。

唐朝的韩愈到潮州，看到鳄鱼为患，他居然写了一篇《祭鳄鱼文》，给鳄鱼一只羊一只猪，要鳄鱼搬家，"其率尔丑类，南徙于海"！如果"冥顽不灵"，人类就要把你们杀光，你们不要后悔啊！据说鳄鱼看了他的文章，就都搬走了。这篇千古妙文，《古文观止》就有，实在值得一读再读：

维年月日，潮州刺史韩愈，使军事衙推秦济，以羊一猪一，投恶溪之潭水，以与鳄鱼食，而告之曰："昔先王既有天下，烈山泽，罔绳擉刃，以除虫蛇恶物为民害者，驱而出之四海之外。及后王德薄，不能远有，则江汉之间，尚皆弃之，以与蛮夷楚越。况潮岭海之间，去京师万里哉？鳄鱼之涵淹卵育于此，亦固其所。今天子嗣唐位，神圣慈武；四海之外，六合之内，皆抚而有之。况禹迹所揜，扬州之近地，刺史县令之所治，出贡赋以供天地宗庙百神之祀之壤者哉？鳄鱼其不可与刺史杂处此土也！刺史受天子命，守此土，治此民；而鳄鱼睅然不安溪潭，据处食民畜、熊、豕、鹿、獐，以肥其身，以种其子孙，与刺史抗拒，争为长雄。刺史虽驽弱，亦安肯为鳄鱼低首下心，伈伈睍睍，为民吏羞，以偷活于此邪？且承天子之命而来为吏，固其势不得不与鳄鱼辨。鳄鱼有知，其听刺史言：潮之州，大海在其南，鲸鹏之大，虾蟹之细，无不容归，以生以食。鳄鱼朝发而夕至也。今与鳄鱼约：尽三日，其率丑类南徙于海，以避天子之命吏。三日不能，至五日；五日不能，至七日；七日不能，是终不肯徙也，是不有刺史听从其言也。不然，则是鳄鱼冥顽不灵，刺史虽有言，不闻不知也。夫傲天子之命吏，不听其言，不徙以避之。与冥顽不灵而为民物害者，皆可杀。刺史则选材技吏民，操强弓毒矢，以与鳄鱼从事，必尽杀乃止。其无悔！"

大家读了《古文观止》，以为韩愈的神通只在写这篇文章，就错了。韩愈还有别的神通呢！别的神通，一看张读写的《宣室志》便知。张读《宣室志》里记泉州南面有山潭，"中有蛟螭，尝为人患"。有一天，山崩了，山石填塞潭水，水流出来，其中有蛟螭的血。"而石壁之上，有凿成文字十九言，字势甚古，郡中士庶无能知者。"后来这十九个字给韩愈看到了，他认出是"诏赤黑视之鲤鱼天公卑杀牛人壬癸神书急急"，字体是"蝌蚪篆书"，"详究其义，似上帝责蛟螭之辞令，戮其害也"。这个故事，表示了不但韩愈能够同鳄鱼说话、谈判、写文章，甚至老天爷也和他同感，不但对鳄鱼的水友蛟说话、谈判、发命令，还让韩愈夹在其中，做了翻译官。

这篇文章，写到这里，题目应该是《人能感动鳄鱼论》，可是我害怕，不敢这样写。因为前一阵子，刚发生了"诽韩案"，韩愈的后人（？）到法庭控告写文章批评韩愈的人，而妙不可言的法官大人，居然判了被告的罪。这是典型的一场文字狱。我李敖刚坐完了"叛乱罪"的大牢，黑狱亡魂，浩劫余生，实在不敢惹韩愈（和他的鳄鱼），只好另想题目。

幸亏我学富五车，居然被我找到好题目，叫作《人能感动蝙蝠论》。为什么又来了蝙蝠呢？请看明朝柳应聘的大文便知。

柳应聘在《先师庙驱蝠记》大作里说，一座孔庙里，因为有容乃大，结果容来了许多蝙蝠，"丑类实繁，无虑千百，岁月滋久，势不可驱"。大家"咸为积愤，而无如之何也"！于是有"学政詹先生"来，十天斋戒，"又遣投蝠以食，而誓之一似昌黎（韩愈）谕鳄之旨"。于是，蝙蝠飞走了。还有个"学正黄先生"，也在这类庙中学韩愈方法，"以文谕之"，蝙蝠看了他的文章，也统统飞走了。

柳应聘这篇驱蝠记中，对这种行为，提出"人能感动动物论"。他拿蝙蝠飞走事件，跟"徙鳄之功"比较：

虽显微巨细，事有不伦，然精诚所通，有感斯应。则旷百世而同符也！所谓诚能动物，而信及豚鱼者，非耶？

他认为这种现象，一点也不是偶然的，他说：

夫气盛者化神而绩异者传永，盖自古志之矣！故鲁公作宰，而蝗避；刘昆出牧，而虎渡；韩退之在谪籍，而鳄徙，虽时异事殊，而精诚之极，感通无间，其致一也。则其所以实着当时，而声流后世者，岂偶然之故哉！

看了这种妙论，再回头核对"旷百世而同符"的《祭鳄鱼文》，那篇文章，一再声声呼唤鳄鱼的芳名，同它交谈，一次与它约定，三次要它听话。全篇又讲理、又讲情、又哄、又劝、又贿赂、又骂、又挖苦、又威胁。韩愈费了那么大的劲儿，前提当然是基于"鳄鱼有知"，可以看懂他的大文章，可以晓以大义。这种由于动物有知，与人文相通，人的精诚，自然可以和它们"感通无间"，可以"有感斯应"，最后自然构成了"人能感动动物论"。

在韩愈小的时候，一个"人能感动动物论"的先进冯希乐，一天，去拜访县太爷。县太爷请他吃饭，酒席上，冯希乐拍县太爷马屁，说你太伟大了，你"仁风所感，虎狼出境"！县太爷听了，很高兴。正在这时候，有小的跑来报告，说不得了了，昨天晚上有老虎吃了人了！县太爷一急，转过头来质问冯希乐："你不说'仁风所感，虎狼出境'了吗？"冯希乐不慌不忙，回县太爷的话，他说："我们县里虎狼是出境了。这头老虎，一定是别的县里过路的！"

1979 年 5 月 14 日三小时写成

人能感动老虎论

校对《人能感动蝙蝠论》的时候,意犹未尽,再写一篇。

中国书中,关于这类记录极多。大体上说,这都是一种"动物泛灵信仰"(Zoological animism)的流变。鳄鱼问题并不是韩愈以后就完了,照《欧阳文忠集》的说法,好像鳄鱼又回国了。欧阳修《陈文惠神道碑》说:

潮州恶溪,鳄鱼食人不可近。公命捕得,伐鼓于市,以文告而僇之,鳄患屏息。潮人叹曰:昔韩公谕之而听,今公戮之而惧。所为虽异,其能动异物丑类,革化而利人,一也。

足证韩老一死,鳄老又率其丑类,北归中国了。欧阳修笔下的陈文惠就是陈尧佐,他在潮州,也写过大作《戮鳄鱼文》:

己亥岁,予于潮州,作昌黎先生祠堂,作招韩词,载鳄鱼事以旌之。明年夏,郡之境上,地曰万江,村曰硫磺,张氏之子,年甫十六,与其母濯于江涘,为鳄鱼尾去。其母号之勿能,披乎中流,则食之无余。予闻而伤之,命郡邑李公,将郡吏往捕之。前后力之者,凡百夫,曳之而出。缄其吻,械其足,槛以巨舟,顺流而至。

从内容看，全篇一律动武，我奇怪为什么欧阳修硬要说"以文告而戮之"？大概鳄鱼留学方归，不好不意思一下。

还是手里有刀的人比较聪明，《清史稿》列传第一百零八曹孝先传里，记有乾隆皇帝一段话说：

蝗害稼，唯实力捕治，此人事所可尽。若假文词以期感格，如韩愈祭鳄鱼，鳄鱼远徙与否，究亦无稽。

真比文人"天纵英明"得多了！

我写了半天《人能感动鳄鱼论》《人能感动蝙蝠论》，却忘了写《人能感动老虎论》，现在补写如下：

《后汉书·童恢传》，记循吏童恢做地方官的时候——

民尝为虎所害。乃设槛捕之，生获二虎。恢闻而出咒虎曰："天生万物，唯人为贵，虎狼当食六畜，而残暴于人，王法：杀人者死；伤人则论法。汝若是杀人者，当垂头伏罪；自知非者，当号呼称冤。"一虎低头闭目，状如震惧，即时杀之；其一视恢鸣吼，踊跃自奋，遂令放释。吏人为之歌颂。

这次比较简单，没写文章，只是对老虎用嘴巴"晓以大义"而已，结果一虎不能马虎过关，一虎竟得人口余生，公正廉明，一样不少，真好！

这种人虎恩仇记，主角只是童恢和两只老虎吗？才不呢，多得很呢！

一、《后汉书·宋均传》:"虎相与东渡江。"

二、《南史·杜慧度传》:"猛兽伏,不敢起。"

三、《南史·孙谦传》:"先是郡多猛兽为暴,谦至,绝迹。"

四、《南史·傅昭传》:"郡多猛兽,常设陷阱,昭命去陷阱,猛兽竟不为害。"

五、《南史·萧晔传》:"旧多猛兽为暴。晔为政六年,此暴遂息。"

六、《南史·萧象传》:"旧多猛兽为暴,及象任州日,四猛兽死于郭外,自是宁息。"

七、《唐书·李绅传》:"霍山多虎,撷茶者病之。治机阱,发民迹射,不能止。绅至,尽去之,虎下为暴。"

八、《明史·胡俨传》:"县有虎伤人,俨斋沐告于神,虎遁去。"

九、《明史·张骨传》:"有寡妇止一人,为虎所噬,诉于曷。曷于妇期五日,及斋戒告城隍神。及期,二虎伏廷下。曷叱曰:'孰伤吾民?于法当死。无罪者去。'一虎起,敛尾去;一虎伏不动,曷射杀之。"

一〇、《明史·谢子襄传》:"郡有虎患,岁又旱蝗。祷于神,大雨二日,蝗尽死,虎亦遁去。"

够了,够了。

以上所写,都限于一般人(文人、循吏等)对动物的感动,其中我有意做了一个重大的遗漏——不含孝子在内。为什么?因为一扯上孝子,这种文章再也做不完了。中国历史上,孝子和动物的关系,极为错综复杂,从虞舜孝感动天,使"象为之耕,鸟为之耘"起,"涌泉跃鲤"也、"负土成坟"也、"虎即避去"也、"猛兽下道"也、"豺狼绝迹"也、"群雁俱集"也、"慈乌衔土"也、"双鹤来下"也、"鸟亦悲鸣"也、"犬乳邻猫"也、"祷河得鳜"也、"水獭献鱼"也……怎么写也写不完。换言之，每个孝子都可以开个动物园，他所感动的，又岂是蝙蝠、老虎而已！所以，我声明在先，不含孝子在内。孝子一来，只有写书，不能写文章了。

1979 年 5 月 24 日一小时完工

鼓声咚咚的中国之音

鼓是人类最早的乐器。从埃及到亚述、从印度到波斯，到处都有鼓的存在。世界各文化区，鼓的出现是不谋而合的。像西欧、英国那样，连鼓的出现都要仰仗外来的那种情形，实在少有。西欧、英国的鼓，是罗马传过去的。

中国的鼓，远在有文字以前就出现了。① 随着文化的进步，鼓的演变，也愈来愈复杂。开始有管鼓、教打鼓的官，叫"鼓人"②，以八面③"雷鼓"祀天神，以六面"灵鼓"助社祭，以四面"路鼓"享宗庙，以及打仗有"鼖鼓"④，做工有"鼛鼓"⑤，前者声音又大又快，可助军威；后者声音又小又慢，有工慢慢做，因为"用民之力，宜缓不宜急"。所以这种鼓，是种磨洋工的鼓。在日食月食的时候，要用"王鼓"，中国古人认为，日食月食都是"阳为阴所胜"，必须由皇帝

---

① 应劭《风俗通》说："谨按易称鼓之雷霆，圣人则之，不知谁所作也。"《黄帝内传》说黄帝伐蚩尤，元女做鼓三十面，当然不可信。
② 《周礼》地官："鼓人，掌教六鼓四金之音声，以节声乐，以和军旅，以正田役，教为鼓而辨其声用。以雷鼓鼓神祀，以灵鼓鼓社祭，以路鼓鼓鬼享，以鼖鼓鼓军事，以鼛鼓鼓役事。……救日，则诏王鼓；大丧，则诏大仆鼓。"
③ 所谓几面，事实上是几个一组的意思。八面就是八个一组。详细讨论见《云麓漫钞》。
④ 鼖念"坟"。
⑤ 鼛念"高"。《周礼》郑锷注说："用民之力，宜缓不宜急。……其声尤缓，故宜用以鼓役事。"

亲自出马，"鼓以救之"。鼓官这时候，看皇帝打，他休息。[1] 照这个标准看，鼓官平时只是代皇帝劳而已，紧要关头，鼓手就是皇帝。鼓声本是一种强烈意愿的传达，这种意愿，当然当权者最多。所以，最早的鼓声，都是替当权者表达意愿的。五代时候，儿皇帝石敬瑭请一个老道来讲经，老道叫张荐明，石敬瑭拜他为师。那时候，已是10世纪，鼓声已经用来表示几点钟。[2] 老道听了鼓声，向石敬瑭说，鼓声虽然只是一种声音，但把许多声音统一起来的，就是它。"夫一，万事之本也。能守一者，可以治天下。"[3] 这就是出家人逢迎儿皇帝的鼓声哲学。

鼓对当权者而言，既然这么密不可分，它就成为一种权威的象征。汉光武皇帝抓起韩歆，"置鼓下，将斩之"[4]。要杀人为什么放在鼓

---

[1] 《周礼》项氏注："日为月胜，故食于朔；月不受日光，故食于望。是皆阳为阴所胜，故鼓以救之，助阳气也。王亲鼓之，鼓人诏之耳。"

[2] 古代人用鼓报时，据《唐书·马周传》："先是京师晨暮传呼以警众，后置鼓代之。俗曰咚咚鼓。"《灵异小录》："马周上言：令金吾每街隅悬鼓，夜击以止行李、备窃盗。时人遂呼为咚咚鼓。"《五代史》司天考："显德元年正月庚寅，有大星坠，有声如雷，牛马皆逸。京城以为晓鼓，皆伐鼓以应之。"宋敏求《春明退朝录》："京师街衢置鼓于小楼之上，以警昏晓。太宗时命张垍制坊名列牌于楼上。按：唐马周始建议置咚咚鼓，唯两京有之。后北都亦有咚咚鼓，是则京师之制也。"但因迷信，有的不打晚上的一道。据《暇日录》："成都不打晚衙鼓，刘仲、张潜夫皆说，云孟蜀多以晚鼓戮人，埋毯场中，故鸣鼓则鬼祟必作。自是承例不打鼓。"

[3] 《五代史·张荐明传》："荐明为道士，晋高祖延入内殿讲道德经，拜以为师。荐明闻宫中奏时鼓，曰：'陛下闻鼓乎？其声一而已。五音十二律，鼓无一焉，然和之者，鼓也。夫一，万事之本也，能守一者，可以治天下。'高祖善之，赐号通元先生。后不知其所终。"

[4] 《后汉书·岑彭传》："光武徇河内韩歆议，欲城守，彭止不听。既而光武至，怀歆迫急，迎降，光武知其谋，大怒，收歆，置鼓下，将斩之。召见彭，彭因进说，光武深纳之。"

下面？鼓声响起和人头落地，是此起彼落的关系啊！

鼓的作用这么大，所以，什么时候击鼓，什么时候不该击，学问很多。传说里大禹治水，叫他太太即涂山氏大小姐送饭，约定一听鼓声，就送来。于是大禹化作一头熊，开始做工。挖石头的时候，不小心一块石头击中了鼓面，涂家大小姐以为打鼓了，送饭过来，见到丈夫竟是熊，一扭就走了。到了嵩山之下，她变成石头，生了大禹的儿子夏启。①夏启是中国君主世袭制的老大，是家天下的祸首，追根究底，天下为公的让贤传统被断送，原来出在那块可恶的石头敲在那张可恶的鼓皮上。

这个是不该击而击，击出了祸；还有该击而不击，也出了祸。春秋宋国、楚国作战，楚军渡河时，人劝宋襄公迎击，他不肯；等楚军登陆了，人又劝他迎击，他还不肯；直等到楚军上岸后，把阵势摆好，他才下令打，结果大败，受伤而死。死前还大讲原则，说："君子打仗，不打受了伤的，不捉头发白的。古人用兵，不占地利险阻便宜。就是亡了国，我也不向没摆好阵势的敌人鸣鼓而攻。"② 中国历史上，有个最能把握击鼓时机的记录：鲁国、齐国之战，齐军一到，鲁庄公就要击鼓，曹刿说别忙。等到齐军击了三次鼓以后，鲁军才击第

---

① 《诚斋杂记》："禹治水，过辗辕山，化为熊。谓涂山氏女曰：'闻鼓声乃来饷。'禹排石，误中鼓，涂山氏往，见禹作熊，惭而去。至嵩山下，化为石，方孕启。"又据《列女传》："启母者，涂山氏长女也。"
② 《左传·僖公二十二年》："宋公及楚人战于泓。宋人既成列，楚人未既济，司马请击之。公曰：'不可。'宋师败绩，国人皆咎公，公曰：'君子不重伤，不禽二毛，古之为军也，不以阻隘也。寡人虽亡国之余，不鼓不成列。'子鱼曰：'君未知战，勍敌之人，隘而不列，天赞我也。阻而鼓之，不可亦乎？犹有惧焉。且三军以利用也，金鼓以声气也，利而用之，阻隘可也；声盛致志，鼓儳可也。'"

一次鼓,最后把齐军打败。曹刿的理论是:"夫战,勇气也。一鼓作气,再而衰,三而竭。"① 齐军已经衰竭时,鲁军才开始一鼓作气,可以占便宜。

在战场上,鼓有鼓舞士气的作用,人人都相信。鼓舞不起来,就表示有了别的毛病。汉朝时候,李陵打匈奴,发现鼓不灵了,他奇怪:"吾士气少衰,而鼓不起者,何也?"他判断部队中有了女人。大搜之下,证明判断正确。② 笑话中女人能使老和尚小和尚纷纷打鼓,却使李陵的军人鼓不起来,真是颠倒众生。难怪女人亲自出马打鼓,仗一打就赢——宋朝韩世忠夫人前京口③ 妓女梁红玉是也。

鼓的用途,除了前面说的祭祀、示威、作战、督工、报时等以外,它在中国,还有一个特殊的作用,就是传达"下面的声音"。

传说在唐尧时候,就设置了"敢谏之鼓"。《路史》上记:

帝尧陶唐氏置敢谏之鼓。

这种敢谏之鼓,表示大臣如果对皇帝有所谏诤,皇帝欢迎。为什么欢迎呢?王起《谏鼓赋》里说:

---

① 《左传·庄公十年》:"齐师伐我,战于长勺。公将鼓之。刿曰:'未可。'齐人三鼓,刿曰:'可矣。'齐师败绩,公将驰之,刿曰:'未可。'下视其辙,登轼而望之,曰:'可矣。'遂逐齐师。既克,公问其故。对曰:'夫战,勇气也。一鼓作气,再而衰,三而竭。彼竭我盈,故克之。夫大国难测也,惧有伏焉,吾视其辙乱,望其旗靡,故逐之。'"
② 《汉书·李陵传》:"陵将步卒五千,出居延,与单于连战。陵曰:'吾士气少衰,而鼓不起者,何也?军中岂有女子乎?'搜得皆剑斩之。"
③ 京口是江苏丹徒。

先王惧五谏之或替，恐四聪之有蔽，爰立鼓于朝，得为邦之制，臣之击也。

这说出了，立敢谏之鼓的目的，就在怕皇帝听不到该听的声音，而变得听觉有遮蔽了。白居易在《敢谏鼓赋》里，把用鼓的原因进一步说明：

大矣哉！唐尧之为盛！鼓者，乐之器；谏者，君之命。鼓因谏设，发为治世之音；谏以鼓来，悬作经邦之柄。

"得为邦之制""经邦之柄"，都说明了这种谏鼓的重要。白居易认为，谏鼓是上下交通的一种管道，它的好处是：

用之于朝，朝无面从之患；行之于国，国无居下之讪。洋洋盈耳，幽赞逆耳之言；坎坎动心，明启沃心之谏。

有了它，大家就可以有话直说，皇帝可以听到逆耳之言，臣下背后的讪谤，也就没有必要了。

唐尧时代到底有没有设置谏鼓，不可确知。但这种设置谏鼓的记录，在古书中倒也经常出现：

《大戴礼记·保傅》："于是有进善之旌，有诽谤之木，有敢谏之鼓。"

《管子·桓公问》："禹立谏鼓于朝。"

《吕览·自知》:"尧有欲谏之鼓,舜有诽谤之木,汤有司过之士,武王有戒慎之鞀[①]。"

《邓析子·转辞》:"尧置敢谏之鼓,舜立诽谤之木,汤有司直之人,武有戒慎之铭。"

《路史》:"禹……立谏幡,陈建鼓。"

《汉书·贾谊传》:"太子既冠,成人,则有记过之史,彻膳之宰,进善之旌,诽谤之木,敢谏之鼓。"

《淮南子·主术训》:"尧置敢谏之鼓,舜立诽谤之木。"

《后汉书·杨震传》:"臣闻尧舜之世,谏鼓谤木,立之于朝。"

《晋书·元帝本纪》:"太兴元年六月戊戌,初置谏鼓谤木。"

这些古书中的记载,都证明谏鼓是臣下向皇帝进逆耳之言时的一种道具。所以,谏鼓本身,有一种象征作用,象征皇帝给臣下一种"劝他"的机会。有了这些忠臣劝他,他就不会"四聪之有蔽",就可以推行好的政治。

所以白居易说:"鼓因谏设,发为治世之音。"鼓之为用大矣哉!

中国人用鼓来传达"下面的声音",除了谏鼓以外,另一种是"登闻鼓"。谏鼓是给做官的劝皇上用的;登闻鼓是给小百姓喊冤用的,两者虽然都传达"下面的声音",作用却不一样。登闻鼓可算是一种非常上诉。

中国古代小百姓,有了冤,要想法使上面知道;知道的方法,要写状子;一写状子,就参加了文书政治;一参加了文书政治,就有被

[①] 鞀念陶,是有柄的小鼓。

归档的危险，石沉大海。何况，小百姓大都是文盲，不会写状子。所以，直接的办法是喊出自己的冤枉，叫"喊冤"，叫："青天大老爷，小的有冤上诉！"

由于官官相护，小百姓的冤喊不上去。"冤"字在中国文字里，是象形文字，上面是个罩子，下面是个兔子，把兔子罩住，兔子被困其中，当然无辜，正好叫作"冤"。如今小百姓变成兔子，无法免脱，又喊不上去，统治者"天下无冤民""民自以不冤"的美梦，自然就大打折扣，殊非统治者所愿。

于是，聪明人出来，发明了一种人权道具，就是"登闻鼓"。

登闻鼓是皇宫外面摆设的一种大鼓，鼓一敲，理论上，皇帝可以直接听到，要想官官相护，也护不住。这种敲鼓请皇帝注意的法子，传说出自唐尧时代。但最初敲鼓是大臣劝皇帝用的，不是小百姓喊冤用的。小百姓喊冤，还得等四千年。最早的登闻鼓雏形，勉强可算夏禹时代的"挥鼗"。《通志》上说夏禹时候"有讼狱者挥鼗"。直到1世纪汉朝元帝时候，为了开城门的问题，曾有过小百姓敲鼓上书的例子，但不是常例。3世纪魏世祖曹丕（曹操的儿子）以后，正式出现了"登闻鼓"。据《魏书·刑罚志》：

> 世祖阙左悬登闻鼓，以达冤人。

"以达冤人"，目的明显是给老百姓喊冤的。

接着，司马懿的孙子、司马昭的儿子晋武帝，也继承了这种传统。在晋武帝时候，有个叫邵广的，他偷了政府东西，被判死刑。他的两个小儿子，"挝登闻鼓乞恩"，请皇上许他们做奴隶，代父亲赎罪。皇帝同意，于是小偷改判五年，小偷之子做奴隶。这个故事，说明了登闻鼓的用处，不但可以申冤，还可以"乞恩"求情。

但登闻鼓不是可以乱敲的。《晋书·武帝本纪》记载：

泰始五年六月，西平人麴路伐登闻鼓，言多妖谤。

向皇帝说话，内容被认为"言多妖谤"，下场可想而知。据《明外史·青文胜》：

文胜为龙阳典史，龙阳濒洞庭，岁罹水患，积逋赋数十万，敲扑死者相踵。文胜慨然诣阙上疏，为民请命；再上，皆不报。复具疏，击登闻鼓以进，遂自经于鼓下。太祖怜其为民杀身，诏宽龙阳租。邑人建祠之。

这就是说，做官的"诣阙上书"达不到目的，也可以"击登闻鼓以进"。但是下场是可想而知的，干脆先在鼓下自杀，反倒省事。

登闻鼓可能有言论自由，但没法担保有言论以后的自由。

到了6世纪，隋高祖时候下命令，老百姓有冤上诉，经过各级官府仍旧得不到公平的，可以"诣阙申诉"，就是到宫阙前面告御状。至于如何告法，没有细节可查。隋高祖是一个很苛待百姓的皇帝，老百姓偷一升边粮或一块钱的，都要杀头，这样凶来兮的皇帝，究竟有谁敢去告御状？

《唐会要》里记高宗"显庆五年八月，有人赍鼓于庙堂。诉上，令东都置登闻鼓，西京亦然"。这是7世纪660年的事，明明指出由于"有人赍鼓于庙堂",才有登闻鼓的设立。反证以前的登闻鼓制度,早已中绝。

唐朝的女皇武则天时候(7世纪),也有"登闻鼓"的记录。据《玉海》:

> 垂拱元年二月,敕朝堂登闻鼓、肺石不须防守,令御史台受状为奏。

这个记录告诉我们,虽然有"登闻鼓",可是已是令御史转达民意了,不是直接"上干天听"了。

到了10世纪,五代后周世宗时候,有"抱屈人"带着鼓到皇宫敲鼓喊冤,皇帝知道了,"遂令东西都各置登闻鼓"。周世宗是五代最开明的皇帝,但是很短命,第二年,他39岁就死了。一死就被赵匡胤"黄袍加身",创立了宋朝,赵匡胤变成了宋太祖;宋太祖又被弟弟赵匡义"烛影斧声",抢去老大一支的继承权,成了宋太宗。他把"理检司"这衙门改成"登闻院"。"又置鼓于禁门外,以达下情,名曰'鼓司'。"这是10世纪尾声的事。登闻鼓又出现在宫廷门外了。当时最有名的一个故事,是《宋史·刑法志》里所载的张反鸣冤。张反的丈夫王元吉,被他晚娘诬告想毒死晚娘,如此不孝还得了,被捉将官里,大肆修理。修理的花样很多,其中有一种叫"鼠弹筝",毒刑以后,手指全不能动。王元吉吃不消,只好诬服。张反遂去击登闻鼓鸣冤,居然被皇帝知道了,下令追查,查出晚娘原来有奸情,被王元吉撞破,所以才诬告他下毒。于是,皇帝把修理人的抓起来,也来一番"鼠弹筝",让他享受。最后,皇帝向宰相感慨说:"在首都里,竟都有这样无法无天的刑求和冤狱，首都以外的四方，还得了吗？"

11世纪，宋太宗的儿子宋真宗，改"鼓司"为"登闻鼓院"。《玉海》记载："景德四年五月，改登闻鼓院于阙门之前。"再据宋朝人写的《燕翼贻谋录》：

真宗景德四年，诏改鼓司为登闻谏院，登闻院为检院，应上书人并诣鼓院，如本院不行，则诣检院以朝官判之。院判名始于此。

可见登闻鼓直接向皇帝登闻的本意，已经开始打折扣、变质，变成了衙门，还是落入了官官相护，皇帝又很难听到鼓声了。

不但皇帝听不到，连衙门自己甚至都听不到了。宋朝人写的另一部书——《齐东野语》转记过这样的笑话：

今登闻院，初供职吏，具须知单状。称本院元管鼓一面，在东京宣德门外，被太学生陈东等击碎，不曾搬取前来。此类可资捧腹。

登闻鼓的制度，一直到清朝还有。① 清朝阮葵生写《茶余客话》，卷七"登闻院"条下，还有这样一行：

登闻院，在西长安门外街之东。旧设满、汉科道各一员掌之。雍

---

① 金朝海陵王正隆二年（1157）置登闻鼓院；元朝世祖至元十二年（1275）立登闻鼓；明朝十三道御史轮值登闻鼓；《大清会典》卷三十七说："状内事情必关军国重务大贪大恶奇冤异惨，方许击鼓"；又说："设登闻鼓于都察院门首，每日轮流御史一员监值"。

正二年统于通政司。

"通政司"是一个管下情上达的衙门，管"内外章疏敷奏封驳之事"，也管"四方陈情建言、申诉冤滞或告不法等事"。但是，它不能算是一个直接使下情上达的衙门，它拦在中间，使下情变成间接的。一变成间接的，还登闻什么鼓声呢？

最后，在光绪二十八年（1902），通政司废除了，登闻鼓当然也没了，这么一点象征性的下情上达的道具，也在中国历史上消失了。

20世纪以后，法院里出现一种"申告铃"。根据"刑事诉讼法"第242条的解释是：

> 告诉、告发，应以书状或言词向检察官或司法警察官为之；其以言词为之者，应制作笔录。为便利言词告诉、告发，得设置申告铃。

这种"按铃申告"的制度，依稀是登闻鼓传统的一项小小规模的电气化。

人民有冤，直接碰到的还是官官官，直接碰不到统治者。即使他愿意付出敲登闻鼓的代价，他也没鼓好敲了。

鼓声在朝上面传达"下面的声音"，但当"下面的声音"传达不到的时候，鼓声也就遗之草泽，化成了民怨。最有名的鼓声中的民怨，就是"凤阳花鼓"。《陈余丛考》有"凤阳丐者"的记述，里头说：

> 江苏诸郡，每岁冬，必有凤阳人来，老幼男妇，成行逐队，散入

村落间乞食，至明春二三月间始回。其唱歌则曰：

家住庐州并凤阳，
凤阳原是好地方。
自从出了朱皇帝，
十年倒有九年荒。

这个花鼓歌，从明朝太祖朱元璋皇帝开国以来，一直流传在民间，成为民间向黑暗统治者的一种抗议，一种普遍的抗议。这种抗议，跟不得志的知识分子合流，更出现了深度。明朝亡国以后，跟新政府不合作的知识分子贾凫西，曾用他写的鼓词，质问纵容统治者的天道：

忠臣孝子是冤家，
杀人放火的天怕他。
仓鼠偷生得宿饱，
耕牛使死把皮剥。
河里游鱼犯了何罪？
刮了鲜鳞还嫌刺扎。
杀人的古剑成至宝，
看家的狗儿活砸杀。
野鸡兔子不敢惹祸，
剁成肉酱加上葱花。
杀妻的吴起倒挂了元帅印，
可怎么顶灯的裴瑾挨了些嘴巴？

玻璃玉盏不中用，
倒不如锡蜡壶瓶禁磕打。
打墙板儿翻上下，
运去铜钟声也差。
管教他来世的莺莺丑如鬼，
石崇托生没板渣。
海外有天，天外有海，
你腰里有几串铜钱休浪夸。
俺虽没有临潼门的无价宝，
只这三声鼍鼓走天涯。

鼍鼓就是皮鼓，就是北方流行的大鼓。写这鼓词的人，是明朝的进士，他用深入民间的鼓词，有深度地传达了他的否定天道、否定宿命、否定愚忠、否定黑暗统治者的思想。从祢衡"击鼓骂曹"以来，鼓声代表了一种抗议，跟雷鼓、灵鼓、路鼓、鼖鼓、馨鼓分道，也跟谏鼓、登闻鼓分道，它不再是官方的声音，也不再是劝告官方、乞求官方的声音，它终于变得属于了自己，属于了小百姓自己的声音。

1979 年 5 月 11 日

一种失传了的言论道具

中国历史上是专制王朝，偶尔也有网开几面的时候。网开几面，有的见之于制度，有的见之于实物，这种实物，是网开的一种象征，可叫作"言论道具"。因为本质上、实际上，这都是戏。既然是戏，配合它的，不是"道具"是什么？

专制皇帝为了广开言路，第一种道具是"鼓"，包括"谏鼓"和"登闻鼓"，关于它们，我已写在《鼓声咚咚的中国之音》里。这儿要写的是另外一种，叫"诽谤之木"，或叫"谤木"。

"诽谤"两个字，现在成了一种坏字眼，成了"刑法"第二十七章"妨害名誉及信用罪"的罪名，这真是对"诽谤"两字的诽谤。

中国的许多名词，像人一样，都沦落了。"风流"本来是好字眼，后来沦为坏字眼了；"乌龟"本来是好字眼，后来沦为坏字眼了。"诽谤"也一样。

《大戴礼记·保傅》里说：

忠谏者，谓之诽谤。

可见诽谤的原始意义是"忠谏"，是好意义。专制皇帝为了要臣子"忠谏"，设了一种"诽谤之木"，以广招徕。看看古书吧——

《大戴礼记·保傅》:"有诽谤之木。"
《吕览·自知》:"舜有诽谤之木。"
《邓析子·转辞》:"舜立诽谤之木。"
《史记·孝文帝本纪》:"古之治天下,朝有……诽谤之木。"
《汉书·文帝纪》:"诽谤之木。"
《淮南子·主术训》:"舜立诽谤之木。"
《后汉书·杨震传》:"臣闻尧舜之世,谏鼓谤木,立之于朝。"
《晋书·元帝本纪》:"太兴元年六月戊戌,初置谏鼓谤木。"

太多了,不抄了。

"诽谤之木"什么样子,怎么用呢?

照《吕览·自知》注中的说法是:

欲谏者,击其鼓也,书其过失以表木也。

照《淮南子·主术训》注中的说法是:

书其善否于华表木也。

这表示使用的方法,是"书"写。

但照梁武帝时候,任昉《天监三年策秀才文》,问"朕立谏鼓设谤木,于兹三年矣"那一段注,却是:

良曰:立鼓于朝,有欲谏君击之;设谤木于阙,有诽谤,使人击之，武帝立之已三年。

则使用的方法却是"击"敲。

历史上记梁武帝萧衍开国后，置谤木、设肺石，各附一函，说，若有在位莫言而下有欲言的，也就是布衣处士，欲陈清议的，可投谤木函中；有功劳才器，冤沉莫达的，也就是功臣才士，欲伸屈抑的，可投肺石函中。则使用的方法，既不是写在木上，也不是敲在木上，而根本是朝"意见箱"投书了。

这样看来，"诽谤之木"可能已在造型上一改再改，它的原始造型，应该是一块木。

据《中华古今注》中"尧诽谤木"条下，有这样的说明：

程雅问曰："尧设诽谤之木，何也？"答曰："今之华木也。以横木交柱头，状如华也。形如桔槔，大路交衢悉施焉。或谓之表木，以表王者纳谏也，亦以表识衢路。秦乃除之，汉始复修焉。今西京谓之交午柱也。"

"华"就是"花"，"状如华"就是"状如花"。桔槔是一直一横，很像十字架，也像十字路口的路牌，所以说："大路交衢悉施焉。……以表识衢路。"这种路牌式的指向作用，是从"诽谤之木"变出来的。"诽谤之木"本来可能只是落地的一块大木，后来升高了，放在柱子上，变成"以横木交柱头"，高到可望而不可即，高到只有容纳忠言的象征，却不允许你进忠言了。更进一步，为了粉饰、为了壮观、为了宫门外面这个十字架不给琼楼玉宇的宫门丢人，于是，皇家建筑师的恩泽，也广被于它，索性把它做成雕龙刻云的擎天大柱。这种柱，叫作"华表柱"；一直一横的全套称呼，叫作"华表"。华表不但立在宫门口，也立在城门口，甚至专制皇帝死了，还要立在陵墓门口。在白居易的诗里，可以看到

江回望见双华表，
知是浔阳西郭门。

在李远的诗里，可以看到

华表柱头留语后，
更无消息到如今。

在郑燮（板桥）的道情里，可以看到

丰碑是处成荒冢，
华表千寻卧碧苔。

这些描写，古书里有的是。
宋朝范公偁《过庭录》里有一段故事说：

元符庚辰，蔡京出，韩师朴当轴，下诏求言。其略曰："言之当者，朕有厚赏；言之不当，朕不加罪。朕言唯信，无虑后侮。"于是四海之士，莫不慷慨论蔡京之失。时忠宣在永州，闻之，惊曰："师

璞果能办此乎！"未久，京复相，举言者窜岭外，善类于是尽矣！

这里记录的皇帝的话，所谓"言之当者，朕有厚赏；言之不当，朕不加罪"，是中国传统上设立"诽谤之木"的一番美意。只有"言之不当，朕不加罪"的大前提能保障，才有真话可言，这就是汉朝路温舒说的"诽谤之罪不诛，而后良言进"。否则大鸣大放一阵，结果却"善类于是尽矣"！这种"不加罪"，是无条件的，不能先立下"要相忍为安""要动机纯正""要善意批评""要有建设性意见"等条件。因为一有了这些条件，就没有了真的言论，就失掉了"求言"的根本意义。

"诽谤"两个字，从好字眼变到坏字眼，说不定正是唐尧皇帝的先知。唐尧设立"诽谤之木"的时候，也许清楚知道，真正的"求言"，必须做到放开度量，不惜让人"诽谤"他，让不安分的、不肯忍的分子，动机不纯正的、恶意批评的、只有破坏性意见的，一齐朝他"诽谤"。然后，从大量"诽谤"中认识他自己、检讨他自己、显示他自己。腓特烈大帝为了鼓吹法治，甚至鼓励人民去告他；杰弗逊总统为了鼓吹民主，甚至纵容政敌去骂他；李敖先生为了鼓吹言论自由，甚至开放《文星》示范，让所有的浑蛋去造谣中伤他。从鼓励的角度看、从先知的角度看，唐尧选用了"诽谤"字眼留给后人去玩味，真太伟大了。中国人只注意到唐尧不肯家天下的禅让遗泽，却忽略了他在言论开放上留下的微妙遗爱。

1979 年 5 月 11 日三小时写成

记一个不合作主义者

李二曲，生在1629年，死在1705年，一生正当明末清初（明朝崇祯二年到清朝康熙四十四年），活了76岁。

李二曲名叫李颙，字中孚，别署"二曲土室病夫"。为什么叫这个怪名字呢？因为他是陕西盩厔（今陕西周至）人，水曲叫盩，山曲叫厔，所以就变成二曲。

但他为人，却一点也不曲。

李二曲的父亲叫李可从，身体很好，慷慨有大志，外号叫"李壮士"。李自成打到河南，一个叫孙兆禄的小官，约他一起去打李自成，他告诉了太太彭孺人，太太听了，说："吾向虑君无由为人出死力、建奇功、立名当代，不意其有今日。急行，毋以妻子恋！"李可从拔了一颗牙，给太太做纪念，说："倘相忆，顾此（牙）如见汝夫。"就骑马走了。不久，在襄城出战李自成，孙兆禄被打死在地上，李可从不知道，还骑马赶过来救他，也同时被打死。

消息传回来，太太要自杀，李二曲那时候16岁，说："母殉父固宜，然儿亦必殉母。"这样一来，爸爸绝后了，于是，他母亲停止殉情。母子两人带着一颗牙，相依为命，有时候穷得一连几天没饭吃。

李二曲上学，没钱缴学费，老师都不收他。他母亲气起来，说："无师遂可以不学耶？经书固在，亦何必师！"她不信邪，叫李二曲在家自己念，李二曲终于自修成为大学者。

他36岁时，母亲死了，他把母亲和父亲的一颗牙埋在一起，守了3年丧。他41岁那年，徒步向河南出发，到襄城四周找他父亲遗骨。当然找不到。但这种精神感动了襄城的县太爷张允中，县太爷为他父亲立了烈士祠，又在旧战场上盖了一座招魂冢，以安慰他。

这时候，已是清朝康熙九年（1670）的冬天了，明朝崇祯皇帝已殉国26年了，也就是说，清朝已经统治26年了。对这个他所不赞成的政权，李二曲始终不肯合作。当道的大官人礼贤下士，到他家里拜访他，他拒绝不掉，勉强见了一面，可是他不肯回拜，他说，他是老百姓，"庶人不可入公府也"！大官人再去拜访他，他不肯见了。送他的"馈遗"，送了十次他也不收。有人问他是不是太无礼、太过分了？并暗示他不合孟子之道，劝他："交道接礼，孟子不却，先生得无已甚？"他却回答说："我辈百不能学孟子，即此一事，稍不守孟子家法，正自无害。"可见他虽然那么过分地遵守传统的孝道，却在出处、去就、辞受的大节上，公然"不守孟子家法"。

有一次，他为了一个人，同意了大官人到"关中讲院"，还写了《关中书院会约》一卷。很快，他便后悔，认为做错了，"合六州铁，不足铸此错也"！就赶紧不干了。

可是，统治者对这样一位大儒，自然不肯放过，自然千方百计征召他，以隐逸荐他，前后十多次，纠缠不清；李二曲也千方百计，辞征回绝。他在拒绝的信里，所用的词句，因为格于环境，是很委曲的、很勉强的，例如他有一次回信给总督大人，说：

仆少失学问，又无他技能，徒抱皋鱼之至痛，敢希和靖之芳踪哉？古人学真行实，轻于一出，尚受谤于当时，困辱其身；况如仆者而使之应对殿廷。明公此举，必当为我曲成；如必不获所请，即当以死继之，断不惜此余生，以为大典之辱！

这是软中有硬的话，说得很谦虚，但是坚决地表示了他的消极抵抗。

在他的遗著里，这种文字留下不少，他消极抵抗的理由，也层出不穷：

颙幼孤失学，庸谬罔似，浮慕曩哲，浪招逐臭，诚所谓纯盗虚声，毫无实诣者也。前当事体朝廷，旁求盛怀，误加物色，逐尘宸聪，盖以颙或有微长，可充菲菲；而不知颙学不通古今，识不达世务，上之即不足以备顾问，次之又不足以任器使，倘不审己量力，冒膺荣命，不亦辱朝廷而羞天下士哉！

这是以自己学问不够做借口，实行不合作主义。

父丧时，遗颙只身，再无次丁，母彭氏守寡，鞠颙艰难孤苦，盖不啻出万死而得一生。颙后虽成立，然无一椽寸土之产，三旬九食，衣不蔽形。颙母形影相吊，未尝获一日之温饱，竟以是亡！亡之日，无以为殓，县令骆公钟麟闻而伤之，捐俸具棺，始可丧事；使尔时稍有意外之遇，颙当如毛义捧檄，颙母之苦，岂遂如此其凄怆！颙风木之感，岂遂永抱于终天！今九原不可作矣！昔贤云："祭之丰，不如养之薄；杀牛而祭，不如鸡黍之逮亲存。"颙每念及此，未尝不涕泣自伤，不孝之罪，终身莫赎。今上方以孝治天下，岂可使不孝之人忝窃禄位耶？昔朱百年之母以冬月亡，亡时身无棉衣，遂终身不复衣棉；孙俌早孤，事母志于禄养未遂，及母病革，自誓决身不仕，后客江淮间，刘敞知扬州，特疏荐闻，不赴；既而沈遘、王陶、韩维连荐之，终不赴，时当亦怜其情而曲全之，史策至今传为美谈。颙虽无二子之孝，而心则二子之心，今日之事，颙母既不及见，颙亦何忍远离坟墓，独冒其荣？

这是以自己母亲做借口，实行不合作主义。

先儒谓士人辞受出处，非独一身之事，乃关风俗盛衰，故尤不可以不慎也。今既以颙为隐逸矣，若以隐而叨荣，则美官要职，可以隐而坐致也。闻天下以饰伪之端，必将外假高尚之名，内济梯荣之实，人人争以为终南捷径矣。颙雅不忍以身作俑，使风俗由颙而坏。

这是以不能用隐居干禄做借口，实行不合作主义。

方今高贤大儒，济济盈廷，亦何须颙一人而使之内违素心，外滋罪戾，恐非所以保全之也。况自古圣帝明王，莫不嘉幽隐、奖恬退，故尧舜之于巢许，汤武之于随光，西汉之于四皓，东汉之于严光，及周党徐穉，及至宋之陈抟邵雍林逋魏野翁，元之许谦刘因杜本萧奭斗，皆安车蒲轮，屡征不起，从而褒之，以端风化。盖以其道虽未宏，志不可夺，足以立懦夫之骨，息贪竞之风，所谓以无用为用，乃激励廉耻之大机。颙昏愚庸陋，懿修固不敢望古人，而绝迹纷华，亦不敢自外于古人；若隐居复出，是负朝廷之深知，翻辱阐幽之盛典，其为罪岂不大哉！

这是以中国有让人隐居传统做借口,实行不合作主义。

但是,清朝政府是不愿就此罢休的,还是跟他纠缠不休。不但跟他纠缠不休,也跟其他第一流知识分子纠缠不休。孔尚任《桃花扇》里,写皂隶入山,"访拿"山林隐逸,用皂隶的口吻说:"大泽深山随处找,预备官家要,抽出绿头签,取开红圈票,把几个白衣山人吓走了。"正好写尽了当时不合作主义者的困境。

有一次,大官人特备车马,接他去见皇上。他不肯去,躺在床上装病。大官人叫人抬他的床,一起出发,李二曲气得不吃饭,相持了六天,最后逼得他要拿刀自杀,大官人才算死心,放弃送他去"召见"。

李二曲死前那一年,康熙皇帝西巡,想见见他。他死也不肯,又装病,叫他儿子李慎言代表,送了皇帝几本自己的书,聊表不伤和气。康熙皇帝懒得再跟这个75岁的老头子纠缠,写了"关中大儒"四个字送给他。

大官人看到御笔题字,又逼他写谢表,李二曲说他不会做"庙堂文字",大官人说不写会失礼,不行,逼他写。他故意写了一篇像乡下人写的作文敷衍,大官人看了,不敢往上呈,不了了之了。

李二曲晚年闭户不出,不见客。四方之士老远跑来看他,都吃了闭门羹。有见识的高人,了解他为什么这样做;不识大体的俗人,自会骂他"懦种"。俗人当然不了解李二曲的大勇、李二曲的远见、李二曲的决绝,和李二曲在淫威之下辛苦抱持的不合作主义。

1979年5月18日